中國語言文字研究輯刊

六　編

許 錟 輝 主編

第5冊

春秋金文字形全表及構形研究

（第三冊）

楊 秀 恩 著

花木蘭文化出版社

國家圖書館出版品預行編目資料

春秋金文字形全表及構形研究（第三冊）／楊秀恩 著－－初版－－新北市：花木蘭文化出版社，2014〔民103〕

目 2+212 面；21×29.7 公分

（中國語言文字研究輯刊　六編；第 5 冊）

ISBN：978-986-322-660-4（精裝）

1. 金文　2. 春秋時代

802.08　　103001862

ISBN-978-986-322-660-4

9 789863 226604

中國語言文字研究輯刊

六　編　　第五冊　　ISBN：978-986-322-660-4

春秋金文字形全表及構形研究（第三冊）

作　　者　楊秀恩

主　　編　許錟輝

總 編 輯　杜潔祥

副總編輯　楊嘉樂

編　　輯　許郁翎

出　　版　花木蘭文化出版社

社　　長　高小娟

聯絡地址　235 新北市中和區中安街七二號十三樓

電話：02-2923-1455／傳眞：02-2923-1452

網　　址　http://www.huamulan.tw 信箱 hml 810518@gmail.com

印　　刷　普羅文化出版廣告事業

初　　版　2014 年 3 月

定　　價　六編 16 冊（精裝）新台幣 36,000 元

春秋金文字形全表及構形研究（第三冊）

楊秀恩　著

目次

字頭	時期	字形及出處
	【春秋晚期】	 石鼓（獵碣・作原）（通鑑 19821）（秦）
 欆	【春秋晚期】	 石鼓（獵碣・作原）（通鑑 19821）（秦）
	【春秋晚期】	 石鼓（獵碣・作原）（通鑑 19821）（秦）
	【春秋晚期】	 石鼓（獵碣・作原）（通鑑 19821）（秦）
桊	【春秋時期】	 鄧公匜（集成 10228）（鄧）
	【春秋晚期】	 石鼓（獵碣・汧沔）（通鑑 19817）（秦）
	【春秋晚期】	 石鼓（獵碣・汧沔）（通鑑 19817）（秦）
	【春秋時期】	 史孔卮（集成 10352）
	【春秋早期】	 杞伯每刃鼎蓋（集成 2494）
	【春秋早期】	 杞伯每刃鼎器（集成 2494）  杞伯每刃鼎（集成 2495）  杞伯每刃鼎（集成 2642）（杞）
		 杞伯每刃簋（集成 3901）（杞）  杞伯每刃簋（集成 3899.1）（杞）  杞伯每刃簋蓋（集成 3898）（杞）  杞伯每刃簋器（集成 3898）（杞）

梌 果 末 朱 柏 桐

杞伯每刃簋（集成 3897）（杞）

杞伯每刃簋蓋（集成 3900）（杞）

杞伯每刃簋蓋（集成 3899.2）（杞）

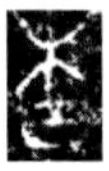
杞伯每刃簋蓋（集成 3902）（杞）

杞伯每刃簋器（集成 3902）（杞）

杞伯每刃匜（集成 10255）

杞伯每刃壺（集成 9687）（杞）

杞伯每刃壺（集成 9688）（杞）

【春秋中期】

宜桐盂（集成 10320）（徐）

【春秋中期】

童麗公柏戟（通鑑 17314）

季子康鎛甲（通鑑 15785）

季子康鎛丁（通鑑 15788）

童麗君柏鐘（通鑑 15186）

【春秋時期】

童麗君柏簠（通鑑 5966）

【春秋中期】

季子康鎛丁（通鑑 15788）

季子康鎛乙（通鑑 15786）

【春秋晚期】

曾𡢁𡤅朱姬簠蓋（通鑑 5956）（楚）

曾𡢁𡤅朱姬簠器（通鑑 5956）（楚）

蔡侯朱缶（集成 9991）（蔡）

【春秋晚期】

蔡侯龖歌鐘乙（集成 211）（蔡）

蔡侯龖歌鐘丁（集成 218）（蔡）

蔡侯龖鎛丙（集成 221）（蔡）

蔡侯龖鎛丁（集成 222）（蔡）

【春秋早期】

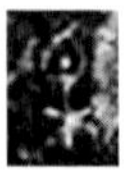
叔元果戈（新收 1694）

【春秋晚期】

𨛜竝果戈（新收 1485）

蔡公子果戈（集成 11146）（蔡）

蔡公子果戈（集成 11147）（蔡）

【春秋晚期】

吳王光鐘殘片之五（集成 224.20）（吳）

吳王光鐘殘片之二十九（集成 224.22-38）（吳）

吳王光鐘殘片之三十七（集成 224.4-43）（吳）

杕

【春秋晚期】

杕氏壺（集成 9715）（燕）

樸

【春秋晚期】

石鼓（通鑑 19816）（秦）

柔

【春秋晚期】

般仲柔盤（集成 10143）

極

【春秋晚期】

秦景公石磬（通鑑 19782）（秦）

梠

【春秋時期】

中子化盤（集成 10137）（楚）

槃

盤

【春秋早期】

郳季寬車盤（集成 10109）（黃）

番昶伯者君盤（集成 10140）（番）

曾子伯窞盤（集成 10156）（曾）

【春秋中期】

伯遊父盤（通鑑 14501）

【春秋晚期】

邵子裁盤（新收 1372）（羅）

唐子仲瀕兒盤（新收 1210）（唐）

齊太宰歸父盤（集成 10151）（齊）

【春秋時期】

中子化盤（集成 10137）（楚）

盤

【春秋早期】

大師盤（新收 1464）

黃太子伯克盤（集成 10162）（黃）

【春秋晚期】

蔡大司馬燮盤（通鑑 14498）

沇兒鎛（集成 203）（徐）

郐令尹者旨𦉢爐（集成 10391）（徐）

楚王酓忎盤（通鑑 14510）

攻吳大叔盤（新收 1264）（吳）

曾姬盤（通鑑 14515）

蔡叔季之孫君匜（集成 10284）（蔡）

蔡侯盤（新收 471）（蔡）

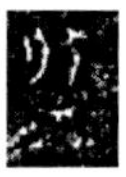

倗盤（新收 463）

盤

【春秋晚期】

蔡侯龖盤（集成 10072）（蔡）

蔡侯龖盤（集成 10171）（蔡）

櫓

【春秋早期】

陳侯壺蓋（集成 9633）（陳）

陳侯壺器（集成 9633）（陳）

陳侯壺蓋（集成 9634）（陳）

陳侯壺器（集成 9634）（陳）

樂

【春秋早期】

青仲之孫簋（集成 4120）

虢季鐘乙（新收 2）（虢）

虢季鐘丙（新收 3）（虢）

楚大師登鐘甲（通鑑 15505）（楚）

楚大師登鐘乙（通鑑 15506）（楚）

楚大師登鐘丁（通鑑 15508）（楚）

【春秋晚期】

樂子嚷豧簠（集成 4618）（宋）

洹子孟姜壺（集成 9729）（齊）

洹子孟姜壺（集成 9729）（齊）

洹子孟姜壺（集成 9730）（齊）

敬事天王鐘乙（集成 74）（楚）

敬事天王鐘己（集成 78）（楚）

邾公釛鐘（集成 102）（邾）

文公之母弟鐘（新收 1479）

子璋鐘庚（集成 119）（許）

鼄公牼鐘乙（集成 150）（邾）

遷邟鐘三（新收 1253）

鼄公華鐘（集成 245）（邾）

郘黛鐘二（集成 226）（晉）

郘黛鐘四（集成 228）（晉）

郘黛鐘五（集成 229）（晉）

郘黛鐘七（集成 231）（晉）

郘黛鐘八（集成 232）（晉）

郘黛鐘九（集成 233）（晉）

郘黛鐘十一（集成 235）（晉）

郘黛鐘十三（集成 237）（晉）

樂室磬（通鑑 19776）

秦景公石磬（通鑑 19778）（秦）

秦景公石磬（通鑑 19778）（秦）

石鼓（獵碣·田車）（通鑑 19818）（秦）

石鼓（獵碣·而師）（通鑑 19822）（秦）

遷邟鎛丙（通鑑 15794）（舒）

遷邟鎛丁（通鑑 15795）（舒）

遷邟鎛甲（通鑑 15792）（舒）

樂

【春秋中期】

- 季子康鎛丙（通鑑15787）

【春秋晚期】

- 陳樂君歆甗（新收1073）（陳）
- 嘉賓鐘（集成51）
- 齊鞷氏鐘（集成142）（齊）
- 余贎逐兒鐘乙（集成184）（徐）
- 徐王子旃鐘（集成182）（徐）
- 𪒠鎛甲（新收489）（楚）
- 𪒠鎛乙（新收490）（楚）
- 𪒠鎛丙（新收491）（楚）
- 𪒠鎛丁（新收492）（楚）
- 𪒠鎛己（新收494）（楚）
- 𪒠鎛辛（新收496）（楚）
- 𪒠鐘甲（新收482）（楚）
- 𪒠鐘丁（新收483）（楚）
- 𪒠鐘庚（新收487）（楚）
- 王孫誥鐘一（新收418）（楚）
- 王孫誥鐘二（新收419）（楚）
- 王孫誥鐘三（新收420）（楚）
- 王孫誥鐘四（新收421）（楚）
- 王孫誥鐘五（新收422）（楚）
- 王孫誥鐘七（新收424）（楚）
- 王孫誥鐘八（新收425）（楚）
- 王孫誥鐘十（新收427）（楚）
- 王孫誥鐘十二（新收429）（楚）
- 王孫誥鐘十四（新收431）（楚）
- 王孫誥鐘十六（新收436）（楚）
- 王孫誥鐘十九（新收437）（楚）
- 王孫誥鐘二十二（新收438）（楚）
- 王孫誥鐘二十五（新收441）（楚）
- 王孫遺者鐘（集成261）（楚）
- 侯古堆鎛丙（新收278）
- 侯古堆鎛己（新收280）
- 侯古堆鎛乙（新收277）
- 侯古堆鎛戊（新收279）
- 姑馮昏同之子句鑃（集成424）（越）
- 配兒鉤鑃乙（集成427）（吳）
- 子璋鐘甲（集成113）（許）
- 子璋鐘丙（集成115）（許）
- 子璋鐘乙（集成114）（許）
- 子璋鐘丁（集成116）（許）
- 子璋鐘戊（集成117）（許）
- 沇兒鎛（集成203）（徐）

【春秋晚期】

- 石鼓（獵碣·霝雨）（通鑑19820）（秦）

⿰氵刅

【春秋早期】

梁伯戈（集成 11346）

梁姬罐（新收 45）

叔原父甗（集成 947）（陳）

【春秋中期】

皋梁君光鼎（集成 2283）

【春秋中期】

⿰麥令鎛（集成 271）（齊）

【春秋晚期】

夫跌申鼎（新收 1250）（舒）

鄭太子之孫與兵壺蓋（新收 1980）

鄭太子之孫與兵壺器（新收 1980）

徐王子旃鐘（集成 182）（徐）

拍敦（集成 4644）

足利次留元子鐘（通鑑 15361）（徐）

王孫遺者鐘（集成 261）（楚）

【春秋前期】

徐諸尹鉦鉞（集成 425）（徐）

【春秋早期】

戎生鐘甲（新收 1613）（晉）

【春秋中期】

鄬子受鐘乙（新收 505）（楚）

鄬子受鐘戊（新收 508）（楚）

鄬子受鐘壬（新收 512）（楚）

鄬子受鎛甲（新收 513）（楚）

鄬子受鎛乙（新收 514）（楚）

鄬子受鎛丙（新收 515）（楚）

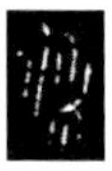

鄬子受鎛丁（新收 516）（楚）

鄬子受鎛辛（新收 520）（楚）

子犯鐘甲 B（新收 1009）（晉）

子犯鐘乙 B（新收 1021）（晉）

【春秋晚期】

蔡侯𪒠歌鐘甲（集成 210）（蔡）

蔡侯𪒠歌鐘乙（集成 211）（蔡）

蔡侯𪒠歌鐘丁（集成 218）（蔡）

蔡侯𪒠鎛丁（集成 222）（蔡）

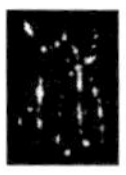

永祿鈹（通鑑 18058）

【春秋中晚期】

⿰米朱⿰米朱中戈（新收 1772）

⿰米朱⿰米朱中戈（新收 1772）

【春秋早期】

秦政伯喪戈（通鑑 17117）（秦）

【春秋中後期】

東姬匜（新收 398）（楚）

【春秋晚期】

簷叔之仲子平鐘丁（集成175）（莒）

簷叔之仲子平鐘戊（集成176）（莒）

簷叔之仲子平鐘己（集成177）（莒）

簷叔之仲子平鐘庚（集成178）（莒）

簷叔之仲子平鐘辛（集成179）（莒）

簷叔之仲子平鐘丙（集成174）（莒）

簷叔之仲子平鐘乙（集成173）（莒）

【春秋早期】

卓林父簋蓋（集成4018）（衛）

【春秋早期】

自鼎（集成2430）

鋻子丙車鼎蓋（集成2603）（黃）

鋻子丙車鼎器（集成2603）（黃）

鋻子丙車鼎蓋（集成2604）（黃）

鋻子丙車鼎器（集成2603）（黃）

伯[illegible][illegible]林鼎（集成2621）

鄧子仲無䢼戈（新收1234）

鼄𪓰白鼎（集成2640）（邾）

鼄𪓰白鼎（集成2641）（邾）

叔單鼎（集成2657）（黃）

戴叔朕鼎（集成2692）（戴）

鄁公湯鼎（集成2714）（鄁）

上曾太子般殷鼎（集成2750）（曾）

郜公平侯鼎（集成2771）（郜）

郜公平侯鼎（集成2772）（郜）

鄧公孫無嬰鼎（新收1231）（鄧）

鄧公孫無嬰鼎（新收1231）（鄧）

郳來隹鬲（集成670）（郳）

䄍仲無龍鬲（集成713）

䄍仲無龍鬲（集成714）

番君𩱛伯鬲（集成732）（番）

番君𩱛伯鬲（集成733）（番）

番君𩱛伯鬲（集成734）（番）

醫子奠伯鬲（集成742）（曾）

邕子良人甗（集成945）

王孫壽甗（集成946）

王孫壽甗（集成946）

叔原父甗（集成947）（陳）

申五氏孫矩甗（新收970）（申）

蘇公子癸父甲簋（集成4014）（蘇）

蘇公子癸父甲簋（集成4015）（蘇）

鄁公伯韭簋（集成4016）（鄁）

鄁公伯韭簋蓋（集成4017）（鄁）

鄁公伯韭簋器（集成4017）（鄁）

青仲之孫簋（集成4120）

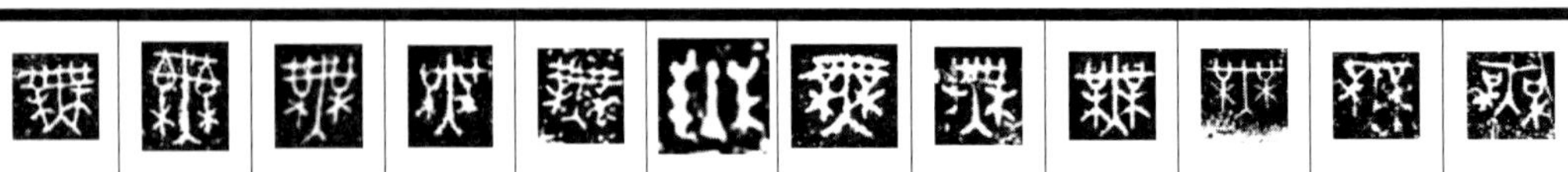

上鄀公敄人簋蓋（集成4183）（鄀）

㠱伯子𡨦父盨蓋（集成4443）（紀）

陳侯簠器（集成4603）（陳）

陳侯簠（集成4607）（陳）

叔朕簠（集成4620）（戴）

曾伯霥簠（集成4631）（曾）

原氏仲簠（新收936）（陳）

蕣子𪗋盞蓋（新收1235）

侯母壺（集成9657）（魯）

伯亞臣鐳（集成9974）（黃）

祀伯墉盤（集成10130）

曾子伯窞盤（集成10156）（曾）

秦公簋器（集成4315）（秦）

㠱伯子𡨦父盨器（集成4443）（紀）

陳侯簠蓋（集成4604）（陳）

考叔寣父簠蓋（集成4608）（楚）

叔朕簠（集成4621）（戴）

蔡大善夫趣簠蓋（新收1236）（蔡）

原氏仲簠（新收937）（陳）

蕣子𪗋盞蓋（新收1235）

曾伯陭壺蓋（集成9712）（曾）

陳公孫寣父瓶（集成9979）（陳）

鄩仲盤（集成10135）（鄩）

陳侯盤（集成10157）（陳）

㠱伯子𡨦父盨蓋（集成4442）（紀）

㠱伯子𡨦父盨蓋（集成4444）（紀）

陳侯簠器（集成4604）（陳）

考叔寣父簠蓋（集成4609）（楚）

邾太宰欉子𤲞簠（集成4623）（邾）

蔡大善夫趣簠器（新收1236）（蔡）

邾公子害簠蓋（通鑑5964）

郳子宿車盆（集成10337）（黃）

曾伯陭壺器（集成9712）（曾）

僉父瓶器（通鑑14036）

曹公盤（集成10144）（曹）

黃太子伯克盤（集成10162）（黃）

㠱伯子𡨦父盨器（集成4442）（紀）

陳侯簠蓋（集成4603）（陳）

陳侯簠（集成4606）（陳）

叔家父簠（集成4615）

曾伯霥簠蓋（集成4632）（曾）

原氏仲簠（新收935）（陳）

邾公子害簠器（通鑑5964）

侯母壺（集成9657）（魯）

曾伯陭壺器（集成9712）（曾）

㠱伯𡨦父盤（集成10081）（紀）

毛叔盤（集成10145）（毛）

夆叔盤（集成10163）（滕）

㠱伯𡨦父匜（集成10211）（紀）

夢子匜（集成10245）

袓仲無龍匜（集成10249）

番伯酓匜（集成10259）（番）

尋仲匜（集成10266）（尋）

塞公孫𧧝父匜（集成10276）

魯大司徒子仲白匜（集成10277）（魯）

陳子匜（集成10279）（陳）

鄭大內史叔上匜（集成10281）（鄭）

戎生鐘庚（新收1619）（晉）

秦公鐘乙（集成263）（秦）

秦子鎛（通鑑15770）（秦）

秦公鎛乙（集成268）（秦）

秦公鎛丙（集成269）（秦）

【春秋中期】

伯遊父巵（通鑑19234）

鄧公乘鼎蓋（集成2573）（鄧）

庚兒鼎（集成2715）（徐）

庚兒鼎（集成2716）（徐）

上鄀府簠蓋（集成4613）（鄀）

上鄀府簠器（集成4613）（鄀）

長子䵼臣簠蓋（集成4625）（晉）

長子䵼臣簠器（集成4625）（晉）

上鄀公簠蓋（新收401）（楚）

上鄀公簠器（新收401）（楚）

何此簠（新收402）

何此簠蓋（新收403）

何此簠器（新收403）

何此簠蓋（新收404）

何此簠器（新收404）

魯大司徒厚氏元簠（集成4689）（魯）

魯大司徒厚氏元簠蓋（集成4690）（魯）

魯大司徒厚氏元簠器（集成4690）（魯）

魯大司徒厚氏元簠蓋（集成4691）（魯）

魯大司徒厚氏元簠器（集成4691）（魯）

叔師父壺（集成9706）

伯遊父壺（通鑑12304）

伯遊父壺（通鑑12305）

伯遊父鑈（通鑑14009）

公英盤（新收1043）

伯遊父盤（通鑑14501）

陳大喪史仲高鐘（集成353）

陳大喪史仲高鐘（集成355）

季子康鎛丙（通鑑15787）

季子康鎛丁（通鑑15788）

【春秋中後期】

東姬匜（新收398）（楚）

【春秋晚期】

吳王孫無土鼎器（集成2359）（吳）	吳王孫無土鼎蓋（集成2359）（吳）	王子吳鼎（集成2717）（楚）	乙鼎（集成2607）
蔡大師腆鼎（集成2738）（蔡）	王子午鼎（集成2811）（楚）	王子午鼎（新收449）（楚）	王子午鼎（新收445）（楚）
王子午鼎（新收446）（楚）	王子午鼎（新收444）（楚）	王子午鼎（新收447）（楚）	王孫誥鐘一（新收418）（楚）
王孫誥鐘二（新收419）（楚）	王孫誥鐘三（新收420）（楚）	王孫誥鐘四（新收421）（楚）	王孫誥鐘五（新收422）（楚）
王孫誥鐘八（新收425）（楚）	王孫誥鐘九（新收426）（楚）	王孫誥鐘十（新收427）（楚）	王孫誥鐘十二（新收429）（楚）
王孫誥鐘十四（新收431）（楚）	王孫誥鐘十六（新收436）（楚）	王孫誥鐘十九（新收437）（楚）	王孫誥鐘二十二（新收438）（楚）
王孫誥鐘二十六（新收442）	黝鎛甲（新收489）（楚）	黝鎛乙（新收490）（楚）	黝鎛丙（新收491）（楚）
黝鎛戊（新收493）（楚）	黝鎛庚（新收495）（楚）	黝鐘辛（新收488）（楚）	臧之無咎戈（通鑑17279）（楚）
蔡侯𬙊歌鐘甲（集成210）（蔡）	蔡侯𬙊歌鐘乙（集成211）（蔡）	蔡侯𬙊歌鐘丙（集成217）（蔡）	蔡侯𬙊歌鐘辛（集成216）（蔡）
蔡侯𬙊鎛丁（集成222）（蔡）	與子具鼎（新收1399）	義子曰鼎（通鑑2179）	彭公之孫無所鼎（通鑑2189）
彭公之孫無所鼎（通鑑2189）	𠫑子鼎（通鑑2382）（齊）	𨛭夫人嫚鼎（通鑑2386）	陳樂君㰤甗（新收1073）（陳）
曹公簠（集成4593）（曹）	子季嬴青簠蓋（集成4594）（楚）	楚屈子赤目簠蓋（集成4612）（楚）	楚屈子赤目簠器（通鑑5893）（楚）

許公買簠器（集成4617）（許）

許公買簠器（通鑑5950）

荊公孫敦（通鑑6070）

齊侯敦（集成4645）（齊）

洹子孟姜壺（集成9730）（齊）

鄭太子之孫與兵壺蓋（新收1980）

蔡侯盤（新收471）（蔡）

敬事天王鐘甲（集成73）（楚）

子璋鐘甲（集成113）（許）

子璋鐘庚（集成119）（許）

簷叔之仲子平鐘己（集成177）（莒）

侯古堆鎛甲（新收276）

樂子嚷豧簠（集成4618）（宋）

無所簠（通鑑5952）

荊公孫敦（集成4642）

婁君盂（集成10319）

洹子孟姜壺（集成9729）（齊）

鄭太子之孫與兵壺器（新收1980）

蔡大司馬燮盤（通鑑14498）

敬事天王鐘丙（集成75）（楚）

子璋鐘丙（集成115）（許）

徐王子旃鐘（集成182）（徐）

簷叔之仲子平鐘壬（集成180）（莒）

侯古堆鎛戊（新收279）

郳太宰簠蓋（集成4624）（郳）

蔡侯簠甲器（新收1896）（蔡）

王子申盞（集成4643）（楚）

洹子孟姜壺（集成9729）（齊）

洹子孟姜壺（集成9729）（齊）

蠚兒缶（新收1187）（鄀）

蔡侯匜（新收472）（蔡）

敬事天王鐘己（集成78）（楚）

子璋鐘丁（集成116）（許）

簷叔之仲子平鐘丙（集成174）（莒）

鼄公華鐘（集成245）（邾）

喬君鉦鉞（集成423）（許）

叔姜簠蓋（新收1212）（楚）

蔡侯簠甲蓋（新收1896）（蔡）

齊侯敦（集成4645）（齊）

洹子孟姜壺（集成9730）（齊）

蔡侯[illegible]尊（集成6010）（蔡）

寬兒缶甲（通鑑14091）

痏父匜（通鑑14992）

敬事天王鐘辛（集成80）（楚）

子璋鐘戊（集成117）（許）

簷叔之仲子平鐘丁（集成175）（莒）

沇兒鎛（集成203）（徐）

無伯彪戈（集成11134）（許）

楚

工吳王𠭯⿰矢句工吳劍（通鑑 18067）

秦景公石磬（通鑑 19787）（秦）

秦景公石磬（通鑑 19788）（秦）

秦景公石磬（通鑑 19789）（秦）

秦景公石磬（通鑑 19799）（秦）

丁兒鼎蓋（新收 1712）（應）

次尸祭缶（新收 1249）（徐）

寬兒鼎（集成 2722）（蘇）

【春秋時期】

彭子仲盆蓋（集成 10340）

䢅仲無龍匕（集成 970）

齊皇壺（集成 9659）（齊）

般仲柔盤（集成 10143）

鼄叔之伯鐘（集成 87）（邾）

申公彭宇簠（集成 4611）（鄀）

𨙵余敦（新收 1627）

黃太子伯克盆（集成 10338）（黃）

【春秋後期】

齊縈姬盤（集成 10147）（齊）

【春秋早期】

楚嬴盤（集成 10148）（楚）

楚嬴匜（集成 10273）（楚）

楚大師登鐘甲（通鑑 15505）（楚）

楚大師登鐘甲（通鑑 15505）（楚）

楚大師登鐘丙（通鑑 15507）（楚）

楚大師登鐘丁（通鑑 15508）（楚）

楚大師登鐘己（通鑑 15510）（楚）

楚大師登鐘庚（通鑑 15511）（楚）

楚大師登鐘辛（通鑑 15512）（楚）

楚大師登鐘辛（通鑑 15512）（楚）

楚大師登鐘壬（通鑑 15513）（楚）

楚屈叔沱戈（集成 11393）（楚）

楚季⿱吅羊盤（集成 10125）（楚）

【春秋中期】

以鄧鼎蓋（新收 406）（楚）

以鄧鼎器（新收 406）（楚）

以鄧匜（新收 405）

子犯鐘甲 B（新收 1009）（晉）

子犯鐘甲 C（新收 1010）（晉）

子犯鐘乙 A（新收 1020）（晉）

子犯鐘乙 B（新收 1021）（晉）

子犯鐘乙 C（新收 1022）（晉）

楚屈叔佗戈（集成 11198）（楚）

【春秋晚期】

楚子超鼎（集成 2231）（楚）

楚叔之孫倗鼎蓋（新收 410）（楚）

楚叔之孫倗鼎器（新收 410）（楚）

楚叔之孫倗鼎蓋（集成2357）（楚）	楚叔之孫倗鼎器（集成2357）（楚）	倗之遫鼎蓋（新收456）（楚）	倗之遫鼎器（新收456）（楚）
楚旐鼎（新收1197）（楚）	鄬子倗簠（新收457）（楚）	楚屈喜戈（通鑑17186）	倗戟（新收469）（楚）
鄬子倗浴缶蓋（新收460）（楚）	鄬子倗浴缶器（新收460）（楚）	鄬子倗浴缶蓋（新收459）（楚）	鄬子倗浴缶器（新收459）（楚）
黝鎛甲（新收489）（楚）	黝鎛乙（新收490）（楚）	黝鎛丙（新收491）（楚）	黝鎛戊（新收493）（楚）
黝鎛庚（新收495）（楚）	黝鐘戊（新收485）（楚）	黝鐘辛（新收488）（楚）	黝鐘壬（新收497）（楚）
王孫誥鐘一（新收418）（楚）	王孫誥鐘一（新收418）（楚）	王孫誥鐘二（新收419）（楚）	王孫誥鐘二（新收419）（楚）
王孫誥鐘三（新收420）（楚）	王孫誥鐘三（新收420）（楚）	王孫誥鐘四（集成421）（楚）	王孫誥鐘四（新收421）（楚）
王孫誥鐘五（新收422）（楚）	王孫誥鐘五（新收422）（楚）	王孫誥鐘七（新收424）（楚）	王孫誥鐘九（新收426）（楚）
王孫誥鐘九（新收426）（楚）	王孫誥鐘十（新收427）（楚）	王孫誥鐘十（新收427）（楚）	王孫誥鐘十二（新收429）（楚）
王孫誥鐘十二（新收429）（楚）	王孫誥鐘十三（新收430）（楚）	王孫誥鐘十四（新收431）（楚）	王孫誥鐘十五（新收434）（楚）
王孫誥鐘十六（新收436）（楚）	王孫誥鐘十七（新收435）（楚）	王孫誥鐘十九（新收437）（楚）	王孫誥鐘二十（新收433）（楚）
王孫誥鐘二十二（新收438）（楚）	王孫誥鐘二十三（新收443）（楚）	王孫誥鐘二十五（新收441）（楚）	蔡侯[illegible]鎛丁（集成222）（蔡）

丯

楚王酓審盞（新收 1809）（楚）

楚王孫漁矛（通鑑 17689）

蔡侯䵼歌鐘乙（集成 211）（蔡）

楚子⿱夗止鄴敦（集成 4637）（楚）

晉公盆（集成 10342）（晉）

義楚鍴（集成 6462）（徐）

徐王義楚觶（集成 6513）（徐）

徐王義楚盤（集成 10099）（徐）

楚王酓忎盤（通鑑 14510）

楚叔之孫途盉（集成 9426）（楚）

楚王酓忎匜（通鑑 14986）

遷邟鎛丁（通鑑 15795）（舒）

留篙鐘（集成 38）（楚）

楚王領鐘（集成 53）（楚）

遷邟鐘三（新收 1253）（舒）

遷邟鐘六（新收 56）（舒）

遷邟鎛甲（通鑑 15792）（舒）

遷邟鎛丙（通鑑 15794）（舒）

楚屈子赤目簠蓋（集成 4612）（楚）

楚屈子赤目簠器（新收 1230）（楚）

【春秋時期】

中子化盤（集成 10137）（楚）

【春秋早期】

秦子鎛（通鑑 15770）（秦）

秦公鎛甲（集成 267）（秦）

秦公鎛乙（集成 268）（秦）

秦公鎛丙（集成 269）（秦）

秦公鐘乙（集成 263）（秦）

秦公簋器（集成 4315）（秦）

秦公簋蓋（集成 4315）（秦）

【春秋晚期】

𪓐鎛甲（新收 489）（楚）

𪓐鎛乙（新收 490）（楚）

𪓐鎛丙（新收 491）（楚）

𪓐鎛庚（新收 495）（楚）

𪓐鐘戊（新收 485）（楚）

鼄公牼鐘甲（集成 149）（邾）

鼄公牼鐘丁（集成 152）（邾）

鼄公牼鐘乙（集成 150）（邾）

鼄公牼鐘丙（集成 151）（邾）

⿰亻郳夫人⿰女嚚鼎（通鑑 2386）

⿰亻郳夫人⿰女嚚鼎（通鑑 2386）

㞢

晉公盆（集成 10342）（晉）

【春秋前期】

郐諧尹征城（集成 425）（徐）

【春秋早期】

宗婦鄁嫛鼎（集成 2685）（鄁）

宗婦鄁嫛鼎（集成 2683）（鄁）

宗婦鄁嫛鼎（集成 2684）（鄁）

宗婦鄁嫛鼎（集成 2686）（鄁）

宗婦鄁嫛鼎（集成 2687）（鄁）

宗婦鄁嫛簋蓋（集成 4076）（鄁）

宗婦鄁嫛簋（集成 4077）（鄁）

宗婦鄁嫛簋器（集成 4078）（鄁）

宗婦鄁嫛簋蓋（集成 4079）（鄁）

宗婦鄁嫛簋（集成 4081）（鄁）

宗婦鄁嫛簋（集成 4084）（鄁）

宗婦鄁嫛簋（集成 4082）（鄁）

宗婦鄁嫛簋蓋（集成 4084）（鄁）

宗婦鄁嫛簋蓋（集成 4085）（鄁）

宗婦鄁嫛簋（集成 4086）（鄁）

宗婦鄁嫛簋（通鑑 4576）（鄁）

宗婦鄁嫛簋蓋（集成 4087）（鄁）

宗婦鄁嫛壺器（集成 9699）（鄁）

陳侯鼎（集成 2650）（陳）

陳侯簠蓋（集成 4603）（陳）

陳侯簠器（集成 4603）

陳侯簠蓋（集成 4604）（陳）

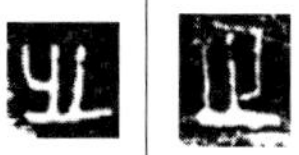
陳侯簠器（集成 4604）（陳）

陳侯簠（集成 4606）（陳）

陳公孫𢉖父瓶（集成 9979）（陳）

陳侯盤（集成 10157）（陳）

曾太保釃叔亟盆（集成 10336）（曾）

考叔𢉖父簠蓋（集成 4609）（楚）

考叔𢉖父簠器（集成 4609）（楚）

考叔𢉖父簠器（集成 4608）（楚）

考叔𢉖父簠蓋（集成 4608）（楚）

曾伯霥簠蓋（集成 4632）（曾）

曾伯霥簠（集成 4631）（曾）

曾伯霥簠蓋（集成 4632）（曾）

曾伯霥簠（集成 4631）（曾）

眚仲之孫簋（集成 4120）

秦公簋蓋（集成 4315）（秦）

秦子簋蓋（通鑑 5166）

樊君靡簠（集成 4487）（樊）

郳太宰欉子斟簠（集成 4623）（郳）

鄀公簠蓋（集成 4569）（鄀）

伯其父慶簠（集成 4581）

曾侯簠（集成 4598）

叔家父簠（集成 4615）	叔朕簠（集成 4621）（戴）	叔朕簠（集成 4622）（戴）	郳子行盆蓋（集成 10330）（郳）
蔡大善夫趣簠蓋（新收 1236）（蔡）	蔡大善夫趣簠器（新收 1236）（蔡）	郳子行盆蓋（集成 10330）（郳）	幻伯隹壺（新收 1200）（曾）
䣄侯之孫敶鼎（集成 2287）（胡）	䣄侯之孫敶鼎（集成 2287）（胡）	吳買鼎（集成 2452）	曾子仲謱鼎（集成 2620）（曾）
伯[illegible][illegible]林鼎（集成 2621）	伯歸臺鼎（集成 2644）（曾）	伯歸臺鼎（集成 2645）（曾）	伯歸臺鼎（集成 2644）（曾）
伯歸臺鼎（集成 2644）（曾）	伯辰鼎（集成 2652）（徐）	圃公鼎（新收 1463）	寶登鼎（通鑑 2277）
戴叔朕鼎（集成 2692）（戴）	衛伯須鼎（新收 1198）	鄧公孫無嬰鼎（新收 1231）（鄧）	伯㲃鬲（集成 592）（曾）
司工單鬲（集成 678）	國子碩父鬲（新收 48）	國子碩父鬲（新收 49）	申五氏孫矩甗（新收 970）（申）
王孫壽甗（集成 946）	[illegible]魯宰兩鼎（集成 2591）（魯）	彭伯壺蓋（新收 316）（彭）	彭伯壺器（新收 316）（彭）
番叔壺（新收 297）（番）	彭伯壺蓋（新收 315）（彭）	彭伯壺器（新收 315）（彭）	僉父瓶蓋（通鑑 14036）
僉父瓶器（通鑑 14036）	郲季寬車盤（集成 10109）（黃）	蘇冶妊盤（集成 10118）（蘇）	干氏叔子盤（集成 10131）
番君伯歒盤（集成 10136）（番）	番昶伯者君盤（集成 10140）（番）	曹公盤（集成 10144）（曹）	黃太子伯克盤（集成 10162）（黃）
夆叔盤（集成 10163）（滕）	長湯伯茬匜（集成 10208）	叔𣪘匜（集成 10219）	郲季寬車匜（集成 10234）（黃）

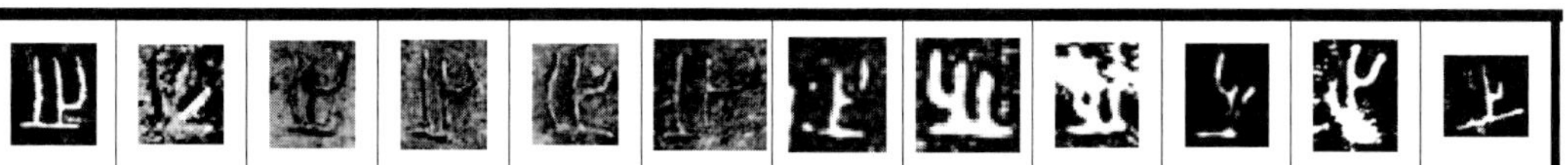

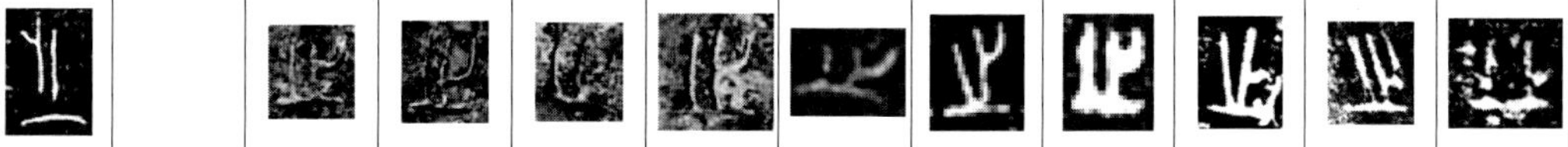

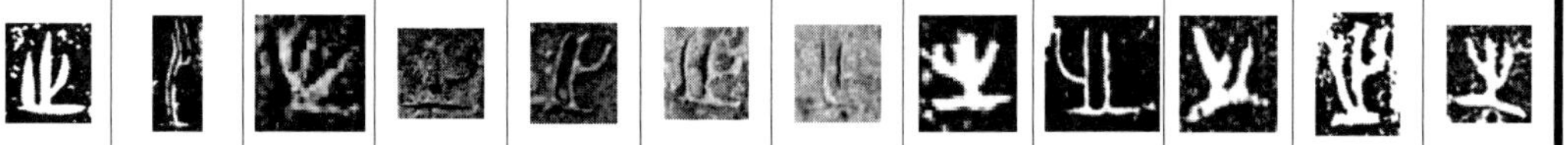

綏君單匜（集成 10235）（黃）

𢦏伯匜（集成 10246）（戴）

取膚上子商匜（集成 10253）（魯）

塞公孫𠱾父匜（集成 10276）

魯大司徒子仲白匜（集成 10277）（魯）

陳子匜（集成 10279）（陳）

鄭大内史叔上匜（集成 10281）（鄭）

鑄侯求鐘（集成 47）（鑄）

楚大師登鐘己（通鑑 15510）（楚）

曹公子沱戈（集成 11120）（曹）

司馬朢戈（集成 11131）

御侯戈（集成 11202）

邛季之孫戈（集成 11252）（江）

曾仲之孫戈（集成 11254）（曾）

恿公戈（集成 11280）

□□伯戈（集成 11201）

邛季之孫戈（集成 11252）（江）

楚屈叔沱戈（集成 11393）（楚）

囂仲之子伯剌戈（集成 11400）

囂仲之子伯剌戈（集成 11400）

淳于公戈（新收 1109）

叔元果戈（新收 1694）

武墜之王戈（新收 1893）

曾侯子鐘甲（通鑑 15142）

曾侯子鐘甲（通鑑 15142）

曾侯子鐘乙（通鑑 15143）

曾侯子鐘丙（通鑑 15144）

曾侯子鐘丁（通鑑 15145）

曾侯子鐘戊（通鑑 15146）

曾侯子鐘己（通鑑 15147）

曾侯子鐘庚（通鑑 15148）

曾侯子鐘辛（通鑑 15149）

曾侯子鐘壬（通鑑 15150）

曾侯子鐘乙（通鑑 15143）

曾侯子鐘丙（通鑑 15144）

曾侯子鐘丁（通鑑 15145）

曾侯子鐘戊（通鑑 15146）

曾侯子鐘己（通鑑 15147）

曾侯子鐘庚（通鑑 15148）

有司伯喪矛（通鑑 17680）

有司伯喪矛（通鑑 17681）

【春秋中期】

鄝子妝戈（新收 409）（楚）

曾仲鄬君腪鎮墓獸方座（新收 521）（楚）

鴋戎鼎（集成 1955）

連迂鼎（集成 2083）（曾）

連迂鼎（集成 2084.2）（曾）

郳梁君光鼎（集成 2283）

洛叔鼎（集成 2355）（曾）
魯大左司徒元鼎（集成 2592）（魯）
魯大司徒厚氏元簠蓋（集成 4691）（魯）
庚兒鼎（集成 2715）（徐）
⿰素命鎛（集成 271）（齊）
子犯鐘乙 B（新收 1021）（晉）
鄧公乘鼎器（集成 2573）（鄧）
庚兒鼎（集成 2716）（徐）
以鄧鼎器（新收 406）（楚）
連迁鼎（通鑑 2350）
鄝伯受簠蓋（集成 4599）（鄝）
長子䝼臣簠蓋（集成 4625）（晉）

洛叔鼎（集成 2355）（曾）
魯大司徒厚氏元簠（集成 4689）（魯）
魯大司徒厚氏元簠器（集成 4691）（魯）
⿰素命鎛（集成 271）（齊）
⿰素命鎛（集成 271）（齊）
子犯鐘乙 E（新收 1016）（晉）
鄧公乘鼎蓋（集成 2573）（鄧）
以鄧鼎蓋（新收 406）（楚）
克黃鼎（新收 500）（楚）
連迁鼎（集成 2084.1）（曾）
鄝伯受簠器（集成 4599）（鄝）
長子䝼臣簠器（集成 4625）（晉）

盅鼎（集成 2356）（曾）
魯大司徒厚氏元簠蓋（集成 4690）（魯）
魯少司寇封孫宅盤（集成 10154）（魯）
⿰素命鎛（集成 271）（齊）
國差𦉜（集成 10361）（齊）
余子氽鼎（集成 2390）（徐）
⿺走馬亥鼎（集成 2588）（宋）
以鄧鼎器（新收 406）（楚）
子犯鬲（通鑑 2939）
江叔螽鬲（集成 677）（江）
上鄀府簠蓋（集成 4613）（鄀）
長子䝼臣簠器（集成 4625）（晉）

盅鼎（集成 2356）（曾）
魯大司徒厚氏元簠器（集成 4690）（魯）
宜桐盂（集成 10320）（徐）
⿰素命鎛（集成 271）（齊）
趙明戈（新收 972）（晉）
余子氽鼎（集成 2390）（徐）
⿺走馬亥鼎（集成 2588）（宋）
以鄧鼎蓋（新收 406）（楚）
鄬子受鼎（新收 527）（楚）
陳公子仲慶簠（集成 4597）（陳）
上鄀府簠器（集成 4613）（鄀）
上鄀公簠蓋（新收 401）（楚）

上鄀公簠器（新收401）（楚）
何此簠（新收402）
何此簠器（新收403）
仲改衛簠（新收400）

何此簠蓋（新收404）
何此簠器（新收404）
盜叔壺（集成9625）（曾）
盜叔壺（集成9626）（曾）

宜桐盂（集成10320）（徐）
子諆盆蓋（集成10335）（黃）
子諆盆器（集成10335）（黃）
盜叔壺（集成9626）（曾）

欒書缶器（集成10008）（晉）
叔師父壺（集成9706）
伯遊父壺（通鑑12304）
伯遊父鐳（通鑑14009）

公萁盤（新收1043）
伯遊父盤（通鑑14501）
以鄧匜（新收405）
童麗君柏鐘（通鑑15186）

陳大喪史仲高鐘（集成355）
者瀘鐘五（集成197）（吳）
者瀘鐘七（集成199）（吳）
者瀘鐘八（集成200）（吳）

者瀘鐘八（集成200）（吳）
者瀘鐘九（集成201）（吳）
者瀘鐘十（集成202）（吳）
童麗公柏戟（通鑑17314）

季子康鎛丙（通鑑15787）
季子康鎛丙（通鑑15787）
季子康鎛丙（通鑑15787）
季子康鎛丁（通鑑15788）

季子康鎛丁（通鑑15788）
季子康鎛丁（通鑑15788）
楚屈叔佗戈（集成11198）（楚）
鄝子詠臣戈（集成11253）

曾大工尹季䧹戈（集成11365）（曾）
以鄧戟（新收408）（楚）
克黃鼎（新收499）（楚）
鄧鰺鼎蓋（集成2085）

陳大喪史仲高鐘（集成353）

【春秋中後期】

東姬匜（新收398）（楚）
東姬匜（新收398）（楚）

東姬匜（新收398）（楚）
東姬匜（新收398）（楚）
滕太宰得匜（新收1733）（滕）（春秋中晚期）

【春秋晚期】

王子午鼎（新收 444）（楚）	王子午鼎（新收 445）（楚）	王子午鼎（新收 449）（楚）	王子午鼎（新收 447）（楚）
王子午鼎（新收 444）（楚）	王子午鼎（新收 446）（楚）	王子午鼎（集成 2811）（楚）	王子午鼎（集成 2811）（楚）
王孫誥戟（新收 465）（楚）	競孫不欲壺（通鑑 12344）（楚）	鄬子倗尊缶（新收 462）（楚）	邵之瘠夫戈（通鑑 17214）（楚）
邵之瘠夫戈（通鑑 17214）（楚）	倗鼎蓋（新收 474）（楚）	龔王之卯戈（通鑑 17216）（楚）	龔王之卯戈（通鑑 17216）（楚）
倗缶（新收 479）（楚）	倗缶蓋（新收 480）（楚）	倗矛（新收 470）（楚）	倗盤（新收 463）（楚）
倗匜（新收 464）（楚）	倗缶器（新收 480）（楚）	倗尊缶蓋（集成 9988）（楚）	倗尊缶器（新收 414）（楚）
鄬子倗浴缶器（新收 460）（楚）	倗尊缶器（新收 415）（楚）	鄬子倗尊缶（通鑑 14067）（楚）	鄬子倗尊缶（新收 461）（楚）
鄬子倗浴缶蓋（新收 460）（楚）	孟縢姬缶器（新收 417）（楚）	孟縢姬缶（新收 416）（楚）	孟縢姬缶（集成 10005）（楚）
王孫誥鐘一（新收 418）（楚）	王孫誥鐘二（新收 419）（楚）	王孫誥鐘四（新收 421）（楚）	王孫誥鐘五（新收 422）（楚）
王孫誥鐘七（新收 424）（楚）	王孫誥鐘八（新收 425）（楚）	王孫誥鐘九（新收 426）（楚）	王孫誥鐘十（新收 427）（楚）
王孫誥鐘十一（新收 428）（楚）	王孫誥鐘十二（新收 429）（楚）	王孫誥鐘十四（新收 431）（楚）	王孫誥鐘十六（新收 436）（楚）
王孫誥鐘十九（新收 437）（楚）	王孫誥鐘二十二（新收 438）（楚）	王孫誥鐘二十六（新收 442）（楚）	黝鐘甲（新收 482）（楚）

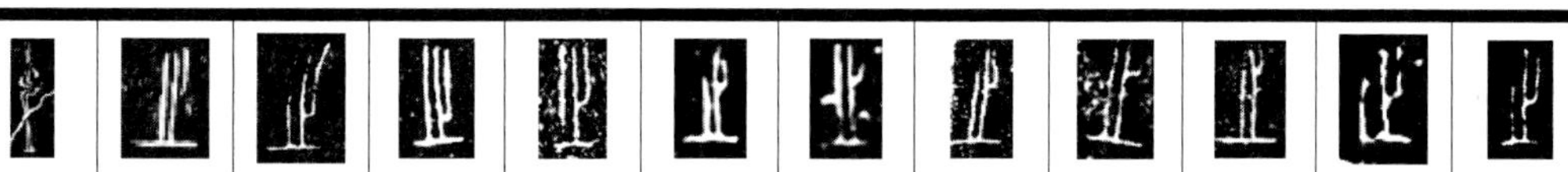

𪒠鐘丁（新收483）（楚）

𪒠鐘辛（新收488）（楚）

𪒠鎛甲（新收489）（楚）

𪒠鎛乙（新收490）（楚）

𪒠鎛乙（新收490）（楚）

𪒠鎛戊（新收493）（楚）

𪒠鎛庚（新收495）（楚）

楚叔之孫倗鼎器（新收410）（楚）

楚叔之孫倗鼎蓋（集成2357）（楚）

倗鼎（新收451）（楚）

倗之𨗨鼎器（新收456）（楚）

倗簠（新收412）（楚）

𪒠鐘戊（新收485）（楚）

𪒠鐘壬（新收497）（楚）

南君㫋鄒戈（通鑑17215）（楚）

𪒠鎛乙（新收490）（楚）

𪒠鎛丙（新收491）（楚）

𪒠鎛庚（新收495）（楚）

𪒠鎛庚（新收495）（楚）

楚叔之孫倗鼎蓋（新收410）（楚）

楚叔之孫倗鼎器（集成2357）（楚）

倗鼎（新收452）（楚）

倗之𨗨鼎器（新收456）（楚）

楚屈子赤目簠蓋（集成4612）（楚）

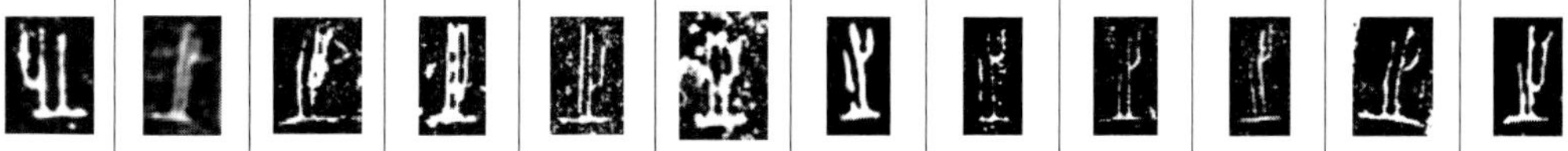

𪒠鐘戊（新收485）（楚）

𪒠鎛甲（新收489）（楚）

𪒠鎛甲（新收489）（楚）

𪒠鎛乙（新收490）（楚）

𪒠鎛丙（新收491）（楚）

𪒠鎛庚（新收495）（楚）

楚叔之孫途盉（集成9426）（楚）

楚叔之孫倗鼎器（新收410）（楚）

楚叔之孫倗鼎器（集成2357）（楚）

倗鼎（新收454）（楚）

倗之𨗨鼎蓋（新收456）（楚）

楚屈子赤目簠器（新收1230）（楚）

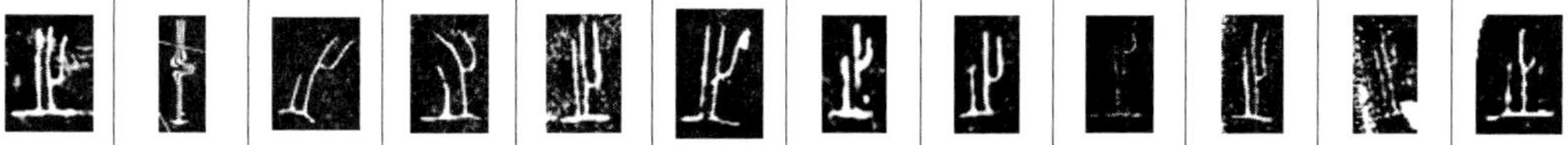

𪒠鐘辛（新收488）（楚）

𪒠鎛甲（新收489）（楚）

𪒠鎛甲（新收489）（楚）

𪒠鎛乙（新收490）（楚）

𪒠鎛丙（新收491）（楚）

𪒠鎛庚（新收495）（楚）

楚叔之孫途盉（集成9426）（楚）

楚叔之孫倗鼎蓋（新收410）（楚）

倗鼎（新收450）（楚）

倗鼎（新收455）（楚）

倗簠（集成4471）（楚）

楚王酓審盞（新收1809）（楚）

蔡侯□簠器（集成 4493）（蔡）	蔡侯□簋蓋（集成 3595）（蔡）	蔡侯□簋蓋（集成 3592）（蔡）	蔡侯□簋（集成 3599）（蔡）
蔡侯□簋器（集成 3598）（蔡）	蔡侯□簋蓋（集成 3598）（蔡）	蔡侯□簋器（集成 3597）（蔡）	蔡侯□簋蓋（集成 3597）（蔡）
蔡侯□殘鼎蓋（集成 2221）（蔡）	蔡侯□殘鼎蓋（集成 2222）（蔡）	蔡侯□簠器（集成 4492）（蔡）	蔡侯□殘鼎（集成 2220）（蔡）
蔡侯□方缶蓋（集成 9993）（蔡）	蔡侯□匜（集成 10189）（蔡）	蔡侯□盤（集成 10072）（蔡）	蔡侯□殘鼎（集成 2218）（蔡）
蔡侯□殘鼎（集成 2219）（蔡）	蔡侯□方缶器（集成 9993）（蔡）	蔡侯簠甲蓋（新收 1896）（蔡）	蔡侯□簠（通鑑 5967）（蔡）
蔡侯□簠（集成 4491）（蔡）	蔡侯□簠器（集成 4490）（蔡）	蔡侯□盥缶器（集成 9992）（蔡）	蔡侯□歌鐘乙（集成 211）（蔡）
蔡侯□歌鐘丁（集成 218）（蔡）	蔡侯□歌鐘辛（集成 216）（蔡）	蔡侯□行鐘乙（集成 213）（蔡）	蔡侯□行鐘丁（集成 215）（蔡）
蔡侯□鎛丁（集成 222）（蔡）	蔡侯□盥缶蓋（集成 9992）（蔡）	蔡侯□鼎蓋（集成 2217）（蔡）	蔡侯簠甲器（新收 1896）（蔡）
蔡侯□簠蓋（集成 4490）（蔡）	蔡侯朱缶（集成 9991）（蔡）	蔡大司馬燮盤（通鑑 14498）	蔡叔季之孫□匜（集成 10284）（蔡）
蔡叔季之孫□匜（集成 10284）（蔡）	蔡叔季之孫□匜（集成 10284）（蔡）	鄧子午鼎（集成 2235）（鄧）	吳王光鐘殘片之二十二（集成 224.2）（吳）
吳王光鐘殘片之二十三（集成 224.24）（吳）	吳王光鐘殘片之二十五（集成 224.33）（吳）	蔡侯申戈（通鑑 17296）	蔡公子頒戈（通鑑 16877）
蔡公子果戈（集成 11147）（蔡）	蔡公子果戈（集成 11146）（蔡）	蔡公子加戈（集成 11148）（蔡）	蔡侯□行戈（集成 11140）（蔡）

工獻太子姑發習反劍（集成 11718）（吳）	工獻太子姑發習反劍（集成 11718）（吳）	曹鷂尋員劍（新收 1241）（吳）	玄翏之用戈（新收 741）（吳）
越邾盟辭鎛乙（集成 156）（越）	姑馮昏同之子句鑃（集成 424）（越）	姑馮昏同之子句鑃（集成 424）（越）	越王之子勾踐劍（集成 11594）（越）
足利次留元子鐘（通鑑 15361）（徐）	足利次留元子鐘（通鑑 15361）（徐）	沇兒鎛（集成 203）（徐）	臧之無咎戈（通鑑 17279）（楚）
吳王孫無土鼎蓋（集成 2359）（吳）	吳王孫無土鼎器（集成 2359）（吳）	無伯彪戈（集成 11134）（許）	徐王元子柒爐（集成 10390）（徐）
越王之子勾踐劍（集成 11595）（越）	其次句鑃（集成 421）（越）	其次句鑃（集成 422）（越）	徐王元子柒爐（集成 10390）（徐）
配兒鉤鑃乙（集成 427）（吳）	玄鏐赤鏞戈（新收 1289）（吳）	楚叔之孫倗鼎蓋（集成 2357）（楚）	復公仲壺（集成 9681）
鄬子大簠蓋（新收 541）（楚）	鄬子大簠器（新收 541）（楚）	鄬子孟孎青簠器（通鑑 5947）	醓祓想簠蓋（新收 534）（楚）
醓祓想簠器（新收 534）（楚）	許公買簠器（通鑑 5950）	無所簠（通鑑 5952）	無所簠（通鑑 5952）
鄬子孟青孎簠器（新收 522）（楚）	黃仲酉簠（通鑑 5958）	申文王之孫州桒簠（通鑑 5960）	申文王之孫州桒簠（通鑑 5960）
鄬子孟升孎鼎蓋（新收 523）（楚）	鄬子吳鼎蓋（新收 533）（楚）	鄬子吳鼎器（新收 533）（楚）	鄬子吳鼎蓋（新收 532）（楚）
臧孫鐘甲（集成 93）（吳）	臧孫鐘乙（集成 94）（吳）	臧孫鐘丙（集成 95）（吳）	臧孫鐘丙（集成 95）（吳）
臧孫鐘丁（集成 96）（吳）	臧孫鐘丁（集成 96）（吳）	臧孫鐘戊（集成 97）（吳）	臧孫鐘戊（集成 97）（吳）

臧孫鐘己（集成98）（吳）	臧孫鐘己（集成98）（吳）	臧孫鐘庚（集成99）（吳）	臧孫鐘庚（集成99）（吳）
臧孫鐘壬（集成101）（吳）	子璋鐘甲（集成113）（許）	子璋鐘乙（集成114）（許）	子璋鐘丁（集成116）（許）
子璋鐘戊（集成117）（許）	子璋鐘庚（集成119）（許）	子璋鐘庚（集成119）（許）	邨子彭缶（集成9995）
遷𨚗鐘三（新收1253）（舒）	遷𨚗鐘三（新收1253）（舒）	遷𨚗鐘三（新收1253）（舒）	遷𨚗鐘六（新收56）（舒）
遷𨚗鐘六（新收56）（舒）	遷𨚗鐘六（新收56）（舒）	遷𨚗鎛丙（通鑑15794）（舒）	遷𨚗鎛丙（通鑑15794）（舒）
遷𨚗鎛丙（通鑑15794）（舒）	遷𨚗鎛丁（通鑑15795）（舒）	遷𨚗鎛丁（通鑑15795）（舒）	遷𨚗鎛丁（通鑑15795）（舒）
黃仲酉匜（通鑑14987）（曾）	可盤（通鑑14511）（曾）	越郳盟辭鎛甲（集成155）	越郳盟辭鎛甲（集成155）
郳公孫班鎛（集成140）（郳）	曾姬盤（通鑑14515）	吳王夫差盉（新收1475）（吳）	夆叔匜（集成10282）（滕）
羅兒匜（新收1266）	羅兒匜（新收1266）	旨賞鐘（集成19）（吳）	競平王之定鐘（集成37）（楚）
可簠（通鑑5959）	仲姬彥敦蓋（新收502）（曾）	仲姬彥敦器（新收502）（曾）	許子敦（通鑑6058）
𧶠于嚖盞蓋（集成4636）（楚）	工尹坡盞（通鑑6060）	歸父敦（集成4640）（齊）	𨽍公胄敦（集成4641）（鄀）
荊公孫敦（通鑑6070）	荊公孫敦（集成4642）	王子申盞（集成4643）（楚）	鄬子受鬲（新收529）（楚）

蒸兒缶（新收 1187）（鄀）	叴方豆（集成 4662）（宋）	者尚余卑盤（集成 10165）	唐子仲瀕兒盤（新收 1210）（唐）
寬兒鼎（集成 2722）（蘇）	寬兒鼎（集成 2722）（蘇）	寬兒缶甲（通鑑 14091）	寬兒缶甲（通鑑 14091）
徐王朩又觶（集成 6506）	徐王朩又觶（集成 6506）	義楚鍴（集成 6462）（徐）	徐王子旃鐘（集成 182）（徐）
余贎逨兒鐘甲（集成 183）（徐）	余贎逨兒鐘乙（集成 184）（徐）	余贎逨兒鐘乙（集成 184）（徐）	余贎逨兒鐘丙（集成 185）（徐）
余贎逨兒鐘丙（集成 185）（徐）	邵王之諻鼎（集成 2288）（楚）	邵王之諻鼎（集成 2288）（楚）	邵王之諻簋（集成 3634）
邵王之諻簋（集成 3634）	邵王之諻簋（集成 3635）	孝子平壺（新收 1088）（莒）	鄦伯彥多壺（新收 379）（申）
競之定豆甲（通鑑 6146）	競之定豆甲（通鑑 6146）	競之定豆乙（通鑑 6147）	競之定豆乙（通鑑 6147）
競之定鬲甲（通鑑 2997）	競之定鬲甲（通鑑 2997）	競之定鬲乙（通鑑 2998）	競之定鬲丁（通鑑 3000）
競之定簋甲（通鑑 5226）	鄬子吳鼎器（新收 532）（楚）	鄭莊公之孫盧鼎（通鑑 2326）	鄭莊公之孫盧鼎（通鑑 2326）
曾侯郕鼎（通鑑 2337）	黃仲酉鼎（通鑑 2338）	宋左太師睪鼎（通鑑 2364）	𨛜夫人嬭鼎（通鑑 2386）
郯竝果戈（新收 1485）	陳樂君歍甗（新收 1073）（陳）	□之簠蓋（集成 4472）	𣿌簠（集成 4475）
曾子遐簠（集成 4488）（曾）	曾子遐簠（集成 4489）（曾）	番君召簠蓋（集成 4585）（番）	番君召簠（集成 4586）（番）

慶孫之子峠簠器（集成 4502）	慶孫之子峠簠蓋（集成 4502）	慶孫之子峠簠器（集成 4502）	慶孫之子峠簠蓋（集成 4502）
曾孫史夷簠（集成 4591）	曹公簠（集成 4593）（曹）	子季嬴青簠蓋（集成 4594）（楚）	嘉子伯昜臚簠蓋（集成 4605）
嘉子伯昜臚簠器（集成 4605）	許子妝簠蓋（集成 4616）（許）	許公買簠器（集成 4617）（許）	樂子嚷豧簠（集成 4618）（宋）
郳太宰簠蓋（集成 4624）（郳）	飤簠器（新收 475）（楚）	飤簠蓋（新收 476）（楚）	飤簠器（新收 476）（楚）
飤簠蓋（新收 477）（楚）	飤簠蓋（新收 478）（楚）	飤簠器（新收 478）（楚）	發孫虜簠（新收 1773）
叔姜簠蓋（新收 1212）（楚）	曾都尹定簠（新收 1214）（曾）	曾子義行簠器（新收 1265）（曾）	曾子義行簠蓋（新收 1265）（曾）
曾孫無期鼎（集成 2606）（曾）	楚旅鼎（新收 1197）（楚）	鄧尹疾鼎蓋（集成 2234）（鄧）	鄧尹疾鼎器（集成 2234）（鄧）
王子吳鼎（集成 2717）（楚）	智君子鑑（集成 10289）（晉）	楚屈喜戈（通鑑 17186）	乙鼎（集成 2607）
楚子超鼎（集成 2231）（楚）	曾大師奠鼎（新收 501）（曾）	丁兒鼎蓋（新收 1712）（應）	丁兒鼎蓋（新收 1712）（應）
曾孫定鼎器（新收 1213）（曾）	夫跌申鼎（新收 1250）（舒）	彭公之孫無所鼎（通鑑 2189）	鄬子孟升嬭鼎器（新收 523）（楚）
襄腫子湯鼎（新收 1310）（楚）	襄腫子湯鼎（新收 1310）（楚）	伯怡父鼎乙（新收 1966）	篖太史申鼎（集成 2732）（莒）
少虡劍（集成 11696）（晉）	少虡劍（集成 11696）（晉）	少虡劍（集成 17697）（晉）	少虡劍（集成 17697）（晉）

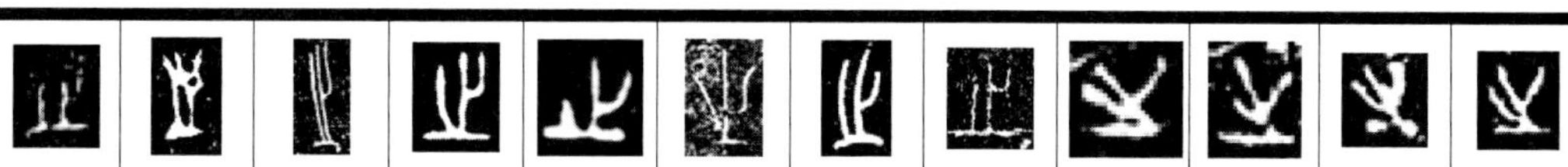

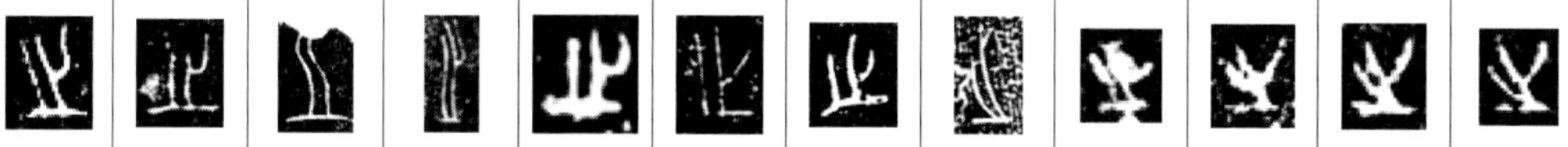
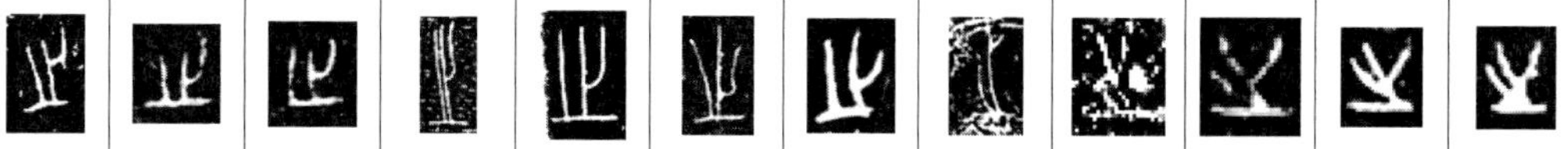

郘黛鐘二（集成 226）（晉）	郘黛鐘二（集成 226）（晉）	郘黛鐘三（集成 227）（晉）	郘黛鐘四（集成 228）（晉）
郘黛鐘四（集成 228）（晉）	郘黛鐘五（集成 229）（晉）	郘黛鐘六（集成 230）（晉）	郘黛鐘六（集成 230）（晉）
郘黛鐘七（集成 231）（晉）	郘黛鐘八（集成 232）（晉）	郘黛鐘八（集成 232）（晉）	郘黛鐘九（集成 233）（晉）
郘黛鐘九（集成 233）（晉）	郘黛鐘十（集成 234）（晉）	郘黛鐘十三（集成 237）（晉）	比城戟（新收 971）（晉）
⿰飠攴孫宋鼎（新收 1626）	⿰石阝子裁盤（新收 1372）（羅）	趙孟庎壺（集成 9679）（晉）	趙孟庎壺（集成 9678）（晉）
哀成叔鼎（集成 2782）（鄭）	哀成叔鼎（集成 2782）（鄭）	哀成叔卮（集成 4650）（晉）	哀成叔豆（集成 4663）（晉）
齊侯盤（集成 10159）（齊）	公子土斧壺（集成 9709）（齊）	公子土斧壺（集成 9709）（齊）	齊侯盂（集成 10318）（齊）
洹子孟姜壺（集成 9729）（齊）	齊侯敦（集成 4645）（齊）	羊子戈（集成 11089）（魯）	邾公釛鐘（集成 102）（邾）
鼄公華鐘（集成 245）（邾）	可方壺（通鑑 12331）（曾）	曾仲姬壺（通鑑 12329）（曾）	鄭太子之孫與兵壺蓋（新收 1980）
鄭太子之孫與兵壺蓋（新收 1980）	子之弄鳥尊（集成 5761）	之壺（集成 9494）（曾）	敬事天王鐘乙（集成 74）（楚）
敬事天王鐘庚（集成 79）（楚）	敬事天王鐘壬（集成 81）（楚）	敬事天王鐘乙（集成 74）（楚）	敬事天王鐘乙（集成 74）（楚）
敬事天王鐘戊（集成 77）（楚）	敬事天王鐘戊（集成 77）（楚）	敬事天王鐘庚（集成 79）（楚）	敬事天王鐘庚（集成 79）（楚）

	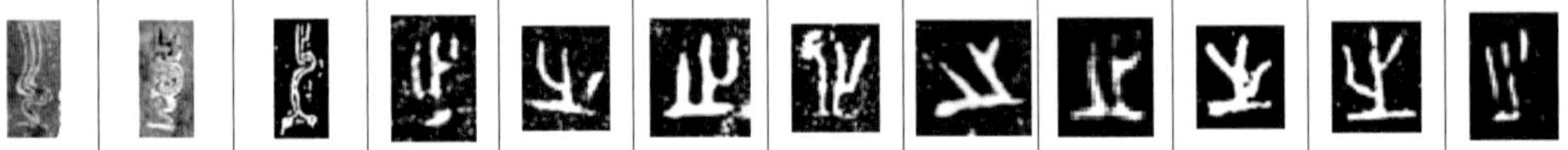		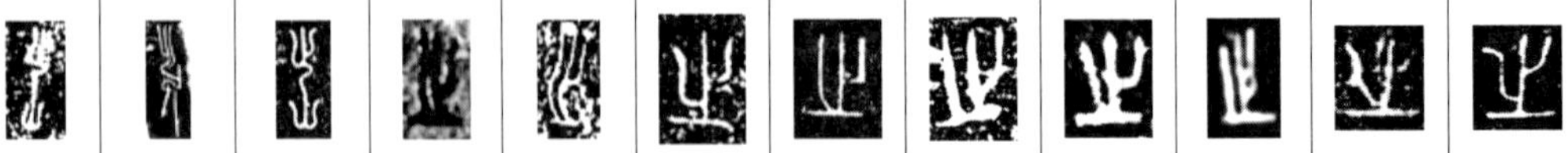
敬事天王鐘壬（集成81）（楚）	敬事天王鐘壬（集成81）（楚）	簷叔之仲子平鐘甲（集成172）（莒）	簷叔之仲子平鐘甲（集成172）（莒）
簷叔之仲子平鐘丙（集成174）（莒）	簷叔之仲子平鐘丙（集成174）（莒）	簷叔之仲子平鐘丙（集成174）（莒）	簷叔之仲子平鐘丁（集成175）（莒）
簷叔之仲子平鐘己（集成177）（莒）	簷叔之仲子平鐘壬（集成180）（莒）	簷叔之仲子平鐘壬（集成180）（莒）	侯古堆鎛甲（新收276）
侯古堆鎛甲（新收276）	鄬子白鐸（新收393）（鄬）	喬君鉦鋮（集成423）（許）	右買戈（集成11075）
滕侯昃戈（集成11018）（滕）	鄬戈（集成11027）（鄬）	滕侯昃戈（集成11079）（滕）	郘子戈（集成11080）
徹子戈（集成11076）	滕侯耆戈（集成11077）（滕）	滕侯耆戈（集成11078）（滕）	滕侯昃戈（集成11123）（滕）
淳于公戈（集成11124）（鑄）	淳于公戈（集成11125）（鑄）	蔡加子戈（集成11149）（蔡）	邾大司馬戈（集成11206）（邾）
徐王之子叚戈（集成11282）（徐）	徐王之子叚戈（集成11282）（徐）	宋公差戈（集成11289）（宋）	宋公差戈（集成11204）（宋）
許公戈（通鑑17217）	許公戈（通鑑17218）	許公寍戈（通鑑17219）	王子□戈（通鑑17318）
鴋公圃劍（集成11651）（應）	徐王義楚劍（通鑑17981）	楚王孫漁矛（通鑑17689）	郘子劍（集成11678）
玄鏐戈（通鑑17238）	蔡叔戟（通鑑17313）	玄膚之用戈（通鑑16870）	玄翏夫睸戈（集成11163）（蔡）
君子壺（新收992）（晉）	王子玫戈（集成11207）（吳）	王子玫戈（集成11208）（吳）	子可期戈（集成11072）

宋公欒戈（集成 11133）（宋）	玄鏐夫鋁戈（集成 11137）（蔡）	玄鏐夫鋁戈（集成 11138）（蔡）	吳季子之子逞劍（集成 11640）（吳）
吳季子之子逞劍（集成 11640）（吳）	工盧王姑發習反之弟劍（新收 988）（吳）	姑發者反之子通劍（新收 1111）（吳）	工吳王䲣㚤工吳劍（通鑑 18067）
郘大叔斧（集成 11788）（晉）	呂大叔斧（集成 11787）（晉）	呂大叔斧（集成 11786）（晉）	郐令尹者旨㫚爐（集成 10391）（徐）
聖靡公𡚸鼓座（集成 429）	聖靡公𡚸鼓座（集成 429）	聖靡公𡚸鼓座（集成 429）	石鼓（通鑑 19816）（秦）
石鼓（獵碣・汧沔）（通鑑 19817）（秦）	石鼓（獵碣・汧沔）（通鑑 19817）（秦）	石鼓（獵碣・汧沔）（通鑑 19817）（秦）	石鼓（獵碣・汧沔）（通鑑 19817）（秦）
石鼓（獵碣・鑾車）（通鑑 19819）（秦）	石鼓（獵碣・馬薦）（通鑑 19823）（秦）	王子叵俎（通鑑 6320）	次尸祭缶（新收 1249）（徐）
蔡公子義工簠（集成 4500）（蔡）	【春秋時期】	痃鼎（集成 2569）	鼄叔之伯鐘（集成 87）（邾）
取它人鼎（集成 2227）（魯）	子陕□之孫鼎（集成 2285）	鐘伯侵鼎（集成 2668）	申公彭宇簠（集成 4610）（鄀）
申公彭宇簠（集成 4611）（鄀）	盆余敦（新收 1627）	盆余敦（新收 1627）	卲方豆（集成 4661）（楚）
卲方豆（集成 4660）	曾孟嬶諫盆蓋（集成 10332）（曾）	曾孟嬶諫盆器（集成 10332）（曾）	黃太子伯克盆（集成 10338）（黃）
子季嬴青盆（集成 10339）	彭子仲盆蓋（集成 10340）	𠈇君壺（集成 9680）	曾子遡缶（集成 9996）（曾）
取膚上子商盤（集成 10126）（魯）	般仲柔盤（集成 10143）	黃韋俞父盤（集成 10146）（黃）	陳伯元匜（集成 10267）（陳）

師　帀𠂤

陳伯元匜（集成 10267）（陳）

公父宅匜（集成 10278）

鼣鼎蓋（集成 1990）

左之造戈（集成 10968）

王羨之戈（集成 11015）

雍之田戈（集成 11019）

㝨戈（新收 1156）

滕之不㤉劍（集成 11608）（滕）

郳稕權（集成 10381）

晉公車軎甲（集成 12027）（晉）

晉公車軎乙（集成 12028）（晉）

玄鏐戈（通鑑 16884）

鼣鼎器（集成 1990）

炌右盤（集成 10150）

【春秋晚或戰國早期】

中央勇矛（集成 11566）

【春秋後期】

齊縈姬盤（集成 10147）（齊）

【春秋晚期】

鼄子鼎（通鑑 2382）（齊）

【春秋中期】

國差𦉜（集成 10361）（齊）

【春秋晚期】

蔡大師鼎（集成 2738）（蔡）

曾大師奠鼎（新收 501）（曾）

宋左太師睪鼎（通鑑 2364）

工師迦戈（集成 10965）

【春秋時期】

鐘伯侵鼎（集成 2668）

【春秋早期】

鄭師𠫑父鬲（集成 731）（鄭）

大師盤（新收 1464）

楚大師登鐘甲（通鑑 15505）（楚）

楚大師登鐘丁（通鑑 15508）（楚）

楚大師登鐘丙（通鑑 15507）（楚）

楚大師登鐘己（通鑑 15510）（楚）

楚大師登鐘辛（通鑑 15512）（楚）

【春秋中期】

叔師父壺（集成 9706）

【春秋晚期】

石鼓（獵碣・而師）（通鑑 19822）（秦）

𠂤　師

【春秋時期】

大孟姜匜（集成10274）

師麻孝叔鼎（集成2552）

【春秋早期】

楚大師登鐘庚（通鑑15511）（楚）

曾大師賓樂與鼎（通鑑2279）

【春秋中期】

子犯鐘甲C（新收1010）（晉）

子犯鐘乙B（新收1021）（晉）

子犯鐘乙C（新收1022）（晉）

【春秋晚期】

晉公盆（集成10342）（晉）

【春秋時期】

衛量（集成10369）

【春秋中期】

公典盤（新收1043）

【春秋晚期】

拍敦（集成4644）

石鼓（獵碣・田車）（通鑑19818）（秦）

【春秋晚期】

索魚王戈（新收1300）

【春秋晚期】

徐王宋又觶（集成6506）

【春秋早期】

大司馬孛朮簠蓋（集成4505）

大司馬孛朮簠器（集成4505）

【春秋晚期】

南君旛鄒戈（通鑑17215）（楚）

工𫊸太子姑發𦖞反劍（集成11718）（吳）

攻𫊸王劍（集成11665）

洹子孟姜壺（集成9729）（齊）

洹子孟姜壺（集成9730）（齊）

遷邟鐘三（新收1253）（舒）

遷邟鐘六（新收56）（舒）

遷邟鎛內（通鑑15794）（舒）

遷邟鎛丁（通鑑15795）（舒）

【春秋早期】

魯內小臣床生鼎（集成2354）

江小仲母生鼎（集成2391）（江）

𢊁弃生鼎（集成2524）

武生毀鼎（集成2522）

武生毀鼎（集成2523）

鄦奓魯生鼎（集成2605）（許）

𢦚偖生鼎（集成2632）

𢦚偖生鼎（集成2633）

陽飤生匜（集成10227）

戎生鐘甲（新收1613）（晉）

戎生鐘己（新收1618）（晉）

【春秋中期】

𪏁鎛（集成271）（齊）

【春秋晚期】

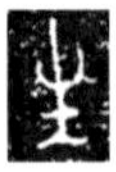
工𠭯季生匜（集成10212）

沇兒鎛（集成203）（徐）

聖靡公㛄鼓座（集成429）

秦景公石磬（通鑑19791）（秦）

【春秋晚或戰國早期】

中央勇矛（集成11566）

【春秋時期】

鄀公匜（集成10228）（鄀）

後生戈（通鑑17250）

許公戈（新收585）（許）

【春秋晚期】

哀成叔鼎（集成2782）（鄭）

【春秋晚期】

𥆯公蘇戈（集成11209）

【春秋早期】

華母壺（集成9638）

【春秋晚期】

鼄公華鐘（集成245）（邾）

吳王光鐘殘片之十一（集成224.3）（吳）

石鼓（獵碣・作原）（通鑑19821）（秦）

【春秋晚期】	黝鎛丁（新收492）（楚）	黝鐘丙（新收486）（楚）	【春秋晚期】	【春秋早期】	宗婦鄁嫛鼎（集成2686）（鄁）	宗婦鄁嫛簋蓋（集成4078）（鄁）	宗婦鄁嫛簋（集成4081）（鄁）	宗婦鄁嫛簋器（集成4086）（鄁）	秦公鐘甲（集成262）（秦）	囂仲之子伯刺戈（集成11400）	鄭莊公之孫盧鼎（通鑑2326）
黝鎛甲（新收489）（楚）	黝鎛己（新收494）（楚）	黝鐘己（新收484）（楚）	鼄子鼎（通鑑2382）	宗婦鄁嫛鼎（集成2683）（鄁）	宗婦鄁嫛鼎（集成2687）（鄁）	宗婦鄁嫛簋器（集成4078）（鄁）	宗婦鄁嫛簋（集成4084）（鄁）	宗婦鄁嫛簋（通鑑4576）（鄁）	秦公鐘丙（集成264）（秦）	【春秋晚期】	鄭太子之孫與兵壺蓋（新收1980）
黝鎛乙（新收490）（楚）	黝鎛辛（新收496）（楚）		吳王光鐘殘片之九（集成224.29）（吳）	宗婦鄁嫛鼎（集成2684）（鄁）	宗婦鄁嫛簋蓋（集成4076）（鄁）	宗婦鄁嫛簋蓋（集成4079）（鄁）	宗婦鄁嫛簋蓋（集成4084）（鄁）	秦公簋蓋（集成4315）（秦）	秦公鎛甲（集成267）（秦）	晉公盆（集成10342）	鄭太子之孫與兵壺器（新收1980）
黝鎛丙（新收491）（楚）	黝鐘甲（新收482）（楚）		吳王光鐘殘片之十四（集成224.46）（吳）	宗婦鄁嫛鼎（集成2685）（鄁）	宗婦鄁嫛簋（集成4077）（鄁）	宗婦鄁嫛簋（集成4080）（鄁）	宗婦鄁嫛簋蓋（集成4085）（鄁）	宗婦鄁嫛壺器（集成9698）（鄁）	秦公鎛乙（集成268）（秦）	鄭莊公之孫盧鼎（通鑑2326）	

腖

東

國

【春秋晚期】

曾子𣄰鼎（集成 2757）（曾）

【春秋早期】

伯辰鼎（集成 2652）（徐）

【春秋晚期】

石鼓（獵碣·汧沔）（通鑑 1817）（秦）

【春秋早期】

宗婦鄁嫛鼎（集成 2684）（鄁）

宗婦鄁嫛鼎（集成 2685）（鄁）

宗婦鄁嫛鼎（集成 2686）（鄁）

宗婦鄁嫛鼎（集成 2687）（鄁）

宗婦鄁嫛鼎（集成 2688）（鄁）

曾子𣄰鼎（集成 2757）（曾）（鄁）

宗婦鄁嫛簋蓋（集成 4076）（鄁）

宗婦鄁嫛簋（集成 4077）（鄁）

宗婦鄁嫛簋蓋（集成 4078）（鄁）

宗婦鄁嫛簋器（集成 4078）（鄁）

宗婦鄁嫛簋蓋（集成 4079）（鄁）

宗婦鄁嫛簋（集成 4080）（鄁）

宗婦鄁嫛簋（集成 4081）（鄁）

宗婦鄁嫛簋（集成 4084）（鄁）

宗婦鄁嫛簋（集成 4082）（鄁）

宗婦鄁嫛簋蓋（集成 4084）（鄁）

宗婦鄁嫛簋蓋（集成 4085）（鄁）

宗婦鄁嫛簋（集成 4086）（鄁）

宗婦鄁嫛簋（通鑑 4576）（鄁）

宗婦鄁嫛簋蓋（集成 4087）（鄁）

宗婦鄁嫛壺器（集成 9698）（鄁）

【春秋晚期】

晉公盆（集成 10342）（晉）

【春秋中期】

國差𦉜（集成 10361）（齊）

【春秋晚期】

蔡侯𤕌歌鐘甲（集成 210）（蔡）

蔡侯𤕌歌鐘乙（集成 211）（蔡）

蔡侯𤕌歌鐘丙（集成 217）（蔡）

蔡侯𤕌鎛丁（集成 222）（蔡）

蔡侯𤕌鎛丙（集成 221）（蔡）

王孫誥鐘一（新收 418）（楚）

王孫誥鐘三（新收 420）（楚）

王孫誥鐘四（新收 421）（楚）

王孫誥鐘五（新收 422）（楚）

王孫誥鐘十（新收 427）（楚）

王孫誥鐘十一（新收 428）（楚）

王孫誥鐘十二（新收 429）（楚）

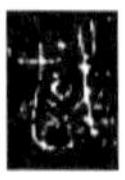
王孫誥鐘十三（新收 430）（楚）

王孫誥鐘十六（新收436）（楚）

王孫誥鐘二十一（新收439）（楚）

王孫誥鐘二十四（新收440）（楚）

王孫遺者鐘（集成261）（楚）

國子鼎器（集成1348）

國子中官鼎器（集成1935）

國子鼎（通鑑2334）

郰

【春秋中期】

章子郰戈（集成11295）

或

參見或字

【春秋早期】

秦公簋器（集成4315）（秦）

圝

【春秋晚期】

石鼓（獵碣・吳人）（通鑑19825）（秦）

【春秋早期】
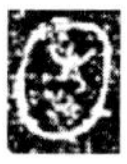
圃公鼎（新收1463）

【春秋晚期】

鴋公圃劍（集成11651）（應）

【春秋晚期】

庚壺（集成9733）（齊）

【春秋晚期】

文公之母弟鐘（新收1479）

【春秋早期】

⿴囗昆君鼎（集成2502）

⿴囗昆君婦媿靁壺（通鑑12349）

⿴囗昆君婦媿靁盉（集成9434）

鼎

【春秋晚期】

曹鷧尋員劍（新收1241）（吳）

石鼓（通鑑19816）（秦）

石鼓（通鑑19816）（秦）

《說文》：「員，籀文从鼎。」

【春秋晚期】

余購逐兒鐘甲（集成183）（徐）

余購逐兒鐘乙（集成184）（徐）

郘夫人嫼鼎（通鑑2386）

【春秋晚期】

石鼓（獵碣・鑾車）（通鑑19819）（秦）

杕氏壺（集成9715）（燕）

【春秋晚期】

郘大叔斧（集成11788）（晉）

呂大叔斧（集成11787）（晉）

呂大叔斧（集成11786）（晉）

黝鎛甲（新收489）（楚）

黝鎛乙（新收490）（楚）

黝鎛丙（新收491）（楚）

黝鎛庚（新收495）（楚）

黝鐘戊（新收485）（楚）

競孫不欲壺（通鑑12344）（楚）

蔡侯䜌歌鐘辛（集成216）（蔡）

蔡侯䜌鎛乙（集成220）（蔡）

蔡侯䜌歌鐘丁（集成218）（蔡）

蔡侯䜌鎛丁（集成222）（蔡）

【春秋早期】

魯伯大父簋（集成3974）（魯）

魯太宰原父簋（集成3987）（魯）

魯伯大父簋（集成3989）（魯）

魯宰駟父鬲（集成707）（魯）

魯伯厚父盤（集成10086）（魯）

取膚上子商匜（集成10253）（魯）

楚季苟盤（集成10125）（楚）

魯大司徒子仲白匜（集成10277）（魯）

魯伯厚父盤（通鑑14505）

黃太子伯克盤（集成10162）（黃）

曾侯簠（集成4598）

𢊁弃生鼎（集成2524）

蘇冶妊鼎（集成2526）（蘇）

【春秋中期】

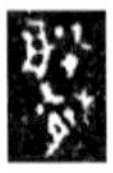
上鄀公簠蓋（新收401）（楚）

鄬伯受簠蓋（集成4599）（鄬）

鄬伯受簠器（集成4599）（鄬）

長子䵼臣簠蓋（集成4625）（晉）

長子䵼臣簠器（集成4625）（晉）

【春秋晚期】

蔡大師䐓鼎（集成2738）（蔡）

蔡侯䜌尊（集成6010）（蔡）

蔡侯盤（新收471）（蔡）

賞　賜　賓

賸

蔡大司馬燮盤（通鑑14498）

蔡侯匜（新收472）（蔡）

蔡叔季之孫君匜（集成10284）（蔡）

許子妝簠蓋（集成4616）（許）

晉公盆（集成10342）

復公仲簋蓋（集成4128）

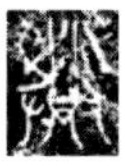
齊侯盤（集成10159）（齊）

曾子原彝簠（集成4573）（曾）

【春秋時期】

取膚上子商盤（集成10126）（魯）

【春秋早期】

鄀仲盤（集成10135）（尋）

尋仲匜（集成10266）（尋）

【春秋晚期】

蔡侯簠甲蓋（新收1896）（蔡）

蔡侯簠甲器（新收1896）（蔡）

蔡侯簠乙（新收1897）（蔡）

【春秋晚期】

旨賞鐘（集成19）（吳）

【春秋中期】

公賜玉鼎（通鑑19701）

賓

【春秋早期】

曾伯陭壺器（集成9712）（曾）

曾伯陭壺蓋（集成9712）（曾）

徐王捰鼎（集成2675）（徐）

【春秋晚期】

王孫誥鐘一（新收418）（楚）

王孫誥鐘二（新收419）（楚）

王孫誥鐘三（新收420）（楚）

王孫誥鐘四（新收421）（楚）

王孫誥鐘五（新收422）（楚）

王孫誥鐘七（新收424）（楚）

王孫誥鐘八（新收425）（楚）

王孫誥鐘十（新收427）（楚）

王孫誥鐘十一（新收428）（楚）

王孫誥鐘十二（新收429）（楚）

王孫誥鐘十四（新收431）（楚）

王孫誥鐘十六（新收436）（楚）

王孫誥鐘十九（新收437）（楚）

王孫誥鐘二十二（新收438）（楚）

王孫誥鐘二十五（新收441）（楚）

王孫遺者鐘（集成 261）（楚）

姑馮昏同之子句鑃（集成 424）（越）

配兒鉤鑃乙（集成 427）（吳）

嘉賓鐘（集成 51）

簷太史申鼎（集成 2732）（莒）

齊鞷氏鐘（集成 142）（齊）

徐王子旊鐘（集成 182）（徐）

沇兒鎛（集成 203）（徐）

《說文》：「賓，古文。」

【春秋早期】

秦公簋蓋（集成 4315）（秦）

戎生鐘丁（新收 1616）（晉）

【春秋晚期】

賈孫叔子屖盤（通鑑 14516）

【春秋早期】

吳買鼎（集成 2452）

【春秋晚期】

許公買簠器（集成 4617）（許）

許公買簠蓋（通鑑 5950）

右買戈（集成 11075）

【春秋晚期】

盥缶（通鑑 14051）

【春秋晚期】

玄翏夫䀢戈（集成 11163）（蔡）

【春秋晚期】

文公之母弟鐘（新收 1479）

【春秋晚期】

䞣于嚻盞蓋（集成 4636）（楚）

䞣于嚻盞器（集成 4636）（楚）

【春秋晚期】

蔡叔季之孫䝼匜（集成 10284）（蔡）

⿰邑丰

⿰邑者

【春秋早期】

戈伯匜（集成 10246）（戴）

【春秋中期】

⿰黍命鎛（集成 271）（齊）

⿰黍命鎛（集成 271）（齊）

【春秋晚期】

洹子孟姜壺（集成 9729）（齊）

洹子孟姜壺（集成 9730）（齊）

【春秋早期】

曾侯簠（集成 4598）

【春秋中期】

子犯鐘甲 A（新收 1008）（晉）

子犯鐘乙 A（新收 1020）（晉）

⿰黍命鎛（集成 271）（齊）

【春秋晚期】

哀成叔鼎（集成 2782）（鄭）

復公仲簋蓋（集成 4128）

晉公盆（集成 10342）

晉公盆（集成 10342）

晉公盆（集成 10342）

鼄公華鐘（集成 245）（邾）

【春秋中期】

國差𦉜（集成 10361）（齊）

【春秋晚期】

蔡侯□歌鐘甲（集成 210）（蔡）

蔡侯□歌鐘甲（集成 210）（蔡）

蔡侯□歌鐘乙（集成 211）（蔡）

蔡侯□歌鐘丙（集成 217）（蔡）

蔡侯□鎛丙（集成 221）（蔡）

蔡侯□鎛丁（集成 222）（蔡）

蔡侯□鎛丁（集成 222）（蔡）

越邾盟辭鎛乙（集成 156）（越）

【春秋時期】

中都戈（集成 10906）

【春秋中期】

⿰黍命鎛（集成 271）（齊）

【春秋晚期】

鄭莊公之孫盧鼎（新收 1237）（鄭）

鄭莊公之孫盧鼎（通鑑 2326）

曾都尹定簠（新收 1214）（曾）

⿰邑奠

【春秋晚期】

鄭太子之孫與兵壺（新收1980）

⿰奠頁

【春秋晚期】

哀成叔鼎（集成2782）（鄭）

⿰齊阝

【春秋中期】

⿰齊命鎛（集成271）（齊）

邵

【春秋晚期】

邵之瘠夫戈（通鑑17214）（楚）

⿱刑邑

【春秋晚期】

荊公孫敦（集成4642）

荊公孫敦（通鑑6070）

許

【春秋晚期】

許子妝簠蓋（集成4616）（許）

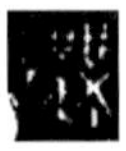

許子敦（通鑑6058）

⿰邑⿱無日

【春秋晚期】

蔡大師腆鼎（集成2738）（蔡）

⿰邑息

【春秋早期】

鄎子行盆蓋（集成10330）（鄎）

鄎子行盆器（集成10330）（鄎）

鄧

【春秋中期】

以鄧鼎蓋（新收406）（楚）

以鄧鼎器（新收406）（楚）

以鄧匜（新收405）

⿰邑登

【春秋中期】

鄧公乘鼎蓋（集成2573）（鄧）

鄧公乘鼎器（集成2573）（鄧）

以鄧戟（新收408）（楚）

以鄧戟（新收407）（楚）

【春秋晚期】

鄧尹疾鼎蓋（集成2234）（鄧）

鄧子午鼎（集成2235）（鄧）

郲

【春秋晚期】

郲公鈓鐘（集成102）（郲）

郲大司馬戈（集成11206）（郲）

邾

【春秋晚期】

越邾盟辭鎛甲（集成155）（越）

越邾盟辭鎛乙（集成156）（越）

【春秋晚期】

鄱子成周鐘乙（新收284）

【春秋晚期】

洹子孟姜壺（集成9730）（齊）

洹子孟姜壺（集成9729）（齊）

洹子孟姜壺（集成 9729）（齊）

【春秋早期】

曾侯簠（集成4598）

江君婦和壺（集成9639）（江）

邛季之孫戈（集成11252）（江）

邛

【春秋中期】

叔師父壺（集成9706）

【春秋晚期】

徐王之子叚戈（集成11282）（徐）

攻敔王虘𢦏此郐劍（通鑑18066）

【春秋早期】

徐王糧鼎（集成2675）（徐）

【春秋中期】

庚兒鼎（集成2715）（徐）

庚兒鼎（集成2716）（徐）

宜桐盂（集成10320）

【春秋晚期】

徐王朩又觶（集成6506）

徐王義楚觶（集成6513）（徐）

徐王義楚盤（集成10099）（徐）

徐王子旃鐘（集成182）（徐）

沇兒鎛（集成203）（徐）

徐王義楚之元子柴劍（集成11668）（徐）

徐王義楚劍（通鑑17981）

徐王元子柴爐（集成10390）（徐）

郐令尹者旨𦝡爐（集成10391）（徐）

【春秋前期】

郐諧尹征城（集成425）（徐）

鄆

【春秋晚期】

攻盧王叡戗此郐劍（新收1188）（吳）

【春秋早期】

郜造譴鼎（集成2422）（郜）

郜伯鼎（集成2601）（郜）

郜伯祀鼎（集成2602）（郜）

郜譴簋甲蓋（集成4040）（郜）

郜譴簋甲器（集成4040）（郜）

郜召簠蓋（新收1042）

郜召簠器（新收1042）

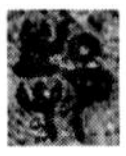
郜譴簋乙（通鑑5277）

【春秋晚期】

趙孟庎壺（集成9679）（晉）

趙孟庎壺（集成9679）（晉）

趙孟庎壺（集成9678）（晉）

趙孟庎壺（集成9678）（晉）

邗王是埜戈（集成11263）（吳）

鄣

【春秋早中期】

郳郭公子戈（新收1129）（薛）

【春秋時期】

郳左戾戈（集成10969）（郳）

郳䅍權（集成10381）

【春秋早期】

郳始逆母鬲（集成596）（郳）

【春秋早期】

焊臣戈（集成11334）

鄝

【春秋中期】

鄝子妝戈（新收409）（楚）

鄬

【春秋晚期】

鄬子倗浴缶蓋（新收459）（楚）

鄬子倗浴缶器（新收459）（楚）

鄬子倗浴缶器（新收460）（楚）

鄬子倗浴缶蓋（新收460）（楚）

蔡侯盤（新收471）（蔡）

蔡侯匜（新收472）（蔡）

邩

【春秋中期】

曾仲鄬君臚鎮墓獸方座（新收 521）（楚）

⿰邑化

【春秋中期】

鄬子受鼎（新收 527）（楚）

鄬子受鼎（新收 528）（楚）

鄬子受鐘丁（新收 507）（楚）

鄬子受鐘庚（新收 510）（楚）

鄬子受鐘乙（新收 505）（楚）

鄬子受鎛甲（新收 513）（楚）

鄬子受鎛乙（新收 514）（楚）

鄬子受鎛丙（新收 515）（楚）

鄬子受鎛辛（新收 520）（楚）

鄬子受戟（新收 525）（楚）

【春秋晚期】

鄬子孟升嬭鼎蓋（新收 523）（楚）

鄬子吳鼎蓋（新收 533）（楚）

鄬子吳鼎器（新收 533）（楚）

鄬子吳鼎器（新收 532）（楚）

邩夫人⿰女囂鼎（通鑑 2386）

邩夫人⿰女囂鼎（通鑑 2386）

鄬子受鬲（新收 529）

鄬子大簠蓋（新收 541）（楚）

鄬子大簠器（新收 541）（楚）

鄬子孟嬭青簠器（通鑑 5947）

鄬子孟青嬭簠器（新收 522）（楚）

鄬子倗尊缶（新收 462）（楚）

鄬子倗尊缶（新收 461）（楚）

鄬子倗尊缶（通鑑 14067）（楚）

郙

【春秋晚期】

郙王⿰衤雚劍（集成 11611）

鄫

⿰邑⿱曲⿱田廾

【春秋時期】

曾孟嬶諫盆蓋（集成 10332）（曾）

曾孟嬶諫盆器（集成 10332）（曾）

⿰胃阝

【春秋早期】

⿰胃阝公湯鼎（集成 2714）（⿰胃阝）

⿰胃阝公伯⿱韭皿簋（集成 4016）（⿰胃阝）

⿰胃阝公伯⿱韭皿簋蓋（集成 4017）（⿰胃阝）

⿰胃阝公伯⿱韭皿簋器（集成 4017）（⿰胃阝）

⿰邑繇

【春秋早期】

曾伯霥簠蓋（集成4632）（曾）

曾伯霥簠（集成4631）（曾）

⿰邑羕

【春秋中期】

⿰羕阝伯受簠蓋（集成4599）（⿰羕阝）

⿰羕阝伯受簠器（集成4599）（⿰羕阝）

【春秋晚期】

⿰羕阝子白鐸（新收393）（⿰羕阝）

⿰羕阝戈（集成11027）（⿰羕阝）

⿰奚阝

【春秋早期】

⿰奚阝季寬車盤（集成10109）（黃）

⿰奚阝季寬車匜（集成10234）（黃）

⿰奚阝子宿車盆（集成10337）（黃）

⿰邑石

【春秋晚期】

邵子裁盤（新收1372）（羅）

【春秋晚期】

⿱⺮鄘侯少子簋（集成4152）（莒）

孝子平壺（新收1088）（莒）

鄀

【春秋早期】

鄀公平侯鼎（集成2771）（鄀）

鄀公平侯鼎（集成2772）（鄀）

鄀公平侯鼎（集成2771）（鄀）

鄀公平侯鼎（集成2772）（鄀）

上鄀公敄人簋蓋（集成4183）（鄀）

上鄀公敄人簋蓋（集成4183）（鄀）

⿰邑若

【春秋早期】

鄀公簠蓋（集成4569）（鄀）

鄀公敄人鐘（集成59）（鄀）

【春秋中期】

上鄀府簠蓋（集成4613）（鄀）

上鄀府簠器（集成4613）（鄀）

上鄀公簠蓋（新收401）（楚）

⿰邑条

【春秋晚期】

奇字鐘（通鑑15177）

⿰⿱⿱夂目廾阝

【春秋晚期】

簷太史申鼎（集成2732）（莒）

邦

【春秋晚期】

邦戈（集成10902）

邡

【春秋晚期】

𨗟邡鐘三（新收1253）（舒）

𨗟邡鐘六（新收56）（舒）

𨗟邡鎛甲（通鑑15792）（舒）

𨗟邡鎛丙（通鑑15794）（舒）

𨗟邡鎛丁（通鑑15795）（舒）

邵

【春秋晚期】

邵黛鐘二（集成226）（晉）

邵黛鐘二（集成226）（晉）

邵黛鐘三（集成227）（晉）

邵黛鐘四（集成228）（晉）

邵黛鐘四（集成228）（晉）

邵黛鐘六（集成230）（晉）

邵黛鐘六（集成230）（晉）

邵黛鐘七（集成231）（晉）

邵黛鐘八（集成232）（晉）

邵黛鐘八（集成232）（晉）

邵黛鐘九（集成233）（晉）

邵黛鐘九（集成233）（晉）

邵黛鐘十一（集成235）（晉）

邵大叔斧（集成11788）（晉）

御

【春秋早期】

御侯戈（集成11202）

【春秋晚期】

𨚍子𡨦缶（集成9995）

䣝

【春秋晚期】

曾子原彝簠（集成4573）（曾）

郲

【春秋晚期】

曹𧨿尋員劍（新收1241）（吴）

郕

【春秋晚期】

曾侯郕鼎（通鑑2337）

曾侯郕簠（通鑑5949）

越郲盟辭鎛甲（集成155）

鄁 鄜

【春秋晚至戰國早期】	 越王勾踐劍（集成 11621）		
【春秋早期】	 司工單鬲（集成 678）		
【春秋早期】	 宗婦鄁嬰鼎（集成 2683）（鄁）	 宗婦鄁嬰鼎（集成 2684）（鄁）	 宗婦鄁嬰鼎（集成 2684）（鄁）
 宗婦鄁嬰鼎（集成 2685）（鄁）	 宗婦鄁嬰鼎（集成 2685）（鄁）	 宗婦鄁嬰鼎（集成 2686）（鄁）	 宗婦鄁嬰鼎（集成 2686）（鄁）
 宗婦鄁嬰鼎（集成 2687）（鄁）	 宗婦鄁嬰鼎（集成 2688）（鄁）	 宗婦鄁嬰鼎（集成 2689）（鄁）	 宗婦鄁嬰鼎（集成 2688）（鄁）
 宗婦鄁嬰鼎（集成 2689）（鄁）	 宗婦鄁嬰簋蓋（集成 4076）（鄁）	 宗婦鄁嬰簋（集成 4077）（鄁）	 宗婦鄁嬰簋（集成 4077）（鄁）
 宗婦鄁嬰簋蓋（集成 4078）（鄁）	 宗婦鄁嬰簋蓋（集成 4078）（鄁）	 宗婦鄁嬰簋器（集成 4078）（鄁）	 宗婦鄁嬰簋器（集成 4078）（鄁）
 宗婦鄁嬰簋蓋（集成 4079）（鄁）	 宗婦鄁嬰簋蓋（集成 4079）（鄁）	 宗婦鄁嬰簋（集成 4080）（鄁）	 宗婦鄁嬰簋（集成 4080）（鄁）
 宗婦鄁嬰簋（集成 4081）（鄁）	 宗婦鄁嬰簋（集成 4084）（鄁）	 宗婦鄁嬰簋（集成 4084）（鄁）	 宗婦鄁嬰簋（集成 4082）（鄁）
 宗婦鄁嬰簋蓋（集成 4084）（鄁）	 宗婦鄁嬰簋蓋（集成 4084）（鄁）	 宗婦鄁嬰簋（集成 4086）（鄁）	 宗婦鄁嬰簋（通鑑 4576）（鄁）
 宗婦鄁嬰簋（通鑑 4576）（鄁）	 宗婦鄁嬰壺器（集成 9698）（鄁）	 宗婦鄁嬰壺器（集成 9698）（鄁）	 宗婦鄁嬰壺蓋（集成 9699）（鄁）
 宗婦鄁嬰壺蓋（集成 9699）（鄁）			

郋 䣓 鄓 𨚔 𨜓 鄐 歅 𨛢 䣝 鄜 鄺

【春秋晚期】

十一年柏令戈（新收1182）

【春秋早中期】

䣓郭公子戈（新收1129）（薛）

【春秋晚期】

伯怡父鼎乙（新收1966）

【春秋中期】

江叔螽鬲（集成677）（江）

【春秋中期】

𨜓子誅臣戈（集成11253）

【春秋早期】

鄐甘𩫖鼎（新收1091）

【春秋晚期】

邲竝果戈（新收1485）

【春秋晚期】

南君鴋𨛢戈（通鑑17215）（楚）

【春秋時期】

𨛢戈（集成10907）

【春秋晚期】

楚子䢵鄴敦（集成4637）（楚）

【春秋晚期】

石鼓（獵碣・鑾車）（通鑑19819）（秦）

石鼓（獵碣・霝雨）（通鑑19820）（秦）

【春秋晚期】

鄺戈（集成10896）

鄺戈（集成10897）

鄺戈（新收1025）

鄺左庫戈（集成11022）

⿰⿱刅木阝　⿰長阝　⿰邑昜　鄝　⿰邑希

【春秋晚期】

梁戈（集成 10823）

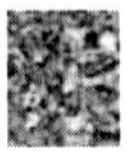

梁戈（通鑑 17206）

【春秋早期】

長湯伯茬匜（集成 10208）

【春秋晚期】

鄝子蒷臺鼎蓋（集成 2498）

鄝子蒷臺鼎器（集成 2498）

鄝子臺簠（集成 4545）

【春秋晚期】

晉公盆（集成 10342）

【春秋晚期】

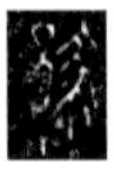

王孫⿱雨絲簠器（集成 4501）

日

【春秋中期】

宜桐盂（集成 10320）（徐）

盜叔壺（集成 9625）（曾）

盜叔壺（集成 9626）（曾）

欒書缶蓋（集成 10008）（晉）

欒書缶器（集成 10008）（晉）

郤諧尹征城（集成 425）（徐）（春秋前期）

【春秋晚期】

晉公盆（集成 10342）（晉）

吳王光鑑甲（集成 10298）（吳）

吳王光鑑乙（集成 10299）（吳）

吳王光鐘（集成 224.1）（吳）

吳王光鐘（集成 223）（吳）

競孫不欲壺（通鑑 12344）（楚）

王子嬰次鐘（集成 52）（楚）

拍敦（集成 4644）

徐王義楚觶（集成 6513）（徐）

徐王子旃鐘（集成 182）（徐）

足利次留元子鐘（通鑑 15361）（徐）

叔牀父簠蓋（集成 4544）

少虡劍（集成 11696）（晉）

少虡劍（集成 17697）（晉）

石鼓（獵碣·作原）（通鑑 19821）（秦）

鄭莊公之孫盧鼎（通鑑 2326）

時

【春秋晚期】

石鼓（通鑑 19816）（秦）

旹

【春秋晚期】

呂大叔斧（集成 11786）（晉）

《說文》：「旹，古文時，从之、日。」

昧

【春秋中期】

鄬子受鎛丁（新收 516）（楚）

鄬子受鎛戊（新收 517）（楚）

鄬子受鎛庚（新收 519）（楚）

鄬子受鐘甲（新收 504）（楚）

鄬子受鐘丁（新收 507）（楚）

鄬子受鐘庚（新收 510）（楚）

鄬子受鎛甲（新收 513）（楚）

鄬子受鎛丙（新收 515）（楚）

【春秋早期】

戎生鐘丙（新收 1615）（晉）

【春秋中期】

子犯鐘甲 A（新收 1008）（晉）

子犯鐘乙 C（新收 1022）（晉）

子犯鐘甲 C（新收 1010）（晉）

子犯鐘乙 A（新收 1020）（晉）

子犯鐘乙 B（新收 1021）（晉）

子犯鐘甲 B（新收 1009）（晉）

【春秋晚期】

晉公盆（集成 10342）（晉）

㨨篙鐘（集成 38）（楚）

【春秋時期】

保晉戈（新收 1029）

保晉戈（通鑑 17240）

晉公車軎乙（集成 12028）（晉）

晉公車軎甲（集成 12027）（晉）

吳

【春秋晚期】

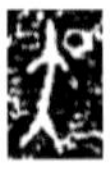
王子吳鼎（集成 2717）（楚）

滕侯吳戈（集成 11123）（滕）

滕侯吳戈（集成 11079）（滕）

鄬子吳鼎蓋（新收 532）（楚）

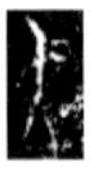
滕侯吳戈（集成 11018）（滕）

鄬子吳鼎蓋（新收 533）（楚）

鄬子吳鼎器（新收 533）（楚）

鄬子吳鼎器（新收 532）（楚）

【春秋晚期】

蔡侯𩰫盤（集成 10171）（蔡）

【春秋晚期】

石鼓（獵碣・吾水）（通鑑 19824）（秦）

【春秋早期】

徐王⿰月杲鼎（集成 2675）（徐）

《說文》：「，籀文。从肉。」

【春秋早期】

袒伯墉盤（集成 10130）

袒伯業鼎（集成 2622）

袒仲無龍鬲（集成 713）

昶仲無龍匜（集成10249）

番昶伯者君鼎（集成2617）（番）

番昶伯盤（集成10094）

番昶伯者君匜（集成10268）（番）

番昶伯者君匜（集成10269）（番）

昶仲無龍鬲（集成714）

番昶伯者君盤（集成10139）（番）

昶仲匜（通鑑14973）

【春秋時期】

彝片昶豯鼎（集成2571）

昶仲無龍匕（集成970）

曩

【春秋中期】

鄬子受鐘甲（新收504）（楚）

鄬子受鐘丁（新收507）（楚）

鄬子受鐘庚（新收510）（楚）

咸

【春秋中期】

國差鑪（集成10361）（齊）

【春秋晚期】

唐子仲瀕兒匜（新收1209）（唐）

唐子仲瀕兒盤（新收1210）（唐）

昏

【春秋時期】

宋右師延敦蓋（新收1713）（宋）

宋右師延敦器（新收1713）（宋）

倝

【春秋早期】

戎生鐘乙（新收1614）（晉）

曾子倝鼎（集成2757）（曾）

【春秋晚期】

王孫誥鐘一（新收418）（楚）

王孫誥鐘二（新收419）（楚）

王孫誥鐘三（新收420）（楚）

王孫誥鐘四（集成421）（楚）

王孫誥鐘五（新收422）（楚）

王孫誥鐘八（新收425）（楚）

王孫誥鐘十（新收427）（楚）

王孫誥鐘十二（新收429）（楚）

王孫誥鐘二十三（新收443）（楚）

王孫誥鐘十三（新收430）（楚）

王孫誥鐘十五（新收434）（楚）

王孫誥鐘二十（新收433）（楚）

朝
𠦝川

【春秋中期】

子犯鐘甲C（新收1010）（晉）

子犯鐘乙C（新收1022）（晉）

⿸㫃斬

【春秋中期】

公典盤（新收 1043）

【春秋晚期】

洹子孟姜壺（集成 9729）（齊）

洹子孟姜壺（集成 9730）（齊）

齊侯敦（集成 4645）（齊）

郳公鈓鐘（集成 102）（郳）

喬君鉦鋮（集成 423）（許）

【春秋時期】

⿷匚从君壺（集成 9680）

【春秋早期】

戎生鐘己（新收 1618）（晉）

陳侯簠器（集成 4603）（陳）

陳侯簠蓋（集成 4604）（陳）

陳侯簠器（集成 4604）（陳）

陳侯簠（集成 4606）（陳）

陳侯簠（集成 4607）（陳）

陳公孫㝨父瓶（集成 9979）（陳）

陳侯盤（集成 10157）（陳）

陳子匜（集成 10279）（陳）

叔家父簠（集成 4615）

叔原父甗（集成 947）（陳）

黃太子伯克盤（集成 10162）（黃）

原氏仲簠（新收 935）

卓林父簋蓋（集成 4018）（衛）

曹公盤（集成 10144）（曹）

大師盤（新收 1464）

虢季鐘丙（新收 3）（虢）

【春秋中期】

子犯鐘甲 G（新收 1014）（晉）

子犯鐘乙 G（新收 1018）（晉）

⿰黍命鎛（集成 271）（齊）

⿰黍命鎛（集成 271）（齊）

者⿰氵⿱咸皿鐘四（集成 196）（吳）

者⿰氵⿱咸皿鐘三（集成 195）（吳）

陳公子仲慶簠（集成 4597）（陳）

陳大喪史仲高鐘（集成 353）

陳大喪史仲高鐘（集成 354）

【春秋晚期】

邵黛鐘二（集成 226）（晉）

邵黛鐘四（集成 228）（晉）

邵黛鐘七（集成 231）（晉）

邵黛鐘九（集成 233）（晉）

邵黛鐘十一（集成 235）（晉）

邵黛鐘十三（集成 237）（晉）

王孫遺者鐘（集成 261）（楚）

游 旃

厈 斷　　旜 旜

其次句鑃（集成 421）（越）

其次句鑃（集成 422）（越）

蔡大師腆鼎（集成 2738）（蔡）

陳樂君欯甗（新收 1073）（陳）

曹公簠（集成 4593）（曹）

蔡侯盤（新收 471）（蔡）

齊侯匜（集成 10283）（齊）

蔡侯匜（新收 472）（蔡）

【春秋時期】

大孟姜匜（集成 10274）

【春秋晚期】

許公買簠器（通鑑 5950）

許公買簠蓋（通鑑 5950）

許公買簠器（集成 4617）（許）

【春秋早期】

魯伯悆盨蓋（集成 4458）（魯）

魯伯悆盨器（集成 4458）（魯）

【春秋晚期】

婁君盂（集成 10319）

者尚余卑盤（集成 10165）

番君召簠（集成 4582）（番）

番君召簠（集成 4583）（番）

番君召簠（集成 4584）（番）

番君召簠蓋（集成 4585）（番）

番君召簠（集成 4586）（番）

【春秋晚期】

齊太宰歸父盤（集成 10151）（齊）

蔡叔季之孫䝿匜（集成 10284）（蔡）

【春秋中期】

欒書缶器（集成 10008）（晉）

【春秋晚期】

徐王子旃鐘（集成 182）（徐）

【春秋晚期】

簷叔之仲子平鐘甲（集成 172）（莒）

簷叔之仲子平鐘乙（集成 173）（莒）

簷叔之仲子平鐘丙（集成 174）（莒）

簷叔之仲子平鐘丙（集成 174）（莒）

簷叔之仲子平鐘己（集成 177）（莒）

簷叔之仲子平鐘己（集成 177）（莒）

簷叔之仲子平鐘庚（集成 178）（莒）

斿

簷叔之仲子平鐘辛（集成179）（莒）

簷叔之仲子平鐘壬（集成180）（莒）

【春秋早期】

曾仲斿父鋪（集成4673）（曾）

曾仲斿父鋪（集成4674）（曾）

曾仲斿父方壺蓋（集成9628）（曾）

曾仲斿父方壺蓋（集成9629）（曾）

曾仲斿父方壺器（集成9629）（曾）

【春秋晚期】

石鼓（獵碣·作原）（通鑑19821）（秦）

石鼓（獵碣·汧沔）（通鑑19817）（秦）

石鼓（通鑑19816）（秦）

遊

【春秋中期】

伯遊父卮（通鑑19234）

伯遊父鐳（通鑑14009）

【春秋晚期】

蔡侯𤅃尊（集成6010）（蔡）

蔡侯𤅃盤（集成10171）（蔡）

《說文》：「𨒪，古文游。」

⿺辶斿

【春秋中期】

伯遊父壺（通鑑12304）

伯遊父壺（通鑑12305）

伯遊父盤（通鑑14501）

⿰彳斿

【春秋早期】

曾侯仲子遊父鼎（集成2423）（曾）

曾侯仲子遊父鼎（集成2424）（曾）

【春秋晚期】

石鼓（獵碣·田車）（通鑑19818）（秦）

【春秋早期】

曾子仲謱甗（集成943）（曾）

申五氏孫矩甗（新收970）（申）

虢季簠蓋（新收16）（虢）

曾子伯窞盤（集成10156）（曾）

陳公孫⿰爿旨父瓶（集成9979）（陳）

召叔山父簠（集成4601）（鄭）

番昶伯者君盤（集成10140）（番）

旞　遊

- 虢季簋器（新收16）（虢）
- 芮公簋（通鑑5218）
- 魯伯悆盨蓋（集成4458）（魯）
- 魯伯悆盨器（集成4458）（魯）
- 虢季盨蓋（新收32）（虢）
- 虢季盨器（新收32）（虢）
- 虢季盨器（新收33）（虢）
- 虢季盨蓋（新收31）（虢）
- 虢季盨蓋（新收34）（虢）
- 虢季盨器（新收34）（虢）
- 伯旛魚父簠（集成4525）
- 吴王御士尹氏叔緐簠（集成4527）（吴）
- ⿱皀豕山旅虎簠（集成4540）
- ⿱皀巳山旅虎簠蓋（集成4541）
- ⿱皀巳山旅虎簠器（集成4541）
- 薛子仲安簠蓋（集成4546）（薛）
- 薛子仲安簠器（集成4546）（薛）
- 薛子仲安簠（集成4548）（薛）
- 商丘叔簠（集成4557）（宋）
- 商丘叔簠（集成4558）（宋）
- 商丘叔簠蓋（集成4559）（宋）
- 商丘叔簠器（集成4559）（宋）
- 鄀公諴簠（集成4600）
- 召叔山父簠（集成4602）（鄭）
- 虢碩父簠器（新收52）
- 郜召簠蓋（新收1042）
- 郜召簠器（新收1042）
- 曾太保麐叔亟盆（集成10336）（曾）
- 爲甫人鼎（通鑑2376）
- 伯高父甗（集成938）
- 鄭伯氏士叔皇父鼎（集成2667）（鄭）
- 魯仲齊甗（集成939）（魯）

【春秋中期】

- 仲改衛簠（新收399）

【春秋時期】

- 師麻孝叔鼎（集成2552）

【春秋早期】

- 叔原父甗（集成947）（陳）
- 伯其父慶簠（集成4581）
- 曾伯霥簠蓋（集成4632）（曾）
- 曾伯霥簠（集成4631）（曾）

【春秋中期】

- 伯遊父卮（通鑑19234）

【春秋中期】

- 伯遊父壺（通鑑12305）
- 伯遊父壺（通鑑12304）

𣄴 𣄰　旆 旝 旅　㫃

遊 𢓊 肇

【春秋早期】

圓君鼎（集成 2502）

圓君婦媿靁壺（通鑑 12349）

【春秋晚期】

陳樂君歌甗（新收 1073）（陳）

【春秋中期】

仲改衛簋（新收 400）

【春秋早期】

秦子戈（集成 11353）（秦）

秦子矛（集成 11547）（秦）

【春秋晚期】

亳庭戈（集成 11085）

宋公差戈（集成 11289）（宋）

石鼓（獵碣・鑾車）（通鑑 19819）（秦）

【春秋晚期】

楚旅鼎（新收 1197）（楚）

【春秋早期】

叔家父簠（集成 4615）

鄀召簠蓋（新收 1042）

【春秋晚期】

郘黛鐘二（集成 226）（晉）

郘黛鐘八（集成 232）（晉）

郘黛鐘九（集成 233）（晉）

郘黛鐘十一（集成 235）（晉）

郘黛鐘十三（集成 237）（晉）

石鼓（獵碣・田車）（通鑑 19818）（秦）

【春秋早期】

伯𣄰魚父簠（集成 4525）

【春秋早期】

蔡侯䕫尊（集成 6010）（蔡）

【春秋晚期】

蔡侯䕫盤（集成 10171）（蔡）

𪓐鎛甲（新收 489）（楚）

𪓐鎛乙（新收 490）（楚）

南君𣄴鄒戈（通鑑 17215）（楚）

王孫遺者鐘（集成 261）（楚）

- 王孫誥鐘一（新收418）（楚）
- 王孫誥鐘二（新收419）（楚）
- 王孫誥鐘三（新收420）（楚）
- 王孫誥鐘六（新收423）（楚）
- 王孫誥鐘十（新收427）（楚）
- 王孫誥鐘十一（新收428）（楚）
- 王孫誥鐘十二（新收429）（楚）
- 王孫誥鐘十三（新收430）（楚）
- 王孫誥鐘十五（新收434）（楚）
- 王孫誥鐘二十（新收433）（楚）
- 王孫誥鐘二十三（新收443）（楚）

【春秋中期】

- 者𣶒鐘一（集成193）（吳）
- 者𣶒鐘二（集成194）（吳）
- 者𣶒鐘三（集成195）（吳）
- 者𣶒鐘四（集成196）（吳）
- 鄬子受鐘己（新收509）（楚）
- 鄬子受鐘丙（新收506）（楚）
- 鄬子受鎛甲（新收513）（楚）
- 鄬子受鎛乙（新收514）（楚）
- 鄬子受鎛丙（新收515）（楚）
- 鄬子受鎛丁（新收516）（楚）
- 鄬子受鎛庚（新收519）（楚）

【春秋晚期】

- 鄭太子之孫與兵壺蓋（新收1980）
- 侯古堆鎛甲（新收276）
- 侯古堆鎛戊（新收279）
- 侯古堆鎛己（新收280）

【春秋早期】

- 楚大師登鐘乙（通鑑15506）（楚）
- 楚大師登鐘丁（通鑑15508）（楚）
- 楚大師登鐘己（通鑑15510）（楚）
- 楚大師登鐘辛（通鑑15512）（楚）
- 曾侯子鎛甲（通鑑15762）
- 曾侯子鎛乙（通鑑15763）
- 曾侯子鎛丙（通鑑15764）
- 虢季鐘丙（新收3）（虢）
- 曾侯子鎛丁（通鑑15765）（秦）
- 楚嬴匜（集成10273）（楚）
- 塞公孫𢖚父匜（集成10276）
- 鄭大內史叔上匜（集成10281）（鄭）
- 戎生鐘甲（新收1613）（晉）
- 夆叔盤（集成10163）（滕）
- 大師盤（新收1464）

黃太子伯克盤（集成10162）（黃）	陳侯鼎（集成2650）（陳）	叔原父甗（集成947）（陳）	陳侯簠蓋（集成4603）（陳）
陳侯簠器（集成4603）（陳）	陳侯簠蓋（集成4604）（陳）	陳侯簠器（集成4604）（陳）	陳侯盤（集成10157）（陳）
陳侯簠（集成4606）（陳）	陳侯簠（集成4607）（陳）	陳子匜（集成10279）（陳）	
曾伯從寵鼎（集成2550）（曾）	伯氏始氏鼎（集成2643）	伯辰鼎（集成2652）（徐）	戴叔朕鼎（集成2692）（戴）
鄁公湯鼎（集成2714）（鄁）	鄀公平侯鼎（集成2771）（鄀）	鄀公平侯鼎（集成2772）（鄀）	鄧公孫無嬰鼎（新收1231）（鄧）
王孫壽甗（集成946）	鑄叔皮父簋（集成4127）（鑄）	上鄀公敄人簋蓋（集成4183）（鄀）	考叔指父簠蓋（集成4608）（楚）
考叔指父簠器（集成4608）（楚）	考叔指父簠蓋（集成4609）（楚）	考叔指父簠器（集成4609）（楚）	叔朕簠（集成4620）（戴）
叔朕簠（集成4621）（戴）	郳太宰欉子斟簠（集成4623）（郳）	曾伯霥簠蓋（集成4632）（曾）	曾伯霥簠（集成4631）（曾）
蔡大善夫趣簠蓋（新收1236）（蔡）	蔡大善夫趣簠器（新收1236）（蔡）	原氏仲簠（新收395）（陳）	原氏仲簠（新收396）（陳）
原氏仲簠（新收397）（陳）	華母壺（集成9638）	蔡公子壺（集成9701）	伯亞臣鐳（集成9974）（黃）
楚嬴盤（集成10148）（楚）	**【春秋中期】**	鄬子受鐘丙（新收506）（楚）	鄬子受鐘己（新收509）（楚）
者瀘鐘三（集成195）（吳）	者瀘鐘四（集成196）（吳）	者瀘鐘五（集成197）（吳）	者瀘鐘十（集成202）（吳）

子犯鐘甲 A（新收 1008）（晉）	子犯鐘乙 A（新收 1020）（晉）	者㵒鐘一（集成 193）（吳）	者㵒鐘二（集成 194）（吳）
叔師父壺（集成 9706）	伯遊父壺（通鑑 12304）	伯遊父壺（通鑑 12305）	伯遊父鐳（通鑑 14009）
伯遊父盤（通鑑 14501）	欒書缶蓋（集成 10008）（晉）	欒書缶器（集成 10008）（晉）	𩂿鎛（集成 271）（齊）
鄬子受鎛甲（新收 513）（楚）	鄬子受鎛乙（新收 514）（楚）	鄬子受鎛丙（新收 515）（楚）	鄬子受鎛丁（新收 516）（楚）
鄬子受鎛戊（新收 517）（楚）	鄬子受鎛庚（新收 519）（楚）	季子康鎛丙（通鑑 15787）	季子康鎛丁（通鑑 15788）
庚兒鼎（集成 2715）（徐）	庚兒鼎（集成 2716）（徐）	以鄧鼎蓋（新收 406）（楚）	以鄧鼎器（新收 406）（楚）
上鄀府簠蓋（集成 4613）（鄀）	上鄀府簠器（集成 4613）（鄀）	長子䵣臣簠蓋（集成 4625）（晉）	長子䵣臣簠器（集成 4625）（晉）
上鄀公簠蓋（新收 401）（楚）	上鄀公簠器（新收 401）（楚）	何此簠（新收 402）	何此簠蓋（新收 403）
何此簠器（新收 403）	何此簠蓋（新收 404）	何此簠器（新收 404）	宜桐盂（集成 10320）（徐）
仲改衛簠（新收 399）	仲改衛簠（新收 400）	以鄧匜（新收 405）	童麗君柏鐘（通鑑 15186）
【春秋前期】	郐諮尹征城（集成 425）（徐）	【春秋中後期】	東姬匜（新收 398）（楚）
【春秋晚期】	王子吳鼎（集成 2717）（楚）	王子午鼎（新收 444）（楚）	王子午鼎（新收 445）（楚）

遷邟鎛丁（通鑑 15795）（舒）	侯古堆鎛甲（新收 276）	侯古堆鎛乙（新收 277）	侯古堆鎛丙（新收 278）
侯古堆鎛戊（新收 279）	侯古堆鎛己（新收 280）	侯古堆鎛庚（新收 281）	乙鼎（集成 2607）
郘黛鐘七（集成 231）（晉）	郘黛鐘八（集成 232）（晉）	郘黛鐘九（集成 233）（晉）	郘黛鐘十（集成 234）（晉）
沇兒鎛（集成 203）（徐）	聖靡公㛮鼓座（集成 429）	寬兒鼎（集成 2722）（蘇）	遷邟鎛丙（通鑑 15794）（舒）
王子午鼎（新收 446）（楚）	王子午鼎（新收 447）（楚）	王子午鼎（新收 449）（楚）	王子午鼎（集成 2811）（楚）
競孫不欽壺（通鑑 12344）（楚）	孟縢姬缶器（新收 417）（楚）	孟縢姬缶蓋（新收 417）（楚）	孟縢姬缶（集成 10005）（楚）
王孫誥鐘一（新收 418）（楚）	王孫誥鐘三（新收 420）（楚）	王孫誥鐘四（新收 421）（楚）	王孫誥鐘五（新收 422）（楚）
王孫誥鐘六（新收 423）（楚）	王孫誥鐘八（新收 425）（楚）	王孫誥鐘九（新收 426）（楚）	王孫誥鐘十（新收 427）（楚）
王孫誥鐘十一（新收 428）（楚）	王孫誥鐘十二（新收 429）（楚）	王孫誥鐘十三（新收 430）（楚）	王孫誥鐘十五（新收 434）（楚）
王孫誥鐘十七（新收 435）（楚）	王孫誥鐘二十（新收 433）（楚）	王孫遺者鐘（集成 261）（楚）	孟縢姬缶（新收 416）（楚）
蔡侯𪒠盤（集成 10171）（蔡）	吳王光鑑甲（集成 10298）（吳）	吳王光鑑乙（集成 10299）（吳）	蔡侯𪒠歌鐘丁（集成 218）（蔡）
蔡侯𪒠歌鐘甲（集成 210）（蔡）	蔡侯𪒠歌鐘乙（集成 211）（蔡）	蔡侯盤（新收 471）（蔡）	姑馮昏同之子句鑃（集成 424）（越）

簷太史申鼎（集成 2732）（莒）	夫跌申鼎（新收 1250）（舒）	郳夫人嫘鼎（通鑑 2386）	嘉子伯昜臚簠蓋（集成 4605）	許子妝簠蓋（集成 4616）（許）	發孫虜簠（新收 1773）	蔡侯簠甲器（新收 1896）（蔡）	婁君盂（集成 10319）	蔡太史卮（集成 10356）（蔡）	寬兒缶甲（通鑑 14091）	蔡大司馬燮盤（通鑑 14498）	蔡叔季之孫君匜（集成 10284）（蔡）
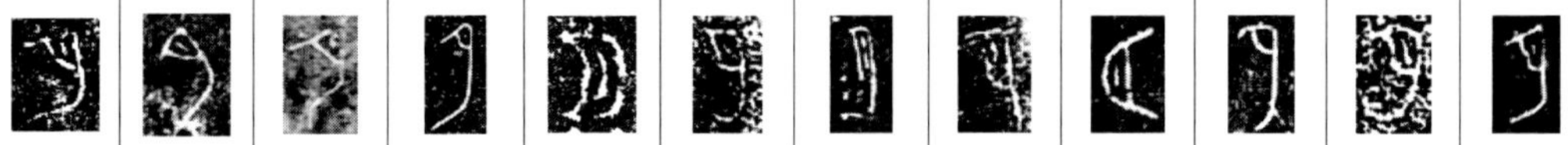											
蔡大師䏍鼎（集成 2738）（蔡）	伯怡父鼎乙（新收 1966）	鄬侯少子簋（集成 4152）（莒）	嘉子伯昜臚簠器（集成 4605）	許公買簠器（集成 4617）（許）	許公買簠蓋（通鑑 5950）	蔡侯簠乙（新收 1897）（蔡）	晉公盆（集成 10342）（晉）	鄭太子之孫與兵壺蓋（新收 1980）	寬兒缶乙（通鑑 14092）	邵子栽盤（新收 1372）（羅）	蔡侯匜（新收 472）（蔡）
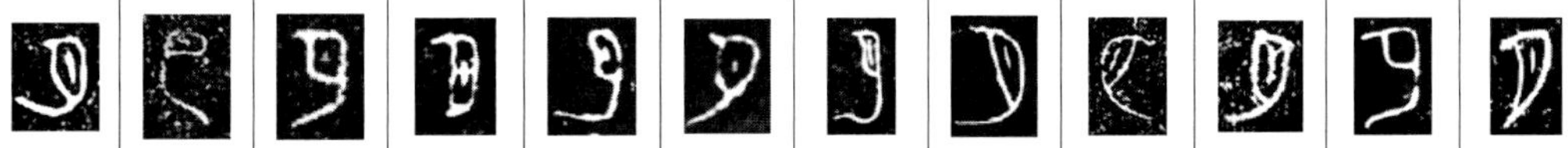											
哀成叔鼎（集成 2782）（鄭）	義子曰鼎（通鑑 2179）	曾子原彝簠（集成 4573）（曾）	楚屈子赤目簠蓋（集成 4612）（楚）	樂子嚷豧簠（集成 4618）（宋）	許公買簠器（通鑑 5950）	申文王之孫州桒簠（通鑑 5960）	徐王義楚觶（集成 6513）（徐）	唐子仲瀕兒瓶（新收 1211）（唐）	者尚余卑盤（集成 10165）	鄧子盤（通鑑 14518）	唐子仲瀕兒匜（新收 1209）（唐）

丁兒鼎蓋（新收 1712）（應）	鄭莊公之孫盧鼎（通鑑 2326）	曾子□簠（集成 4588）（曾）	楚屈子赤目簠器（新收 1230）（楚）	邾太宰簠蓋（集成 4624）（邾）	蔡侯簠甲蓋（新收 1896）（蔡）	拍敦（集成 4644）	蔡侯䵼尊（集成 6010）（蔡）	[illegible]兒缶（新收 1187）（鄀）	唐子仲瀕兒盤（新收 1210）（唐）	夆叔匜（集成 10282）（滕）	㾓父匜（通鑑 14992）

楚王領鐘（集成 53）（楚）

敬事天王鐘甲（集成 73）（楚）

敬事天王鐘丙（集成 75）（楚）

敬事天王鐘丁（集成 76）（楚）

敬事天王鐘己（集成 78）（楚）

敬事天王鐘辛（集成 80）（楚）

鄱子成周鐘甲（新收 283）

鄱子成周鐘乙（新收 284）

齊太宰歸父盤（集成 10151）（齊）

公子土斧壺（集成 9709）（齊）

齊鞷氏鐘（集成 142）（齊）

鼄公牼鐘丙（集成 151）（邾）

鼄公牼鐘甲（集成 149）（邾）

鼄公牼鐘乙（集成 150）（邾）

鼄公華鐘（集成 245）（邾）

邾公孫班鎛（集成 140）（邾）

臧孫鐘乙（集成 94）（吳）

臧孫鐘丙（集成 95）（吳）

臧孫鐘丁（集成 96）（吳）

臧孫鐘戊（集成 97）（吳）

臧孫鐘己（集成 98）（吳）

臧孫鐘庚（集成 99）（吳）

臧孫鐘辛（集成 100）（吳）

臧孫鐘壬（集成 101）（吳）

子璋鐘甲（集成 113）（許）

子璋鐘乙（集成 114）（許）

子璋鐘丙（集成 115）（許）

子璋鐘丁（集成 116）（許）

子璋鐘戊（集成 117）（許）

子璋鐘己（集成 118）（許）

足利次留元子鐘（通鑑 15361）（徐）

篖叔之仲子平鐘乙（集成 173）（莒）

遷邟鐘三（新收 1253）（舒）

遷邟鐘六（新收 56）（舒）

余贎逐兒鐘甲（集成 183）（徐）

余贎逐兒鐘丙（集成 185）（徐）

徐王子旃鐘（集成 182）（徐）

郘黛鐘二（集成 226）（晉）

郘黛鐘四（集成 228）（晉）

郘黛鐘六（集成 230）（晉）

【春秋時期】

⿸疒余鼎（集成 2569）

鐘伯侵鼎（集成 2668）

申公彭宇簠（集成 4610）（鄀）

申公彭宇簠（集成 4611）（鄀）

童麗君柏簠（通鑑 5966）

黃太子伯克盆（集成 10338）（黃）

子季嬴青盆（集成 10339）

彭子仲盆蓋（集成 10340）

黃韋俞父盤（集成 10146）（黃）

侃孫奎母盤（集成 10153）

公父宅匜（集成 10278）

【春秋晚期】

吳王光鑑甲（集成 10298）（吳）

吳王光鑑乙（集成 10299）（吳）

競孫不欲壺（通鑑 12344）（楚）

彭公之孫無所鼎（通鑑 2189）

無所簠（通鑑 5952）

朞

【春秋早期】

夆叔盤（集成 10163）（滕）

【春秋中期】

鄧公乘鼎蓋（集成 2573）（鄧）

鄧公乘鼎器（集成 2573）（鄧）

公英盤（新收 1043）

【春秋晚期】

鼄子鼎（通鑑 2382）（齊）

蔡大司馬燮盤（通鑑 14498）

賈孫叔子屖盤（通鑑 14516）

夆叔匜（集成 10282）（滕）

羊隹口鼎（西清古鑑 02.38）

齊侯敦（集成 4645）（齊）

洹子孟姜壺（集成 9730）（齊）

洹子孟姜壺（集成 9729）（齊）

洹子孟姜壺（集成 9729）（齊）

洹子孟姜壺（集成 9730）（齊）

齊侯盤（集成 10159）（齊）

蔡侯𩕢歌鐘丁（集成 218）（蔡）

蔡侯𩕢歌鐘辛（集成 216）（蔡）

蔡侯𩕢鎛丁（集成 222）（蔡）

王子申盞（集成 4643）（楚）

荊公孫敦（集成 4642）

荊公孫敦（通鑑 6070）

㫷

【春秋晚期】

王孫誥鐘一（新收 418）（楚）

王孫誥鐘二（新收 419）（楚）

王孫誥鐘三（新收 420）（楚）

王孫誥鐘四（新收 421）（楚）

王孫誥鐘七（新收 424）（楚）

王孫誥鐘九（新收 426）（楚）

王孫誥鐘十（新收 427）（楚）

王孫誥鐘十一（新收 428）（楚）

王孫誥鐘十二（新收 429）（楚）

王孫誥鐘十四（新收 431）（楚）

王孫誥鐘十九（新收 437）（楚）

胡

王孫誥鐘二十二（新收438）（楚）

王孫誥鐘二十六（新收442）

沇兒鎛（集成203）（徐）

寬兒鼎（集成2722）（蘇）

丁兒鼎蓋（新收1712）（應）

子季嬴青簠蓋（集成4594）（楚）

寬兒缶甲（通鑑14091）

篖叔之仲子平鐘壬（集成180）（莒）

【春秋時期】

齊皇壺（集成9659）（齊）

【春秋晚期】

石鼓（獵碣・汧沔）（通鑑19817）（秦）

【春秋早期】

秦公鐘乙（集成263）（秦）

秦公鎛甲（集成267）（秦）

秦公鎛乙（集成268）（秦）

秦公鎛丙（集成269）（秦）

【春秋晚期】

蔡侯䜌歌鐘甲（集成210）（蔡）

蔡侯䜌歌鐘甲（集成210）（蔡）

蔡侯䜌歌鐘乙（集成211）（蔡）

蔡侯䜌歌鐘丁（集成218）（蔡）

競之定鬲甲（通鑑2997）

競之定簋甲（通鑑5226）

競之定鬲乙（通鑑2998）

競之定鬲丙（通鑑2999）

競之定簋乙（通鑑5227）

宋公䜌簠（集成4589）（宋）

競之定豆甲（通鑑6146）

競之定豆乙（通鑑6147）

蔡叔季之孫君匜（集成10284）（蔡）

宋公䜌簠（集成4590）

【春秋早期】

戎生鐘甲（新收1613）（晉）

秦公鐘甲（集成262）（秦）

秦公鐘甲（集成262）（秦）

秦公鐘丁（集成265）（秦）

秦公鐘丁（集成265）（秦）

秦公鎛甲（集成267）（秦）

秦公鎛甲（集成267）（秦）

秦公鎛乙（集成268）（秦）

秦公鎛乙（集成268）（秦）

秦公鎛丙（集成269）（秦）

秦公鎛丙（集成269）（秦）

囧

秦公簋蓋（集成4315）（秦）

【春秋晚期】

沇兒鎛（集成203）（徐）

司馬楙鎛乙（通鑑15767）

【春秋中期】

趙明戈（新收972）（晉）

盟 盟

【春秋早期】

陳侯鼎（集成2650）（陳）

【春秋晚期】

王子午鼎（集成2811）（楚）

王子午鼎（新收447）（楚）

王子午鼎（新收444）（楚）

王子午鼎（新收446）（楚）

王子午鼎（新收449）（楚）

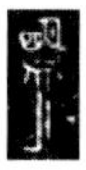
蔡侯䜌盤（集成10171）（蔡）

蔡侯䜌尊（集成6010）（蔡）

邾公釛鐘（集成102）（邾）

鼄公華鐘（集成245）（邾）

晉公盆（集成10342）（晉）

《說文》：「盟，篆文。从朙。」

⿱朙示

【春秋晚期】

王孫誥鐘一（新收418）（楚）

王孫誥鐘二（新收419）（楚）

王孫誥鐘四（新收421）（楚）

徐王子旃鐘（集成182）（徐）

鄭太子之孫與兵壺蓋（新收1980）

黝鎛甲（新收489）（楚）

黝鎛乙（新收490）（楚）

王孫誥鐘十八（新收432）（楚）

王孫誥鐘二十四（新收440）（楚）

王孫誥鐘十三（新收430）（楚）

王孫誥鐘十六（新收436）（楚）

王孫誥鐘五（新收422）（楚）

王孫誥鐘六（新收423）（楚）

王孫誥鐘八（新收425）（楚）

王孫誥鐘十（新收427）（楚）

王孫誥鐘十一（新收428）（楚）

王孫誥鐘十二（新收429）（楚）

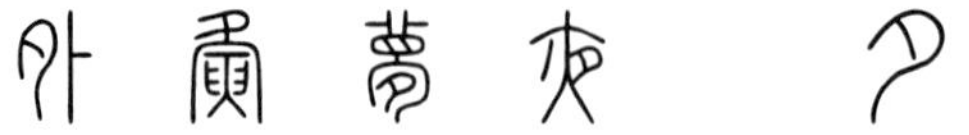

⿱明示

《說文》有篆文从朙。

【春秋晚期】

𪒠鎛丙（新收491）（楚）

𪒠鎛庚（新收495）（楚）

𪒠鐘戊（新收485）（楚）

𪒠鐘辛（新收488）（楚）

昷

《說文》有古文从明。

【春秋時期】

宋右師延敦蓋（新收1713）（宋）

夕

【春秋早期】

秦公鐘甲（集成262）（秦）

秦公鐘丙（集成264）（秦）

秦公鎛甲（集成267）（秦）

秦公鎛乙（集成268）（秦）

秦公鎛丙（集成269）（秦）

夜

【春秋早期】

叔夜鼎（集成2646）

⿱艹⿱冖巾

【春秋早期】

夢子匜（集成10245）

夤

【春秋早期】

秦公簋蓋（集成4315）（秦）

外

【春秋早期】

戎生鐘乙（新收1614）（晉）

【春秋晚期】

敬事天王鐘乙（集成74）（楚）

敬事天王鐘戊（集成77）（楚）

敬事天王鐘庚（集成79）（楚）

敬事天王鐘壬（集成81）（楚）

侯古堆鎛甲（新收276）

⿱⿰夕丮女

臧孫鐘壬（集成101）（吳）
臧孫鐘乙（集成94）（吳）
臧孫鐘丙（集成95）（吳）
臧孫鐘丁（集成96）（吳）
臧孫鐘戊（集成97）（吳）
臧孫鐘己（集成98）（吳）
臧孫鐘庚（集成99）（吳）

【春秋晚期】

秦公鐘甲（集成262）（秦）
秦公鐘丙（集成264）（秦）
秦公鎛甲（集成267）（秦）
秦公鎛乙（集成268）（秦）
秦公鎛丙（集成269）（秦）
魯伯悆盨蓋（集成4458）（魯）
魯伯悆盨器（集成4458）（魯）

【春秋時期】

夙戈（集成10822）

【春秋晚期】

吳王光鐘殘片之七（集成224.23）（吳）
吳王光鐘殘片之三十八（集成224.41）（吳）

【春秋早期】

秦公鐘甲（集成262）（秦）
秦公鐘乙（集成263）（秦）
秦公鐘丁（集成265）（秦）
秦公鐘戊（集成266）（秦）
秦公鎛甲（集成267）（秦）
秦公鎛甲（集成267）（秦）
秦公鎛乙（集成268）（秦）
秦公鎛乙（集成268）（秦）
秦公鎛丙（集成269）（秦）
秦公鎛丙（集成269）（秦）
秦公簋器（集成4315）（秦）
魯伯悆盨器（集成4458）（魯）
魯伯悆盨蓋（集成4458）（魯）
上曾太子般殷鼎（集成2750）（曾）

【春秋晚期】

石鼓（獵碣・鑾車）（通鑑19819）（秦）
攻敔王光劍（集成11666）（吳）
杕氏壺（集成9715）（燕）
鬸伯詹多壺（新收379）（申）

【春秋早期】

晉姜鼎（集成2826）（晉）

  東  

【春秋晚期】

發孫虜簠（新收1773）

【春秋早期】

江小仲母生鼎（集成2391）（江）

【春秋晚期】

競之定鬲甲（通鑑2997）

競之定鬲乙（通鑑2998）

競之定鬲丙（通鑑2999）

競之定鬲丁（通鑑3000）

競之定簋甲（通鑑5226）

競之定豆乙（通鑑6147）

競之定豆甲（通鑑6146）

吳王夫差矛（集成11534）（吳）

【春秋晚期】

司料盆蓋（集成10326）

【春秋晚期】

石鼓（獵碣・作原）（通鑑19821）（秦）

【春秋早期】

魯仲齊鼎（集成2639）（魯）

齊趫父鬲（集成685）（齊）

齊趫父鬲（集成686）（齊）

魯仲齊甗（集成939）（魯）

魯司徒仲齊盨甲蓋（集成4440）（魯）

魯司徒仲齊盨乙蓋（集成4441）（魯）

魯司徒仲齊盨乙器（集成4441）（魯）

魯司徒仲齊盤（集成10116）（魯）

齊侯子行匜（集成10233）（齊）

魯司徒仲齊匜（集成10275）（魯）

【春秋中期】

𪓐鎛（集成271）（齊）

𪓐鎛（集成271）（齊）

國差𦉜（集成10361）（齊）

【春秋晚期】

齊侯鼎（通鑑1974）

齊侯敦（集成4638）（齊）

齊侯敦蓋（集成4639）（齊）

齊侯敦蓋（集成4639）（齊）

齊侯敦（集成4645）（齊）

齊侯盂（集成10318）（齊）

洹子孟姜壺（集成9729）（齊）

洹子孟姜壺（集成9730）（齊）

洹子孟姜壺(集成9730)(齊)

洹子孟姜壺(集成9729)(齊)

洹子孟姜壺(集成9730)(齊)

洹子孟姜壺(集成9729)(齊)

洹子孟姜壺(集成9730)(齊)

齊太宰歸父盤(集成10151)(齊)

齊侯盤(集成10159)(齊)

齊鞄氏鐘(集成142)(齊)

【春秋後期】

齊縈姬盤(集成10147)(齊)

【春秋時期】

齊侯盤(集成10123)(齊)

齊皇壺(集成9659)(齊)

【春秋晚期】

洹子孟姜壺(集成9730)(齊)

【春秋晚期】

石鼓(獵碣・鑾車)(通鑑19819)(秦)

【春秋時期】

𢍰片昶豯鼎(集成2570)

𢍰片昶豯鼎(集成2571)

【春秋早期】

尹小叔鼎(集成2214)(虢)

鄭子石鼎(集成2421)(鄭)

郜造𨐧鼎(集成2422)(郜)

郳討鼎(集成2426)(郳)

自鼎(集成2430)

芮太子鼎(集成2448)

芮公鼎(集成2475)(芮)

專車季鼎(集成2476)

鄭饔原父鼎(集成2493)(鄭)

芮太子白鼎(集成2496)

芮子仲𣪘鼎(集成2517)

考祉君季鼎(集成2519)

武生毀鼎(集成2522)

武生毀鼎(集成2523)

曾伯從寵鼎(集成2550)(曾)

曾者子𩰫鼎(集成2563)(曾)

曾仲子敔鼎(集成2564)(曾)

黃季鼎(集成2565)(黃)

[illegible]魯宰兩鼎(集成2591)(魯)

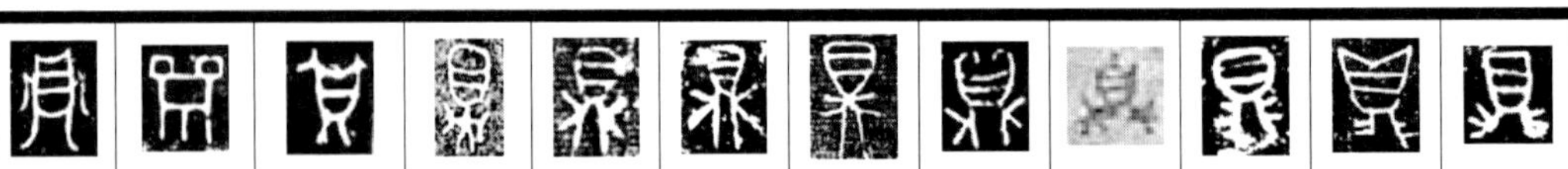			
戒偖生鼎（集成2632）	戒偖生鼎（集成2633）	鼄[illegible]白鼎鼎（集成2640）（邾）	鼄[illegible]白鼎鼎（集成2641）（邾）
伯歸臺鼎（集成2644）（曾）	伯歸臺鼎（集成2645）（曾）	鄭伯氏士叔皇父鼎（集成2667）（鄭）	徐王糧鼎（集成2675）（徐）
戴叔朕鼎（集成2692）（戴）	鄁公湯鼎（集成2714）（鄁）	兒慶鼎（新收1095）（小邾）	衛伯須鼎（新收1198）
鄧公孫無嬰鼎（新收1231）（鄧）	虢季鼎（新收9）（虢）	虢季鼎（新收10）（虢）	虢季鼎（新收11）（虢）
虢季鼎（新收12）（虢）	虢季鼎（新收13）（虢）	虢季鼎（新收15）（虢）	樊夫人龍嬴鼎（新收296）
秦公鼎乙（新收1339）（秦）	秦公鼎甲（通鑑1994）（秦）	秦公鼎A（新收1340）（秦）	秦公鼎B（新收1341）（秦）
秦公鼎（新收1337）（秦）	秦公鼎（通鑑1999）（秦）	子耳鼎（通鑑2276）	曾大師賓樂與鼎（通鑑2279）
秦公鼎丁（通鑑2374）（秦）	秦公鼎戊（通鑑2375）（秦）	秦公鼎丙（通鑑2373）（秦）	仲姜鼎（通鑑2361）
芮子仲殿鼎（通鑑2363）	虢姜鼎（通鑑2384）	䄂仲無龍鬲（集成713）	爲甫人鼎（通鑑2376）
䄂仲無龍鬲（集成714）	番君酟伯鬲（集成732）（番）	番君酟伯鬲（集成733）（番）	番君酟伯鬲（集成734）（番）
卓林父簋蓋（集成4018）（衛）	葬子𪒠盞蓋（新收1235）	葬子𪒠盞蓋（新收1235）	【春秋中期】
瑦戎鼎（集成1955）	余子汆鼎（集成2390）（徐）	[illegible]亥鼎（集成2588）（宋）	【春秋中或晚期】

鄧鰟鼎蓋（集成 2085）

【春秋晚期】

夫欧申鼎（新收 1250）（舒）

彭公之孫無所鼎（通鑑 2189）

尊父鼎（通鑑 2296）

王子午鼎（集成 2811）（楚）

王子午鼎（新收 449）（楚）

王子午鼎（新收 445）（楚）

王子午鼎（新收 446）（楚）

王子午鼎（新收 444）（楚）

王子午鼎（新收 447）（楚）

哀成叔鼎（集成 2782）（鄭）

佣之遽鼎蓋（新收 456）（楚）

佣之遽鼎器（新收 456）（楚）

佣鼎蓋（新收 474）（楚）

佣鼎器（新收 474）

郳夫人嬬鼎（通鑑 2386）

洹子孟姜壺（集成 9730）（齊）

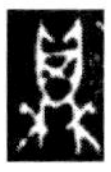
洹子孟姜壺（集成 9729）（齊）

鑪

【春秋晚期】

鄬子吳鼎蓋（新收 533）（楚）

鄬子吳鼎器（新收 533）（楚）

鄬子吳鼎蓋（新收 532）（楚）

鄬子吳鼎器（新收 532）（楚）

鼒

【春秋早期】

鄭戚句父鼎（集成 2520）（鄭）

【春秋早期】

秦公簋蓋（集成 4315）（秦）

【春秋中期】

國差罎（集成 10361）（齊）

【春秋晚期】

文公之母弟鐘（新收 1479）

秦景公石磬（通鑑 19778）（秦）

秦景公石磬（通鑑 19780）（秦）

⿱⿰爿刀鼎

【春秋早期】

魯内小臣床生鼎（集成 2354）

曾侯仲子遊父鼎（集成 2423）（曾）

曾侯仲子遊父鼎（集成 2424）（曾）

曾子仲諆鼎（集成 2620）（曾）

魯仲齊鼎（集成 2639）（魯）

宗婦邯嬰鼎（集成 2683）（邯）

宗婦邯嬰鼎（集成 2684）（邯）

⿰鼎于

⿰鼎雩

⿰鼎升

宗婦鄁嫛鼎（集成2685）（鄁）

宗婦鄁嫛鼎（集成2687）（鄁）

宗婦鄁嫛鼎（集成2689）（鄁）

上曾太子般殷鼎（集成2750）（曾）

王鬲（集成611）

王鬲（集成611）

宗婦鄁嫛簋（集成4077）（鄁）

宗婦鄁嫛簋蓋（集成4078）（鄁）

宗婦鄁嫛簋器（集成4078）（鄁）

宗婦鄁嫛簋蓋（集成4079）（鄁）

宗婦鄁嫛簋（集成4084）（鄁）

宗婦鄁嫛簋蓋（集成4084）（鄁）

曾侯簠（集成4598）

【春秋中期】

鄬子受鎛甲（新收513）（楚）

鄬子受鎛乙（新收514）（楚）

鄬子受鎛丙（新收515）（楚）

鄬子受鎛丁（新收516）（楚）

鄬子受鎛辛（新收520）（楚）

【春秋晚期】

王子午鼎（集成2811）（楚）

王子午鼎（新收446）（楚）

王子午鼎（新收444）（楚）

王子午鼎（新收447）（楚）

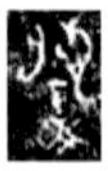
鄭莊公之孫盧鼎（通鑑2326）

王子臣俎（通鑑6320）

【春秋晚期】

王子吳鼎（集成2717）（楚）

蔡侯䵼鼎（集成2216）（蔡）

【春秋晚期】

猷侯之孫陳鼎（集成2287）（胡）

【春秋晚期】

楚叔之孫倗鼎蓋（新收410）（楚）

楚叔之孫倗鼎器新收410）（楚）

楚叔之孫倗鼎蓋（集成2357）（楚）

丁兒鼎蓋（新收1712）（應）

楚叔之孫倗鼎器（集成2357）（楚）

【春秋晚期】

蔡侯䵼鼎（集成2215）（蔡）

王子午鼎（新收447）（楚）

王子午鼎（新收444）（楚）

鄧鯵鼎蓋（集成 2085）

【春秋晚期】

夫跌申鼎（新收 1250）（舒）

彭公之孫無所鼎（通鑑 2189）

尊父鼎（通鑑 2296）

王子午鼎（集成 2811）（楚）

王子午鼎（新收 449）（楚）

王子午鼎（新收 445）（楚）

王子午鼎（新收 446）（楚）

王子午鼎（新收 444）（楚）

王子午鼎（新收 447）（楚）

哀成叔鼎（集成 2782）（鄭）

倗之𨘻鼎蓋（新收 456）（楚）

倗之𨘻鼎器（新收 456）（楚）

倗鼎蓋（新收 474）（楚）

倗鼎器（新收 474）

郳夫人嫘鼎（通鑑 2386）

洹子孟姜壺（集成 9730）（齊）

洹子孟姜壺（集成 9729）（齊）

鑪

【春秋晚期】

鄬子吳鼎蓋（新收 533）（楚）

鄬子吳鼎器（新收 533）（楚）

鄬子吳鼎蓋（新收 532）（楚）

鄬子吳鼎器（新收 532）（楚）

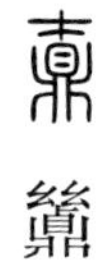

【春秋早期】

鄭戝句父鼎（集成 2520）（鄭）

【春秋早期】

秦公簋蓋（集成 4315）（秦）

【春秋中期】

國差罎（集成 10361）（齊）

【春秋晚期】

文公之母弟鐘（新收 1479）

秦景公石磬（通鑑 19778）（秦）

秦景公石磬（通鑑 19780）（秦）

【春秋早期】

魯內小臣床生鼎（集成 2354）

曾侯仲子遊父鼎（集成 2423）（曾）

曾侯仲子遊父鼎（集成 2424）（曾）

曾子仲諆鼎（集成 2620）（曾）

魯仲齊鼎（集成 2639）（魯）

宗婦部嬰鼎（集成 2683）（部）

宗婦部嬰鼎（集成 2684）（部）

⿰鼎幵

⿰鼎寸

⿰鼎寽

 宗婦鄁嬰鼎（集成2685）（鄁）	 宗婦鄁嬰鼎（集成2687）（鄁）	 宗婦鄁嬰鼎（集成2689）（鄁）	 上曾太子般殷鼎（集成2750）（曾）
 王鬲（集成611）	 王鬲（集成611）	 宗婦鄁嬰簋（集成4077）（鄁）	 宗婦鄁嬰簋蓋（集成4078）（鄁）
 宗婦鄁嬰簋器（集成4078）（鄁）	 宗婦鄁嬰簋蓋（集成4079）（鄁）	 宗婦鄁嬰簋（集成4084）（鄁）	 宗婦鄁嬰簋蓋（集成4084）（鄁）
 曾侯簠（集成4598）	**【春秋中期】**	 鄬子受鎛甲（新收513）（楚）	 鄬子受鎛乙（新收514）（楚）
 鄬子受鎛丙（新收515）（楚）	 鄬子受鎛丁（新收516）（楚）	 鄬子受鎛辛（新收520）（楚）	
【春秋晚期】	 王子午鼎（集成2811）（楚）	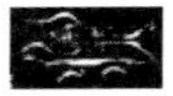 王子午鼎（新收446）（楚）	 王子午鼎（新收444）（楚）
 王子午鼎（新收447）（楚）	 鄭莊公之孫盧鼎（通鑑2326）	 王子臣俎（通鑑6320）	
【春秋晚期】	 王子吳鼎（集成2717）（楚）	 蔡侯䵼鼎（集成2216）（蔡）	
【春秋晚期】	 ⿰甚夫侯之孫敶鼎（集成2287）（胡）		
【春秋晚期】	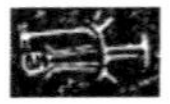 楚叔之孫倗鼎蓋（新收410）（楚）	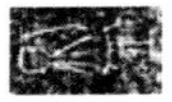 楚叔之孫倗鼎器新收410）（楚）	 楚叔之孫倗鼎蓋（集成2357）（楚）
 丁兒鼎蓋（新收1712）（應）	 楚叔之孫倗鼎器（集成2357）（楚）		
【春秋晚期】	 蔡侯䵼鼎（集成2215）（蔡）	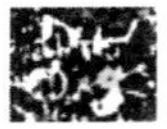 王子午鼎（新收447）（楚）	 王子午鼎（新收444）（楚）

【春秋中期】

鄧公乘鼎蓋（集成 2573）（鄧）

鄧公乘鼎器（集成 2573）（鄧）
【春秋晚期】

倗鼎（新收 451）（楚）

倗鼎（新收 454）（楚）

【春秋晚期】

褱鼎蓋（集成 02551）

褱鼎器（集成 2551）

【春秋晚期】

褱鼎蓋（集成 02551）

褱鼎器（集成 2551）

【春秋晚期】

鄧尹疾鼎蓋（集成 2234）（鄧）

【春秋早期】

䄅伯業鼎（集成 2622）

【春秋早期】

秦公鐘甲（集成 262）（秦）

秦公鐘丁（集成 265）（秦）

秦公鎛乙（集成 268）（秦）

秦公鎛丙（集成 269）（秦）

曾伯霥簠蓋（集成 4632）（曾）

曾伯霥簠（集成 4631）（曾）

黃太子伯克盤（集成 10162）（黃）

【春秋中期】

子犯鐘甲 D（新收 1011）（晉）

子犯鐘甲 D（新收 1011）（晉）

子犯鐘乙 D（新收 1023）（晉）

克黃鼎（新收 500）（楚）

克黃鼎（新收 499）（楚）
【春秋晚期】

攻敔王光劍（集成 11666）（吳）

【春秋時期】

黃太子伯克盆（集成 10338）（黃）

【春秋早期】

曾亘嫚鼎（新收 1201）（曾）

曾亘嫚鼎（新收 1202）（曾）
【春秋晚期】

禾　秀　穆　　　秫　稻

昧　朮　稻

永祿鈹（通鑑 18058）

【春秋晚期】

郳公鈓鐘（集成 102）（郳）

競孫不欲壺（通鑑 12344）（楚）

禾簋（集成 3939）

【春秋晚期】

石鼓（獵碣·田車）（通鑑 19818）（秦）

【春秋早期】

秦公簋蓋（集成 4315）（秦）

戎生鐘甲（新收 1613）（晉）

戎生鐘丙（新收 1615）（晉）

【春秋晚期】

王孫誥鐘一（新收 418）（楚）

王孫誥鐘十二（新收 429）（楚）

王孫誥鐘十三（新收 430）（楚）

王孫誥鐘十五（新收 434）（楚）

王孫誥鐘十七（新收 435）（楚）

王孫誥鐘二十（新收 433）（楚）

王孫誥鐘二十三（新收 443）（楚）

王孫誥鐘二（新收 419）（楚）

王孫誥鐘三（新收 420）（楚）

鼄公華鐘（集成 245）（郳）

吳王光鐘殘片三十四（集成 224.7-224.40）（吳）

秦景公石磬（通鑑 19787）（秦）

蔡侯䜌盤（集成 10171）（蔡）

曾孟嬉朱姬簠器（新收 530）（楚）

鄭太子之孫與兵壺蓋（新收 1980）

【春秋晚期】

吳王光鐘殘片十二（集成 224.13-36）（吳）

吳王光鐘殘片之二十四（集成 224.36）（吳）

【春秋早期】

大司馬孛朮簠蓋（集成 4505）

《說文》：「朮，秫或省禾。」

【春秋早期】

叔朕簠（集成 4621）（戴）

曾伯霥簠蓋（集成 4632）（曾）

曾伯霥簠（集成 4631）（曾）

【春秋早期】

叔原父甗（集成 947）（陳）

穅

康

【春秋早期】

- 秦公鐘甲（集成 262）（秦）
- 秦公鐘乙（集成 263）（秦）
- 秦公鐘丁（集成 265）（秦）
- 秦公鎛甲（集成 267）（秦）
- 秦公鎛甲（集成 267）（秦）
- 秦公鎛乙（集成 268）（秦）
- 秦公鎛乙（集成 268）（秦）
- 秦公鎛丙（集成 269）（秦）
- 秦公鎛丙（集成 269）（秦）

【春秋中期】

- 季子康鎛甲（通鑑 15785）
- 季子康鎛丁（通鑑 15788）

【春秋晚期】

- 蔡侯𩐁尊（集成 6010）（蔡）
- 蔡侯𩐁盤（集成 10171）（蔡）
- 哀成叔鼎（集成 2782）（鄭）
- 秦景公石磬（通鑑 19799）（秦）
- 石鼓（獵碣・吾水）（通鑑 19824）（秦）

《說文》：「康，穅或省。」

秊

【春秋早期】

- 緊子丙車鼎器（集成 2603）（黃）
- 緊子丙車鼎蓋（集成 2604）（黃）
- 緊子丙車鼎器（集成 2604）（黃）
- 緊子丙車鼎蓋（集成 2603）（黃）
- 自鼎（集成 2430）
- 王孫壽甗（集成 946）
- 鄅公伯韭簋（集成 4016）（鄅）
- 𦖞仲之孫簋（集成 4120）
- 曾伯霥簠（集成 4631）（曾）
- 夢子匜（集成 10245）
- 楚嬴匜（集成 10273）（楚）
- 陳子匜（集成 10279）（陳）
- 鼄大宰欉子𣪕鐘（集成 86）（邾）
- 楚大師登鐘甲（通鑑 15505）（楚）
- 郜公平侯鼎（集成 2772）（郜）
- 曾伯霥簠蓋（集成 4632）（曾）
- 䢼伯墉盤（集成 10130）
- 陳公孫𤔲父瓶（集成 9979）（陳）
- 鑄子叔黑𦣻鼎（集成 2587）（鑄）
- 戒偖生鼎（集成 2632）
- 蘇公子癸父甲簋（集成 4015）（蘇）
- 郜公平侯鼎（集成 2771）（郜）
- 鑄公簠蓋（集成 4574）（鑄）
- 戴叔朕鼎（集成 2692）（戴）
- 魯侯鼎（新收 1067）（魯）
- 毛叔盤（集成 10145）（毛）
- 魯伯大父簋（集成 3974）（魯）

秂

陳侯盤（集成 10157）（陳）
叔穀匜（集成 10219）
楚嬴盤（集成 10148）（楚）
皇與匜（通鑑 14976）

叔穀匜（集成 10219）
鄩仲盤（集成 10135）（尋）
郳來隹鬲（集成 670）（郳）
莽子餀盞蓋（新收 1235）

叔朕簠（集成 4620）（戴）
叔朕簠（集成 4621）（戴）
【春秋中期】
上鄀公簠蓋（新收 401）（楚）

伯遊父鐳（通鑑 14009）
鄬子受鎛己（新收 518）（楚）
鄬子受鐘甲（新收 504）（楚）
鄬子受鐘丙（新收 506）（楚）

鄬子受鎛丙（新收 515）（楚）
鄬子受鎛丁（新收 516）（楚）
鄬子受鎛乙（新收 514）（楚）
鄬子受鎛庚（新收 519）（楚）

鄬子受鎛甲（新收 513）（楚）
【春秋中後期】
東姬匜（新收 398）（楚）
【春秋晚期】

宋君夫人鼎（通鑑 2343）
樂子嚷豧簠（集成 4618）（宋）
齊侯盤（集成 10159）（齊）
者尚余卑盤（集成 10165）

蔡大師腆鼎（集成 2738）（蔡）
秦景公石磬（通鑑 19786）（秦）
秦景公石磬（通鑑 19784）（秦）
【春秋後期】

齊縈姬盤（集成 10147）（齊）
【春秋時期】
子季嬴青盆（集成 10339）
匽公匜（集成 10229）（燕）

公父宅匜（集成 10278）
申公彭宇簠（集成 4610）（鄀）

【春秋早期】
虢季鼎（新收 15）（虢）
虢季鬲（新收 23）（虢）
虢季鬲（新收 22）（虢）

虢季鬲（新收 26）（虢）
虢季鬲（新收 27）（虢）
虢季鬲（新收 25）（虢）
虢季鬲（新收 24）（虢）

虢季鼎（新收9）（虢）
虢季鼎（新收13）（虢）
魯仲齊鼎（集成2639）（魯）
鑄子叔黑臣簠器（集成4571）（鑄）
鑄叔簠器（集成4560）（鑄）
國子碩父鬲（新收49）
芮太子白簠（集成4538）
商丘叔簠（集成4558）（宋）
郜伯祀鼎（集成2602）（郜）
考叔寣父簠蓋（集成4609）（楚）
郳太宰欉子掛簠（集成4623）（郳）
蔡大善夫趣簠蓋（新收1236）（蔡）

虢季鼎（新收10）（虢）
子耳鼎（通鑑2276）
魯伯悆盨器（集成4458）（魯）
鑄子叔黑臣盨（通鑑5666）
鑄叔簠蓋（集成4560）（鑄）
尋仲匜（集成10266）（尋）
商丘叔簠（集成4557）（宋）
商丘叔簠蓋（集成4559）（宋）
杞子每刃鼎（集成2428）
考叔寣父簠器（集成4609）（楚）
虢碩父簠蓋（新收52）
蔡大善夫趣簠器（新收1236）（蔡）

虢季鼎（新收11）（虢）
鑄子叔黑臣鬲（集成735）（鑄）
魯司徒仲齊盨甲器（集成4440）（魯）
鑄子叔黑臣簠蓋（集成4570）（鑄）
番伯酓匜（集成10259）（番）
叔原父甗（集成947）（陳）
伯其父慶簠（集成4581）
商丘叔簠器（集成4559）（宋）
郜伯鼎（集成2601）（郜）
芮子仲殿鼎（通鑑2363）
虢碩父簠器（新收52）
原氏仲簠（新收935）（陳）

虢季鼎（新收12）（虢）
國子碩父鬲（新收48）
上鄀公敄人簋蓋（集成4183）（鄀）
鑄子叔黑臣盨（集成4423）（鑄）
叔單鼎（集成2657）（黃）
芮太子白簠（集成4537）
鄀公諴簠（集成4600）
考叔寣父簠蓋（集成4608）（楚）
陳侯簠（集成4607）（陳）
蔡侯鼎（通鑑2372）
魯侯簠（新收1068）（魯）
原氏仲簠（新收936）（陳）

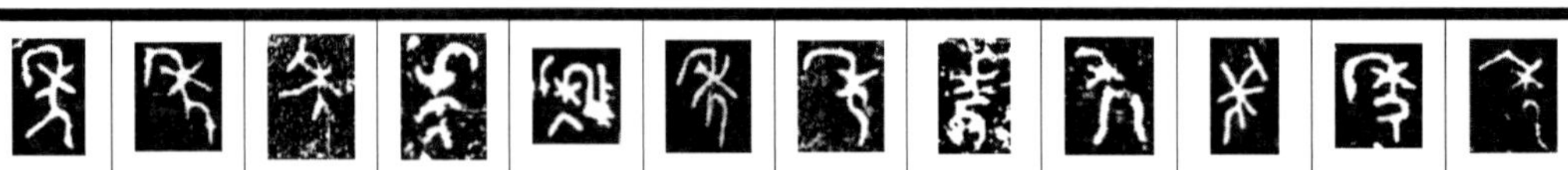

- 邾公子害簠蓋（通鑑 5964）
- 陳侯壺蓋（集成 9633）（陳）
- 杞伯每刃壺（集成 9687）（杞）
- 番昶伯者君鼎（集成 2617）（番）
- 戒偖生鼎（集成 2632）
- 鼄鞻白鼎鼎（集成 2640）（邾）
- 戎生鐘庚（新收 1619）（晉）
- 番君伯歔盤（集成 10136）（番）
- 鄁公湯鼎（集成 2714）（鄁）
- 魯伯敢匜（集成 10222）（魯）
- 魯太宰原父簋（集成 3987）（魯）
- 魯伯悆盨蓋（集成 4458）（魯）

- 邾公子害簠器（通鑑 5964）
- 陳侯壺器（集成 9633）（陳）
- 杞伯每刃壺（集成 9688）（杞）
- 番昶伯者君鼎（集成 2618）（番）
- 鄭大內史叔上匜（集成 10281）（鄭）
- 鼄鞻白鼎鼎（集成 2641）（邾）
- 楚大師登鐘乙（通鑑 15506）（楚）
- 秦公鎛甲（集成 267）（秦）
- 杞伯每刃鼎（集成 2642）（杞）
- 陳侯鬲（集成 705）（陳）
- 魯伯大父簋（集成 3989）（魯）
- 魯仲齊甗（集成 939）（魯）

- 昶仲無龍鬲（集成 713）
- 陳侯壺蓋（集成 9634）（陳）
- 芮太子白鼎（集成 2496）
- 鄦奓魯生鼎（集成 2605）（許）
- 鄁公伯韭簋蓋（集成 4017）（鄁）
- 鑄叔皮父簋（集成 4127）（鑄）
- 秦公鐘乙（集成 263）（秦）
- 秦公鎛乙（集成 268）（秦）
- 鄭伯氏士叔皇父鼎（集成 2667）（鄭）
- 陳侯鬲（集成 706）（陳）
- 魯司徒仲齊盨乙器（集成 4441）（魯）
- 魯司徒仲齊匜（集成 10275）（魯）

- 萃子[illegible]盞器（新收 1235）
- 陳侯壺器（集成 9634）（陳）
- 黃季鼎（集成 2565）（黃）
- 伯[illegible]林鼎（集成 2621）
- 𨚕子奠伯鬲（集成 742）（曾）
- 蘇公子癸父甲簋（集成 4014）（蘇）
- 秦公鐘戊（集成 266）（秦）
- 秦公鎛丙（集成 269）（秦）
- 昶仲無龍匜（集成 10249）
- 曾伯鬲（新收 1217）
- 魯司徒仲齊盨甲蓋（集成 4440）（魯）
- 魯大司徒子仲白匜（集成 10277）（魯）

鄙甘𦎧鼎（新收 1091）

魯司徒仲齊盤（集成 10116）（魯）

蔡公子壺（集成 9701）

匽君婦媿霝壺（集成 9434）

【春秋中期】

上鄀公簠器（新收 401）（楚）

叔師父壺（集成 9706）

長子䮂臣簠器（集成 4625）（晉）

陳公子仲慶簠（集成 4597）（陳）

長子䮂臣簠蓋（集成 4625）（晉）

【春秋晚期】

簷叔之仲子平鐘（集成 177）（莒）

王子午鼎（集成 2811）（楚）

王子午鼎（新收 444）（楚）

王子午鼎（新收 447）（楚）

尊父鼎（通鑑 2296）

蔡侯𤔲盤（集成 10171）（蔡）

侯古堆鎛甲（新收 276）

郳公孫班鎛（集成 140）（郳）

十一年柏令戈（新收 1182）

齊侯敦蓋（集成 4639）（齊）

齊侯敦器（集成 4639）（齊）

復公仲簋蓋（集成 4128）

晉公盆（集成 10342）（晉）

齊侯敦（集成 4638）（齊）

蔡侯𤔲尊（集成 6010）（蔡）

酄侯少子簋（集成 4152）（莒）

【春秋時期】

薛侯匜（集成 10263）（薛）

十八年鄉左庫戈（集成 11264）（晉）

師麻孝叔鼎（集成 2552）

弔片昶豯鼎（集成 2571）

𤆯右盤（集成 10150）

鄧伯吉射盤（集成 10121）（鄧）

齊侯盤（集成 10123）（齊）

般仲柔盤（集成 10143）

秊

【春秋早期】

魯伯俞父簠（集成 4567）（魯）

魯伯俞父簠（集成 4568）（魯）

昶伯業鼎（集成 2622）

邕子良人甗（集成 945）

魯伯俞父簠（集成 4566）（魯）

曾子伯𥎦盤（集成 10156）（曾）

曾子仲宣鼎（集成 2737）（曾）

夆叔盤（集成 10163）（滕）

楚大師登鐘辛（通鑑 15512）（楚）

番君酓伯鬲（集成 732）（番）

番君酓伯鬲（集成 733）（番）

番君酟伯鬲（集成734）（番）

伯亞臣𨱍（集成9974）（黃）

【春秋中期】

魯大司徒厚氏元簠蓋（集成4690）（魯）

魯大司徒厚氏元簠器（集成4690）（魯）

魯大司徒厚氏元簠蓋（集成4691）（魯）

魯大司徒厚氏元簠器（集成4691）（魯）

魯大司徒厚氏元簠（集成4689）（魯）

魯大司徒元盂（集成10316）（魯）

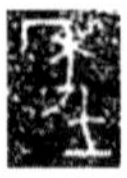
魯少司寇封孫宅盤（集成10154）（魯）

何此簠器（新收404）

𦅫鎛（集成271）（齊）

魯大左司徒元鼎（集成2592）（魯）

何此簠器（新收403）

何此簠蓋（新收404）

何此簠蓋（新收403）

【春秋晚期】

齊侯敦（集成4645）（齊）

齊侯盂（集成10318）（齊）

公子土斧壺（集成9709）（齊）

洹子孟姜壺（集成9729）（齊）

洹子孟姜壺（集成9730）（齊）

夆叔匜（集成10282）（滕）

蔡叔季之孫䝭匜（集成10284）（蔡）

邾公釛鐘（集成102）（邾）

邾公釛鐘（集成102）（邾）

鼄公牼鐘甲（集成149）（邾）

鼄公牼鐘丙（集成151）（邾）

鼄公華鐘（集成245）（邾）

簷叔之仲子平鐘庚（集成178）（莒）

簷叔之仲子平鐘壬（集成180）（莒）

簷叔之仲子平鐘丁（集成175）（莒）

王孫誥鐘一（新收418）（楚）

王孫誥鐘二（新收419）（楚）

王孫誥鐘四（新收421）（楚）

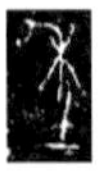
王孫誥鐘五（新收422）（楚）

王孫誥鐘七（新收424）（楚）

王孫誥鐘八（新收425）（楚）

王孫誥鐘十（新收427）（楚）

王孫誥鐘十二（新收429）（楚）

王孫誥鐘十四（新收431）（楚）

王孫誥鐘十九（新收437）（楚）

王孫誥鐘二十二（新收438）（楚）

王孫誥鐘二十六（新收442）

王孫遺者鐘（集成261）（楚）

無所簠（通鑑5952）

𥝌

【春秋晚期】

侯古堆鎛戊（新收279）

侯古堆鎛己（新收280）

侯古堆鎛丙（新收278）

禾

【春秋早期】

甫睸鐳（集成9972）

番昶伯盤（集成10094）

綏君單匜（集成10235）（黃）

黃太子伯克盤（集成10162）（黃）

黃太子伯克盤（集成10162）（黃）

【春秋中期】

何此簠（新收402）

【春秋晚期】

喬君鉦鋮（集成423）（許）

王子午鼎（新收446）（楚）

【春秋時期】

𢍰片昶豯鼎（集成2570）

曹伯狄簋殘蓋（集成4019）（曹）

秃

【春秋早期】

甫伯官曾鐳（集成9971）

番昶伯者君盤（集成10139）（番）

番昶伯者君匜（集成10269）（番）

番昶伯者君匜（集成10268）（番）

【春秋時期】

番仲𢦏匜（集成10258）（番）

穌

【春秋早期】

蘇冶妊盤（集成10118）（蘇）

蘇冶妊鼎（集成2526）（蘇）

蘇公子癸父甲簋（集成4014）（蘇）

蘇公子癸父甲簋（集成4015）（蘇）

叔鼎（集成1926）（虢）

【春秋時期】

蘇貉豆（集成4659）

龝

【春秋晚期】

鄭太子之孫與兵壺蓋（新收1980）

𥡝

【春秋早期】

秦子戈（集成11353）（秦）

兒慶鼎（新收1095）（小邾）

秦子戈（集成11352）（秦）

秦公鎛丙（集成269）（秦）

秦公鼎乙（新收1339）（秦）

秦公鼎（新收1337）（秦）

秦公鼎（通鑑1999）（秦）

秦公簋蓋（集成4315）（秦）

秦公簋甲（通鑑4903）（秦）

秦公簋乙（通鑑4904）（秦）

秦公簋丙（通鑑4905）（秦）

秦子簋蓋（通鑑5166）（秦）

秦公壺甲（新收1347）（秦）

秦公壺乙（新收1348）（秦）

秦公壺（通鑑12320）（秦）

秦公鐘甲（集成262）（秦）

秦公鐘乙（集成263）（秦）

秦公鐘丙（集成264）（秦）

秦公鐘戊（集成266）（秦）

秦公鎛（新收1345）（秦）

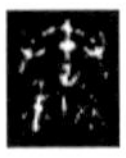
秦子鎛（通鑑15770）（秦）

秦公鎛甲（集成267）（秦）

秦公鎛甲（集成267）（秦）

秦公鎛乙（集成268）（秦）

秦公鎛丙（集成269）（秦）

【春秋晚期】

許子妝簠蓋（集成4616）（許）

秦景公石磬（通鑑19782）（秦）

《說文》：「⿱𡗗秝，籀文秦。从秝。」

⿱𡗗秝

【春秋早期】

秦政伯喪戈（通鑑17117）（秦）

秦子鎛（通鑑15770）

⿱午秝

【春秋晚期】

競之定鬲甲（通鑑2997）

競之定簋甲（通鑑5226）

競之定豆甲（通鑑6146）

競之定豆乙（通鑑6147）

競平王之定鐘（集成37）（楚）

競平王之定鐘（集成37）（楚）

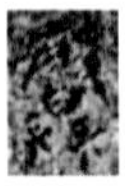
秦公簋（通鑑5267）

⿱𠂉⿱𡗗秝

【春秋早期】

秦公鼎A（新收1340）（秦）

秦公鼎B（新收1341）（秦）

秦公鼎丁（通鑑2374）（秦）

析　兼　粱　糧　⿰米芻　舀　麻　尗　家

鬑　粆　𠩺

秦公鼎戊（通鑑 2375）（秦）

秦公簋 A 蓋（通鑑 5249）

秦公簋 A 器（新收 1343）（秦）

秦公簋 B（新收 1344）（秦）

【春秋晚期】

鄶侯少子簋（集成 4152）（莒）

【春秋時期】

伯析戈（集成 10895）

【春秋晚期】

徐王子旃鐘（集成 182）（徐）

鄱子成周鐘丙（新收 285）

鄱子成周鐘丁（新收 286）

曾伯霥簠（集成 4631）（曾）

叔朕簠（集成 4620）（戴）

叔朕簠（集成 4621）（戴）

曾伯霥簠蓋（集成 4632）（曾）

【春秋早期】

邿召簠蓋（新收 1042）

【春秋中期】

宜桐盂（集成 10320）（徐）

【春秋早期】

梁姬罐（新收 45）

【春秋早期】

曾子伯舀盤（集成 10156）（曾）

【春秋時期】

師麻孝叔鼎（集成 2552）

【春秋晚期】

義楚鍴（集成 6462）（徐）

徐王宋又觶（集成 6506）

【春秋早期】

叔家父簠（集成 4615）

原氏仲簠（新收 935）（陳）

原氏仲簠（新收 936）（陳）

原氏仲簠（新收 937）（陳）

虢季鐘丙（新收 3）（虢）

【春秋中期】

公典盤（新收 1043）

【春秋晚期】

杕氏壺（集成 9715）（燕）

【春秋早期】

秦公簋蓋（集成 4315）（秦）

秦公鐘甲（集成 262）（秦）

秦公鐘丙（集成 264）（秦）

秦公鎛甲（集成 267）（秦）

秦公鎛乙（集成 268）（秦）

秦公鎛丙（集成 269）（秦）

【春秋中期】

魯少司寇封孫宅盤（集成 10154）（魯）

【春秋晚期】

晉公盆（集成 10342）（晉）

工盧王姑發聑反之弟劍（新收 988）（吳）

【春秋時期】

公父宅匜（集成 10278）

【春秋晚或戰國早期】

簩府宅戈（通鑑 17300）

【春秋中期】

公典盤（新收 1043）

【春秋晚期】

杕氏壺（集成 9715）（燕）

賈孫叔子屖盤（通鑑 14516）

樂室磬（通鑑 19776）

【春秋早期】

曾子仲宣鼎（集成 2737）（曾）

曾子仲宣鼎（集成 2737）（曾）

【春秋中後期】

東姬匜（新收 398）（楚）

【春秋晚期】

石鼓（獵碣・鑾車）（通鑑 19819）（秦）

【春秋時期】

中公彭宇簠（集成 4610）（鄀）

中公彭宇簠（集成 4611）（鄀）

中公彭宇簠（集成 4610）（鄀）

【春秋晚期】

晉公盆（集成 10342）（晉）

【春秋中期】

國差𦉜（集成 10361）（齊）

【春秋晚期】

蔡侯𪒠歌鐘甲（集成 210）（蔡）

蔡侯𪒠歌鐘丙（集成 217）（蔡）

蔡侯𪒠鎛甲（集成 219）（蔡）

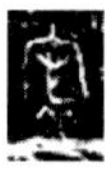

蔡侯𪒠鎛丙（集成 221）（蔡）

蔡侯𪒠鎛丁（集成 222）（蔡）

許公寍戈（通鑑 17219）

石鼓（獵碣・吾水）（通鑑 19824）（秦）

【春秋晚期】

競之定鬲甲（通鑑 2997）

競之定鬲乙（通鑑 2998）

競之定鬲丙（通鑑 2999）

競之定鬲丁（通鑑 3000）

競之定簋甲（通鑑 5226）

競之定簋乙（通鑑 5227）

曾都尹定簠（新收 1214）（曾）

競之定豆甲（通鑑 6146）

競之定豆乙（通鑑 6147）

競平王之定鐘（集成 37）（楚）

蔡侯𪒠歌鐘乙（集成 211）（蔡）

蔡侯𪒠歌鐘丙（集成 217）（蔡）

蔡侯𪒠鎛丁（集成 222）（蔡）

曾孫定鼎蓋（新收 1213）（曾）

【春秋早期】

薛子仲安簠蓋（集成 4546）（薛）

薛子仲安簠器（集成 4546）（薛）

薛子仲安簠（集成 4547）（薛）

薛子仲安簠（集成 4548）（薛）

【春秋中期】

國差𦉜（集成 10361）（齊）

【春秋晚期】

哀成叔鼎（集成 2782）（鄭）

石鼓（獵碣・田車）（通鑑 19818）（秦）

【春秋晚或戰國早期】

中央勇矛（集成 11566）

【春秋時期】

嫚妊車輨（集成 12030）

【春秋早期】

楚大師登鐘乙（通鑑 15506）（楚）

楚大師登鐘丙（通鑑 15507）（楚）

楚大師登鐘丁（通鑑 15508）（楚）

楚大師登鐘己（通鑑15510）（楚）

【春秋晚期】

鼄公華鐘（集成245）（邾）

配兒鉤鑃乙（集成427）（吳）

鼄公牼鐘丙（集成151）（邾）

鼄公牼鐘丁（集成152）（邾）

徐王子旃鐘（集成182）（徐）

吳王光鐘殘片之十二（集成224.13-36）（吳）

吳王光鐘殘片之二十四（集成224.36）（吳）

【春秋早期】

郜召簠蓋（新收1042）

郜召簠器（新收1042）

【春秋中期】

國差罎（集成10361）（齊）

【春秋晚期】

晉公盆（集成10342）（晉）

《說文》：「𡧍，古文容。从公。」

【春秋早期】

虢季鬲（新收23）（虢）

虢季鬲（新收22）（虢）

虢季鬲（新收22）（虢）

虢季鬲（新收26）（虢）

虢季鬲（新收25）（虢）

虢季鬲（新收25）（虢）

虢季鬲（新收26）（虢）

虢季鬲（新收24）（虢）

虢季鬲（新收23）（虢）

虢季鬲（新收24）（虢）

虢季鬲（新收27）（虢）

虢季鬲（新收27）（虢）

虢季鬲（新收29）（虢）

虢季簋蓋（新收16）（虢）

虢季簋器（新收16）（虢）

虢季簋蓋（新收17）（虢）

虢季簋蓋（新收17）（虢）

虢季簋蓋（新收18）（虢）

虢季簋器（新收18）（虢）

虢季簋蓋（新收18）（虢）

虢季簋器（新收18）（虢）

虢季盨蓋（新收32）（虢）

虢季盨器（新收32）（虢）

虢季盨蓋（新收32）（虢）
虢季盨器（新收32）（虢）
虢季盨蓋（新收31）（虢）
虢季盨器（新收31）（虢）

虢季盨蓋（新收34）（虢）
虢季盨器（新收34）（虢）
虢季方壺（新收38）（虢）
虢季方壺（新收38）（虢）

虢季盤（新收40）（虢）
虢季盤（新收40）（虢）
虢季鐘戊（新收5）（虢）
虢季鐘庚（新收7）（虢）

虢季鐘庚（新收8）（虢）
戎生鐘丁（新收1616）（晉）
戎生鐘辛（新收1620）（晉）
魯仲齊鼎（集成2639）（魯）

魯伯愈父鬲（集成691）（魯）
魯伯愈父鬲（集成692）（魯）
魯伯愈父鬲（集成693）（魯）
魯伯愈父鬲（集成694）（魯）

魯仲齊甗（集成939）（魯）
魯太宰原父簋（集成3987）（魯）
魯伯大父簋（集成3974）（魯）
魯司徒仲齊盨甲蓋（集成4440）（魯）

魯司徒仲齊盨乙器（集成4441）（魯）
魯伯悆盨蓋（集成4458）（魯）
魯司徒仲齊盨乙蓋（集成4441）（魯）
魯士浮父簠（集成4519）（魯）

魯士浮父簠蓋（集成4517）（魯）
魯士浮父簠器（集成4517）（魯）
魯士浮父簠（集成4518）（魯）
魯士浮父簠（集成4520）（魯）

魯伯俞父簠（集成4566）（魯）
魯伯俞父簠（集成4567）（魯）
魯伯俞父簠（集成4568）（魯）
魯司徒仲齊匜（集成10275）（魯）

魯伯愈父盤（集成10114）
魯伯愈父匜（集成10244）
魯伯悆盨器（集成4458）（魯）
杞伯每刃壺（集成9687）（杞）

杞伯每刃壺（集成9688）（杞）
杞伯每刃簋（集成3901）（杞）
杞伯每刃簋（集成3901）（杞）
杞伯每刃壺（集成9687）（杞）

杞伯每刃簋蓋（集成3898）（杞）
杞伯每刃簋蓋（集成3898）
杞伯每刃簋器（集成3898）（杞）
杞伯每刃簋器（集成3898）（杞）

	杞伯每刃簋（集成 3897）（杞）		杞伯每刃簋蓋（集成 3900）（杞）		杞伯每刃簋蓋（集成 3900）（杞）		杞伯每刃簋蓋（集成 3899.2）
	杞伯每刃簋蓋（集成 3899.2）		杞伯每刃簋器（集成 3902）（杞）		杞伯每刃簋器（集成 3902）（杞）		鑄子叔黑叵盨（通鑑 5666）
	鑄子叔黑叵鬲（集成 735）（鑄）		鑄子叔黑叵鬲（集成 735）（鑄）		鑄子叔黑叵盨（通鑑 5666）		鑄子叔黑叵簠蓋（集成 4570）（鑄）
	鑄子叔黑叵簠蓋（集成 4570）（鑄）		鑄子叔黑叵簠器（集成 4570）（鑄）	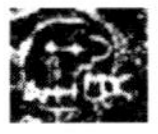	鑄子叔黑叵簠器（集成 4570）（鑄）		鑄子叔黑叵簠器（集成 4571）（鑄）
	鑄子叔黑叵簠器（集成 4571）（鑄）		鑄公簠蓋（集成 4574）（鑄）		鑄子撫匜（集成 10210）（鑄）		郳友父鬲（通鑑 2993）
	郳友父鬲（通鑑 2993）		鼄友父鬲（通鑑 3008）		鼄友父鬲（通鑑 3010）		鼄友父鬲（通鑑 3008）
	郳大宰欉子掛簠（集成 4623）（郳）		郳公子害簠蓋（通鑑 5964）		郳友父鬲（新收 1094）（郳）		郳友父鬲（新收 1094）（郳）
	鼄客父鬲（集成 717）（郳）		鼄客父鬲（集成 717）（郳）		鼄𪓑白鼎（集成 2640）（郳）		鼄𪓑白鼎（集成 2641）（郳）
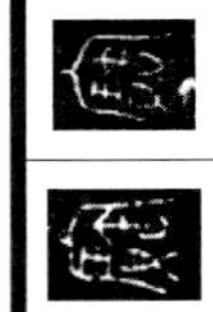	秦公鐘乙（集成 263）（秦）		秦公鎛甲（集成 267）（秦）	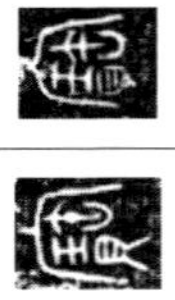	秦公鎛乙（集成 268）（秦）	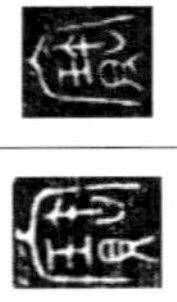	秦公鎛丙（集成 269）（秦）
	秦子鎛（通鑑 15770）		秦公鼎 A（新收 1340）（秦）		秦公鼎丁（通鑑 2374）（秦）		秦公鼎戊（通鑑 2375）（秦）
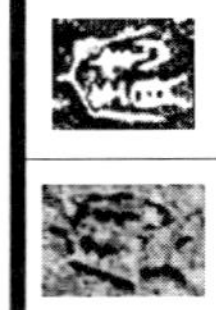	秦公簋 A 蓋（通鑑 5249）	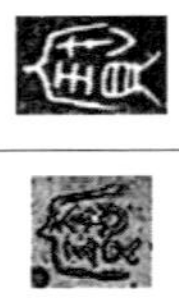	秦公簋 A 器（新收 1343）（秦）	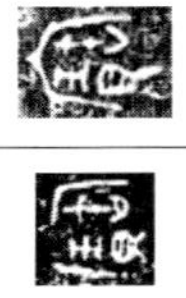	秦公簋 B（通鑑 5250）		秦公簋 B（新收 1344）（秦）
	秦公簋（通鑑 5267）		邿譴簋乙（通鑑 5277）		封仲甗（集成 933）		宗婦鄁嬰簋蓋（集成 4076）

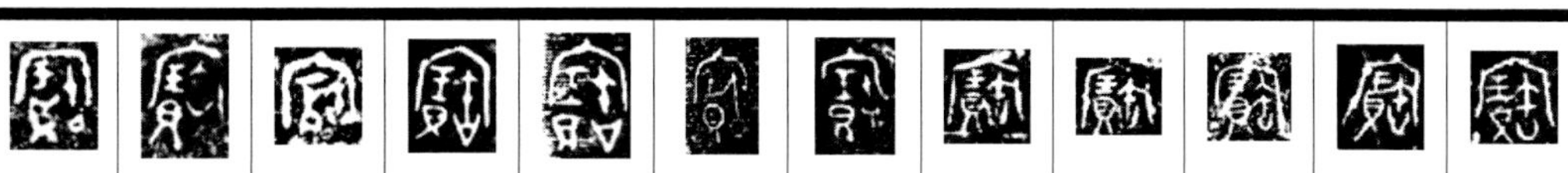

宗婦鄁嫛鼎（集成 2683）（鄁）

宗婦鄁嫛鼎（集成 2687）（鄁）

宗婦鄁嫛簋蓋（集成 4078）（鄁）

宗婦鄁嫛簋（集成 4081）（鄁）

宗婦鄁嫛簋蓋（集成 4085）（鄁）

鄭子石鼎（集成 2421）（鄭）

伯辰鼎（集成 2652）（徐）

芮公鼎（集成 2475）（芮）

杞伯每刃鼎（集成 2495）

戒偖生鼎（集成 2632）

郳伯御戎鼎（集成 2525）（郳）

黃季鼎（集成 2565）（黃）

宗婦鄁嫛鼎（集成 2684）（鄁）

宗婦鄁嫛鼎（集成 2688）（鄁）

宗婦鄁嫛簋器（集成 4078）（鄁）

宗婦鄁嫛簋（集成 4084）（鄁）

宗婦鄁嫛簋（通鑑 4576）（鄁）

邿造譴鼎（集成 2422）（邿）

伯氏鼎（集成 2447）

專車季鼎（集成 2476）

鄭[illegible]句父鼎（集成 2520）（鄭）

戒偖生鼎（集成 2633）

郳伯御戎鼎（集成 2525）（郳）

鑄子叔黑臣鼎（集成 2587）（鑄）

宗婦鄁嫛鼎（集成 2685）（鄁）

宗婦鄁嫛鼎（集成 2689）（鄁）

宗婦鄁嫛簋蓋（集成 4079）（鄁）

宗婦鄁嫛簋（集成 4082）（鄁）

宗婦鄁嫛壺器（集成 9698）（鄁）

伯氏鼎（集成 2444）

[illegible]司寇獸鼎（集成 2474）

杞伯每刃鼎蓋（集成 2494）

武生毀鼎（集成 2523）

戒偖生鼎（集成 2632）

曾伯從寵鼎（集成 2550）（曾）

鑄子叔黑臣鼎（集成 2587）（鑄）

宗婦鄁嫛鼎（集成 2686）（鄁）

宗婦鄁嫛簋（集成 4077）（鄁）

宗婦鄁嫛簋（集成 4080）（鄁）

宗婦鄁嫛簋蓋（集成 4084）（鄁）

鑄叔皮父簋（集成 4127）（鑄）

伯氏鼎（集成 2446）

[illegible]司寇獸鼎（集成 2474）

杞伯每刃鼎蓋（集成 2494）

𠫑弃生鼎（集成 2524）

戒偖生鼎（集成 2632）

黃季鼎（集成 2565）（黃）

郜伯鼎（集成 2601）（郜）

邿伯祀鼎（集成 2602）（邿）	鄦奓魯生鼎（集成 2605）（許）	伯[illegible]林鼎（集成 2621）	鄧公孫無嬰鼎（新收 1231）（鄧）
戴叔朕鼎（集成 2692）（戴）	曾子仲宣鼎（集成 2737）（曾）	曾子仲宣鼎（集成 2737）（曾）	兒慶鼎（新收 1095）（小邾）
魯侯鼎（新收 1067）（魯）	鄝甘𦎫鼎（新收 1091）	圃公鼎（新收 1463）	王鬲（集成 611）
鄭師𨗉父鬲（集成 731）（鄭）	卓林父簋蓋（集成 4018）（衛）	卓林父簋蓋（集成 4018）（衛）	卓林父簋蓋（集成 4018）（衛）
邿遣簋甲蓋（集成 4040）（邿）	邿遣簋甲器（集成 4040）（邿）	邿遣簋甲蓋（集成 4040）（邿）	邿遣簋甲器（集成 4040）（邿）
上鄀公敄人簋蓋（集成 4183）（鄀）	邿遣簋乙（通鑑 5277）	微乘簠（集成 4486）	京叔姬簠（集成 4504）
𩵦山奢淲簠蓋（集成 4539）	𩵦山奢淲簠器（集成 4539）	𩵦山奢淲簠蓋（集成 4539）	𩵦山奢淲簠器（集成 4539）
𩵦山旅虎簠（集成 4540）	𩵦山旅虎簠（集成 4540）	𩵦山旅虎簠蓋（集成 4541）	𩵦山旅虎簠蓋（集成 4541）
𩵦山旅虎簠器（集成 4541）	𩵦山旅虎簠器（集成 4541）	薛子仲安簠蓋（集成 4546）（薛）	薛子仲安簠器（集成 4546）（薛）
薛子仲安簠（集成 4547）（薛）	商丘叔簠（集成 4557）（宋）	商丘叔簠（集成 4558）（宋）	商丘叔簠蓋（集成 4559）（宋）
商丘叔簠器（集成 4559）（宋）	[illegible]侯簠（集成 4561）	[illegible]侯簠（集成 4562）	妦仲簠（集成 4534）
鄀公簠蓋（集成 4569）（鄀）	伯其父慶簠（集成 4581）	鄀公諴簠（集成 4600）	考叔𢼸父簠蓋（集成 4608）（楚）

考叔⿱山𠂤父簠器（集成4608）（楚）	考叔⿱山𠂤父簠蓋（集成4609）（楚）	叔朕簠（集成4621）（戴）	魯侯簠（新收1068）（魯）
曾伯霥簠蓋（集成4632）（曾）	曾伯霥簠（集成4631）（曾）	虢碩父簠蓋（新收52）	虢碩父簠器（新收52）
蔡大善夫⿺走麗簠器（新收1236）（蔡）	蔡大善夫⿺走麗簠蓋（新收1236）（蔡）	郳公子害簠器（通鑑5964）	曾仲斿父鋪（集成4673）（曾）
曾仲斿父鋪（集成4674）（曾）	曾太保慶盆（通鑑6256）	子叔嬴内君盆（集成10331）	曾仲斿父方壺蓋（集成9628）（曾）
曾仲斿父方壺蓋（集成9629）（曾）	己侯壺（集成9632）（紀）	江君婦和壺（集成9639）（江）	蔡公子壺（集成9701）
虢姜壺（通鑑12338）	甫畕鐳（集成9972）	甫畕鐳（集成9972）	伯亞臣鐳（集成9974）（黄）
賠金氏孫盤（集成10098）	賠金氏孫盤（集成10098）	伯駟父盤（集成10103）	大師盤（新收1464）
干氏叔子盤（集成10131）	曾子伯窞盤（集成10156）（曾）	黄太子伯克盤（集成10162）（黄）	㠱甫人匜（集成10261）（紀）
荀侯稽匜（集成10232）	陽飤生匜（集成10227）	鄭大内史叔上匜（集成10281）（鄭）	皇與匜（通鑑14976）
【春秋中期】	國差𦉜（集成10361）（齊）	魯大司徒厚氏元簠蓋（集成4691）（魯）	魯大司徒厚氏元簠器（集成4691）（魯）
魯大左司徒元鼎（集成2592）（魯）	魯大司徒厚氏元簠（集成4689）（魯）	魯大司徒厚氏元簠蓋（集成4690）（魯）	魯大司徒元盂（集成10316）（魯）
叔師父壺（集成9706）	伯遊父鐳（通鑑14009）	以鄧匜（新收405）	伯遊父卮（通鑑19234）

寚

陳大喪史仲高鐘（集成350）（陳）

陳大喪史仲高鐘（集成354）（陳）

陳大喪史仲高鐘（集成355）（陳）

【春秋晚期】

蔡大師腆鼎（集成2738）（蔡）

尊父鼎（通鑑2296）

尊父鼎（通鑑2296）

婁君盂（集成10319）

番君召簠（集成4582）（番）

番君召簠（集成4583）（番）

番君召簠蓋（集成4585）（番）

徐王義楚觶（集成6513）（徐）

番君召簠（集成4586）（番）

嘉子伯昜臚簠器（集成4605）

許公買簠器（集成4617）（許）

鄭太子之孫與兵壺蓋（新收1980）

郳太宰簠蓋（集成4624）（郳）

許公買簠蓋（通鑑5950）

許公買簠器（通鑑5950）

者尚余卑盤（集成10165）

蔡侯簠甲蓋（新收1896）（蔡）

蔡侯簠甲器（新收1896）（蔡）

齊侯盂（集成10318）（齊）

【春秋時期】

交君子叕鼎（集成2572）

交君子叕鼎（集成2572）

師麻孝叔鼎（集成2552）

鐘伯侵鼎（集成2668）

曹伯狄簋殘蓋（集成4019）（曹）

申公彭宇簠（集成4611）（鄀）

宗婦鄁嬰簋（通鑑4986）

史孔卮（集成10352）

黃太子伯克盆（集成10338）（黃）

彭子仲盆蓋（集成10340）

公父宅匜（集成10278）

薛侯匜（集成10263）（薛）

炌右盤（集成10150）

炌右盤（集成10150）

【春秋早期】

虢季鼎（新收9）（虢）

虢季鼎（新收9）（虢）

虢季鼎（新收10）（虢）

虢季鼎（新收11）（虢）

虢季鼎（新收11）（虢）

虢季鼎（新收12）（虢）

虢季鼎（新收13）（虢）

- 虢季鼎（新收 15）（虢）
- 虢季簋器（新收 17）（虢）
- 虢季簋器（新收 17）（虢）
- 衛伯須鼎（新收 1198）
- 齊趫父鬲（集成 685）（齊）
- 齊趫父鬲（集成 685）（齊）
- 齊趫父鬲（集成 686）（齊）
- 齊趫父鬲（集成 686）（齊）
- [illegible]魯宰兩鼎（集成 2591）（魯）
- 魯伯大父簋（集成 3989）（魯）
- 魯司徒仲齊盤（集成 10116）（魯）
- 魯伯敢匜（集成 10222）（魯）
- 取膚上子商匜（集成 10253）（魯）
- 杞伯每刃簋（集成 3899.1）
- 杞伯每刃簋（集成 3899.1）
- 杞伯每刃簋（集成 3897）（杞）
- 杞伯每刃簋蓋（集成 3902）（杞）
- 杞伯每刃簋蓋（集成 3902）（杞）
- 杞伯每刃盆（集成 10334）（杞）
- 杞伯每刃匜（集成 10255）
- 杞子每刃鼎（集成 2428）
- 杞子每刃鼎（集成 2428）
- 塞公孫[illegible]父匜（集成 10276）
- [illegible]魯宰兩鼎（集成 2591）（魯）
- 鑄叔簠蓋（集成 4560）（鑄）
- 鑄叔簠器（集成 4560）（鑄）
- 鑄叔簠蓋（集成 4560）（鑄）
- 鑄叔簠器（集成 4560）（鑄）
- 陳侯壺蓋（集成 9633）（陳）
- 陳侯壺器（集成 9633）（陳）
- 陳侯壺蓋（集成 9634）（陳）
- 陳侯壺器（集成 9634）（陳）
- 芮子仲殿鼎（通鑑 2363）
- 芮子仲殿鼎（集成 2517）
- 芮公鬲（通鑑 2992）
- 芮公簋（集成 3708）
- 芮公簋（集成 3707）
- 芮公壺（集成 9596）
- 芮公壺（集成 9598）
- 考[illegible]君季鼎（集成 2519）
- 芮太子白壺（集成 9644）
- 芮太子白壺蓋（集成 9645）
- 芮太子白鬲（通鑑 3007）
- 芮太子白鬲（通鑑 3005）
- 郳討鼎（集成 2426）（郳）
- 伯氏鼎（集成 2443）
- 蘇冶妊鼎（集成 2526）（蘇）
- 叔單鼎（集成 2657）（黄）

召叔山父簠（集成 4601）（鄭）	鄀公平侯鼎（集成 2771）（鄀）	鄀公平侯鼎（集成 2771）（鄀）	鄁公湯鼎（集成 2714）（鄁）
子耳鼎（通鑑 2276）	寶登鼎（通鑑 2277）	蔡侯鼎（通鑑 2372）	叔牙父鬲（集成 674）
袓仲無龍鬲（集成 713）	袓仲無龍鬲（集成 713）	申五氏孫矩甗（新收 970）（申）	曾伯鬲（新收 1217）
袓仲無龍鬲（集成 714）	袓仲無龍鬲（集成 714）	國子碩父鬲（新收 48）	國子碩父鬲（新收 49）
繁伯武君鬲（新收 1319）	蘇公子癸父甲簋（集成 4014）（蘇）	蘇公子癸父甲簋（集成 4015）（蘇）	鄁公伯韭簋（集成 4016）（鄁）
鄁公伯韭簋器（集成 4017）（鄁）	鄁公伯韭簋蓋（集成 4017）（鄁）	樊君夔盆器（集成 10329）（樊）	樊君夔盆蓋（集成 10329）（樊）
郹子宿車盆（集成 10337）（黃）	彭伯壺蓋（新收 315）（彭）	彭伯壺器（新收 315）（彭）	甫伯官曾鐳（集成 9971）
虢嫞改盤（集成 10088）（虢）	蘇冶妊盤（集成 10118）（蘇）	番袓伯者君盤（集成 10139）（番）	番袓伯者君盤（集成 10139）（番）
鄩仲盤（集成 10135）（尋）	毛叔盤（集成 10145）（毛）	叔黑臣匜（集成 10217）	叔黑臣匜（集成 10217）
魯伯敢匜（集成 10222）（魯）	𢦏伯匜（集成 10246）（戴）	𢦏伯匜（集成 10246）（戴）	尋仲匜（集成 10266）（尋）
尋仲匜（集成 10266）（尋）	番袓伯者君匜（集成 10268）（番）	番袓伯者君匜（集成 10268）（番）	袓仲匜（通鑑 14973）
楚大師登鐘己（通鑑 15510）（楚）	袓伯墉盤（集成 10130）	【春秋中期】	[illegible]鎛（集成 271）（齊）

寚　宝　⿱宀缶

江叔𧊒鬲（集成 677）（江）

上鄀府簠蓋（集成 4613）（鄀）

上鄀府簠器（集成 4613）（鄀）

上鄀公簠蓋（新收 401）（楚）

伯遊父壺（通鑑 12304）

伯遊父壺（通鑑 12305）

伯遊父盤（通鑑 14501）

以鄧鼎器（新收 406）（楚）

以鄧鼎蓋（新收 406）（楚）

【春秋中後期】

東姬匜（新收 398）（楚）

【春秋晚期】

蔡叔季之孫䝨匜（集成 10284）（蔡）

晉公盆（集成 10342）（晉）

郘鐘十一（集成 235）（晉）

郘鐘四（集成 228）（晉）

夫跌申鼎（新收 1250）（舒）

嘉子伯昜臚簠蓋（集成 4605）

喬君鉦鋮（集成 423）（許）

喬君鉦鋮（集成 423）（許）

曾簠（集成 4614）

【春秋時期】

番仲⿱艹交匜（集成 10258）

大孟姜匜（集成 10274）

齊侯盤（集成 10123）（齊）

取膚上子商盤（集成 10126）（魯）

番仲⿱艹交匜（集成 10258）（番）

匽公匜（集成 10229）（燕）

侃孫奎母盤（集成 10153）

般仲柔盤（集成 10143）

【春秋後期】

齊縈姬盤（集成 10147）（齊）

【春秋早期】

寶登鼎（通鑑 2277）

杞伯每刃壺（集成 9688）（杞）

【春秋早期】

虎臣子組鬲（集成 661）（虢）

【春秋早期】

魯伯愈父鬲（集成 690）（魯）

伯歸臺鼎（集成 2644）（曾）

伯歸臺鼎（集成 2645）（曾）

伯歸臺鼎（集成 2644）（曾）

伯歸臺鼎（集成 2645）（曾）

綏君單匜（集成 10235）（黄）

芮太子白壺器（集成 9645）

芮太子鬲（通鑑 2991）

⿱宀⿰缶王

【春秋早期】

楚嬴盤（集成 10148）（楚）

鄎子行盆蓋（集成 10330）（鄎）

鄎子行盆器（集成 10330）（鄎）

【春秋早期】

楚季苟盤（集成 10125）（楚）

⿱宀⿰缶皿

【春秋中期】

欒書缶器（集成 10008）（晉）

⿱宀⿰貝王

【春秋早期】

紧子丙車鼎蓋（集成 2603）（黃）

紧子丙車鼎蓋（集成 2604）（黃）

【春秋早期】

紧子丙車鼎器（集成 2604）（黃）

紧子丙車鼎器（集成 2603）（黃）

⿱宀⿰缶王

【春秋早期】

番君⿰酉正伯鬲（集成 732）（番）

番君⿰酉正伯鬲（集成 733）（番）

番君⿰酉正伯鬲（集成 734）（番）

番伯酓匜（集成 10259）（番）

⿱宀⿰貝缶

【春秋早期】

虢季氏子組鬲（集成 662）（虢）

虢季簋蓋（新收 19）（虢）

虢季簋器（新收 20）（虢）

虢季簋器（新收 19）（虢）

虢季氏子組鬲（通鑑 2918）

⿱宀⿰缶頁

【春秋早期】

袒仲無龍匜（集成 10249）

袒仲無龍匜（集成 10249）

⿱宀⿰缶貫

【春秋中期】

魯少司寇封孫宅盤（集成 10154）（魯）

⿱宀⿰缶貝

【春秋晚期】

荊公孫敦（通鑑6070）

荊公孫敦（集成4642）

⿱宀⿰缶⿱王貝

【春秋晚期】

鄭太子之孫與兵壺器（新收1980）

【春秋時期】

⿸疒宗鼎（集成2569）

⿱宀⿰貝⿱王缶

【春秋早期】

郳季寬車盤（集成10109）（黃）

郳季寬車匜（集成10234）（黃）

冑簠（集成4532）

⿱宀⿰貝畐

【春秋晚期】

蔡侯簠甲蓋（新收1896）（蔡）

蔡侯簠甲器（新收1896）（蔡）

⿱宀⿰⿱王貝鼎

【春秋早期】

醫子奠伯鬲（集成742）（曾）

曾仲子敔鼎（集成2564）（曾）

⿱宀⿰金⿱貝鼎

【春秋早期】

曾子單鬲（集成625）（曾）

杞伯每刃鼎（集成2642）（杞）

杞伯每刃鼎（集成2642）（杞）

【春秋早期】

黃子盤（集成10122）（黃）

黃子匜（集成10254）（黃）

⿱宀祏

【春秋早期】

黃子鼎（集成2566）（黃）

黃子鬲（集成687）（黃）

黃子豆（集成4687）（黃）

黃子壺（集成9663）（黃）

黃子壺（集成9664）（黃）

黃子盉（集成9445）（黃）

僉父瓶蓋（通鑑14036）

僉父瓶器（通鑑14036）

⿱宀⿰缶示

【春秋早期】

黃君孟鐳（集成9963）（黃）

黃君孟盤（集成10104）（黃）

⿱宀⿰午示

【春秋早期】

黃君孟豆（集成4686）（黃）

黃君孟壺（集成9636）（黃）

黃君孟鼎（集成2497）（黃）

黃君孟鐳（集成 9963）（黃）

黃君孟盤（集成 10104）（黃）

黃君孟匜（集成 10230）（黃）

⿱⿰王缶殳

【春秋早期】

番昶伯者君盤（集成 10140）（番）

番昶伯者君鼎（集成 2617）（番）

番昶伯者君鼎（集成 2618）（番）

番昶伯者君鼎（集成 2617）（番）

番昶伯者君鼎（集成 2618）（番）

【春秋晚期】

文母盉（新收 1624）

⿱宀⿰金⿱缶皿

【春秋早期】

番昶伯者君匜（集成 10269）（番）

⿱宀⿱缶日

【春秋早期】

番昶伯者君匜（集成 10269）（番）

⿱宀⿱缶貝

【春秋時期】

鄧伯吉射盤（集成 10121）（鄧）

⿱宀⿰金畐

【春秋早期】

郜召簠蓋（新收 1042）

郜召簠器（新收 1042）

⿱宀俘

【春秋後期】

齊縈姬盤（集成 10147）（齊）

賔

【春秋中期】

季子康鎛丙（通鑑 15787）

季子康鎛丁（通鑑 15788）

季子康鎛戊（通鑑 15789）

【春秋晚期】

隱公冑敦（集成 4641）（鄀）

鼄叔之伯鐘（集成 87）（邾）

俘

【春秋早期】

毛叔盤（集成 10145）（毛）

夆叔盤（集成 10163）（滕）

夆叔盤（集成 10163）（滕）

【春秋中期】

公典盤（新收 1043）

公典盤（新收 1043）

𩒺鎛（集成 271）（齊）

宰 宦

[illegible] [illegible]

鈴鎛（集成271）（齊）

鈴鎛（集成271）（齊）

國差罎（集成10361）（齊）

【春秋晚期】

曌子鼎（通鑑2382）（齊）

曌子鼎（通鑑2382）（齊）

齊侯敦（集成4638）（齊）

齊侯敦蓋（集成4639）（齊）

齊侯敦器（集成4639）（齊）

齊侯敦（集成4645）（齊）

齊侯盂（集成10318）

齊侯盂（集成10318）（齊）

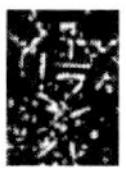

公子土斧壺（集成9709）（齊）

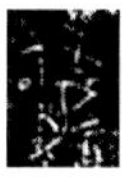

公子土斧壺（集成9709）（齊）

賈孫叔子屖盤（通鑑14516）

夆叔匜（集成10282）（滕）

夆叔匜（集成10282）（滕）

【春秋晚期】

蘇公匜（新收1465）

【春秋時期】

盆余敦（新收1627）

【春秋早期】

甫伯官曾鐳（集成9971）

【春秋早期】

[illegible]魯宰兩鼎（集成2591）（魯）

魯宰駟父鬲（集成707）（魯）

魯太宰原父簋（集成3987）（魯）

邾太宰欉子𣪘簠（集成4623）（邾）

【春秋中期】

叔師父壺（集成9706）

鈴鎛（集成271）（齊）

【春秋中晚期】

滕太宰得匜（新收1733）（滕）

【春秋晚期】

黃仲酉鼎（通鑑2338）

邾太宰簠蓋（集成4624）

黃仲酉簠（通鑑5958）

黃仲酉壺（通鑑12328）（曾）

齊太宰歸父盤（集成10151）（齊）

黃仲酉匜（通鑑 14987）（曾）

【春秋早期】

曾伯從寵鼎（集成 2550）（曾）

【春秋早期】

秦公簋器（集成 4315）（秦）

秦子戈（集成 11352）（秦）

秦子戈（集成 11353）（秦）

秦政伯喪戈（通鑑 17117）（秦）

秦政伯喪戈（通鑑 17118）（秦）

宜桐盂（集成 10320）（春秋中期）（徐）

《說文》：「，亦古文宜。」

【春秋晚期】

石鼓（獵碣・田車）（通鑑 19818）（秦）

石鼓（獵碣・鑾車）（通鑑 19819）（秦）

石鼓（獵碣・而師）（通鑑 19822）（秦）

宿

【春秋早期】

郳子宿車盆（集成 10337）（黃）

寢

【春秋晚期】

王子反戈（集成 11122）

帚

【春秋晚期】

秦景公石磬（通鑑 19787）（秦）

秦景公石磬（通鑑 19788）（秦）

秦景公石磬（通鑑 19791）（秦）

【春秋早期】

昔父匜（集成 10236）（郳）

【春秋晚期】

郳公鈺鐘（集成 102）（郳）

寡

【春秋晚期】

齊侯敦（集成 4645）（齊）

齊侯匜（集成 10283）（齊）

賽

【春秋晚期】

杕氏壺（集成 9715）（燕）

【春秋早期】

徐王臊鼎（集成 2675）（徐）

曾伯陭壺蓋（集成 9712）（曾）

曾伯陭壺器（集成 9712）（曾）

	 干氏叔子盤（集成 10131）	【春秋晚期】	 簷太史申鼎（集成 2732）（莒）	 姑馮昏同之子句鑃（集成 424）（越）
	【春秋晚期】	 石鼓（獵碣・吳人）（通鑑 19825）（秦）		
	【春秋晚期】	 洹子孟姜壺（集成 9729）（齊）	 洹子孟姜壺（集成 9730）（齊）	
	【春秋早期】	 鄀公子害簠蓋（通鑑 5964）	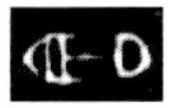 鄀公子害簠器（通鑑 5964）	 蔡侯䵼尊（集成 6010）（蔡）
	【春秋晚期】	 石鼓（獵碣・吾水）（通鑑 19824）（秦）		
	【春秋早期】	 史宋鼎（集成 2203）	 蔡侯鼎（通鑑 2372）	 宋𧶠父鬲（集成 601）（宋）
	【春秋中期】	 趞亥鼎（集成 2588）（宋）	【春秋晚期】	 宋左太師睪鼎（通鑑 2364）
	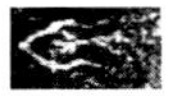 䱷孫宋鼎（新收 1626）	 宋君夫人鼎（通鑑 2343）	 宋公䜌簠（集成 4589）（宋）	 宋公䜌簠（集成 4590）（宋）
	 宋公得戈（集成 11132）（宋）	 宋公䜌戈（集成 11133）（宋）	 宋公差戈（集成 11281）（宋）	 宋公差戈（集成 11289）（宋）
	【春秋早期】	 宗婦鄁嬰鼎（集成 2683）（鄁）	 宗婦鄁嬰鼎（集成 2684）（鄁）	 宗婦鄁嬰鼎（集成 2683）（鄁）
	 宗婦鄁嬰鼎（集成 2684）（鄁）	 宗婦鄁嬰鼎（集成 2685）（鄁）	 宗婦鄁嬰鼎（集成 2685）（鄁）	 宗婦鄁嬰鼎（集成 2686）（鄁）
	 宗婦鄁嬰鼎（集成 2686）（鄁）	 宗婦鄁嬰鼎（集成 2687）（鄁）	 宗婦鄁嬰鼎（集成 2687）（鄁）	 宗婦鄁嬰鼎（集成 2687）（鄁）

寬

[illegible]

宗婦鄁嫛鼎（集成 2687）（鄁）

宗婦鄁嫛鼎（集成 2688）（鄁）

宗婦鄁嫛鼎（集成 2689）（鄁）

宗婦鄁嫛簋蓋（集成 4076）（鄁）

宗婦鄁嫛簋蓋（集成 4076）（鄁）

宗婦鄁嫛簋（集成 4077）（鄁）

宗婦鄁嫛簋（集成 4077）（鄁）

宗婦鄁嫛簋蓋（集成 4078）（鄁）

宗婦鄁嫛簋蓋（集成 4078）（鄁）

宗婦鄁嫛簋器（集成 4078）（鄁）

宗婦鄁嫛簋器（集成 4078）（鄁）

宗婦鄁嫛簋蓋（集成 4079）（鄁）

宗婦鄁嫛簋蓋（集成 4079）（鄁）

宗婦鄁嫛簋（集成 4080）（鄁）

宗婦鄁嫛簋（集成 4080）（鄁）

宗婦鄁嫛簋（集成 4081）（鄁）

宗婦鄁嫛簋（集成 4081）（鄁）

宗婦鄁嫛簋（集成 4084）（鄁）

宗婦鄁嫛簋（集成 4084）（鄁）

宗婦鄁嫛簋（集成 4082）（鄁）

宗婦鄁嫛簋（集成 4082）（鄁）

宗婦鄁嫛簋蓋（集成 4084）（鄁）

宗婦鄁嫛簋蓋（集成 4084）（鄁）

宗婦鄁嫛簋（集成 4086）（鄁）

宗婦鄁嫛簋（通鑑 4576）（鄁）

宗婦鄁嫛簋（通鑑 4576）（鄁）

秦公簋器（集成 4315）（秦）

宗婦鄁嫛壺器（集成 9698）（鄁）

宗婦鄁嫛壺器（集成 9698）（鄁）

宗婦鄁嫛壺蓋（集成 9699）（鄁）

【春秋晚期】

晉公盆（集成 10342）（晉）

洹子孟姜壺（集成 9730）（齊）

鄭太子之孫與兵壺蓋（新收 1980）

吳王光鑑甲（集成 10298）（吳）

吳王光鑑乙（集成 10299）（吳）

【春秋晚期】

越邾盟辭鎛乙（集成 156）（越）

【春秋早期】

曩甫人匜（集成 10261）（紀）

鄍季寬車壺器（集成 9658）（黃）

鄍季寬車盤（集成 10109）（黃）

鄍季寬車匜（集成 10234）（黃）

【春秋晚期】

寬兒鼎（集成 2722）（蘇）

寬兒缶甲（通鑑 14091）

宕

【春秋中期】

子犯鐘甲 A（新收 1008）（晉）

子犯鐘甲 C（新收 1010）（晉）

子犯鐘乙 A（新收 1020）（晉）

子犯鐘乙 C（新收 1022）（晉）

⿱宀朋

【春秋早期】

⿱宀朋弃生鼎（集成 2524）

⿱宀夢

【春秋晚期】

杕氏壺（集成 9715）（燕）

附：

⿱宀延

【春秋早期】

㠱伯子⿱宀延父盨蓋（集成 4442）（紀）

㠱伯子⿱宀延父盨蓋（集成 4443）（紀）

㠱伯子⿱宀延父盨器（集成 4443）（紀）

㠱伯子⿱宀延父盨蓋（集成 4444）（紀）

㠱伯子⿱宀延父盨器（集成 4444）（紀）

㠱伯子⿱宀延父盨蓋（集成 4445）（紀）

㠱伯子⿱宀延父盨器（集成 4445）（紀）

⿱宀⿰金攴

【春秋早期】

㠱伯子⿱宀延父盨器（集成 4442）（紀）

㠱伯⿱宀延父盤（集成 10081）（紀）

㠱伯⿱宀延父匜（集成 10211）（紀）

⿱宀中

【春秋早期】

黃子盤（集成 10122）（黃）

黃子匜（集成 10254）（黃）

【春秋晚期】

⿱竹膚太史申鼎（集成 2732）（莒）

宮

【春秋早期】

虢宮父鬲（通鑑 2937）

虢宮父鬲（新收 50）

虢宮父盤（新收 51）

虢宮父匜（通鑑 14991）

秦子簋蓋（通鑑 5166）

宮氏白子元戈（集成 11118）（虢）

宮氏白子元戈（集成 11119）（虢）

梁伯戈（集成 11346）

【春秋晚期】

洹子孟姜壺（集成 9729）（齊）

洹子孟姜壺（集成 9730）（齊）

呂

拍敦（集成 4644）

秦景公石磬（通鑑 19791）（秦）

石鼓（獵碣·田車）（通鑑 19818）（秦）

【春秋晚期】

𪒠鎛甲（新收 489）（楚）

𪒠鎛乙（新收 490）（楚）

𪒠鎛丙（新收 491）（楚）

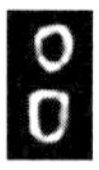
𪒠鎛戊（新收 493）（楚）

𪒠鎛庚（新收 495）（楚）

𪒠鐘丁（新收 483）（楚）

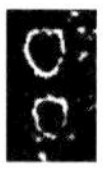
𪒠鐘辛（新收 488）（楚）

吳王光鐘殘片之二十六（集成 224.18）（吳）

鼄公牼鐘乙（集成 150）（邾）

鼄公牼鐘丙（集成 151）（邾）

鼄公牼鐘甲（集成 149）（邾）

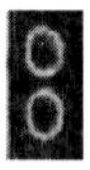
少虡劍（集成 11696）（晉）

少虡劍（集成 11697）（晉）

呂大叔斧（集成 11786）（晉）

呂大叔斧（集成 11787）（晉）

聖靡公㛸鼓座（集成 429）

竈

竈

【春秋早期】

秦公簋器（集成 4315）（秦）

秦政伯喪戈（通鑑 17117）（秦）

【春秋晚期】

秦景公石磬（通鑑 19781）（秦）

【春秋晚期】

郘黛鐘一（集成 225）（晉）

郘黛鐘二（集成 226）（晉）

郘黛鐘四（集成 228）（晉）

郘黛鐘六（集成 230）（晉）

郘黛鐘七（集成 231）（晉）

郘黛鐘九（集成 233）（晉）

郘黛鐘十一（集成 235）（晉）

石鼓（獵碣·吳人）（通鑑 19825）（秦）

窹

【春秋晚期】

公子土斧壺（集成 9709）（齊）

附：

⿱穴隹

【春秋晚期】

蔡侯⿲申言申歌鐘甲（集成210）（蔡）

蔡侯⿲申言申歌鐘丙（集成217）（蔡）

蔡侯⿲申言申鎛丁（集成222）（蔡）

【春秋晚期】

聽盂（新收1072）

⿰爿帚

【春秋早期】

陳侯簠器（集成4603）（陳）

陳侯簠蓋（集成4604）（陳）

陳侯簠器（集成4604）（陳）

⿰爿爰

【春秋早期】

陳侯簠（集成4606）（陳）

陳侯簠（集成4607）（陳）

陳侯盤（集成10157）（陳）

⿰爿矢

【春秋晚期】

鄧尹疾鼎蓋（集成2234）（鄧）

楚子棄疾簠（新收314）

⿰爿亘

【春秋時期】

右伯君權（集成10383）（齊）

痏

【春秋中期】

國差𦉜（集成10361）（齊）

⿸疒各

【春秋中期】

國差𦉜（集成10361）（齊）

⿸疒余
⿸疒夸

【春秋時期】

⿸疒余鼎（集成2569）

⿸疒交

【春秋晚期】

鄭莊公之孫盧鼎（新收1237）（鄭）

鄭莊公之孫盧鼎（通鑑2326）

疾

【春秋晚期】

⿰余阝令尹者旨⿱習缶爐（集成10391）（徐）

冂

【春秋晚期】

晉公盆（集成10342）（晉）

【春秋晚期】

姑馮昏同之子句鑃（集成424）（越）

聖靡公㸓鼓座（集成429）

石鼓（通鑑19816）（秦）

【春秋時期】

滕之不㤓劍（集成11608）（滕）

【春秋早期】

[illegible]魯宰兩鼎（集成2591）（魯）

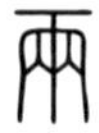

【春秋晚期】

洹子孟姜壺（集成9729）（齊）

洹子孟姜壺（集成9730）（齊）

【春秋晚期】

石鼓（獵碣·作原）（通鑑19821）（秦）

【春秋晚期】

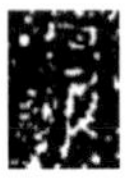
羅兒匜（新收1266）

【春秋晚期】

杕氏壺（集成9715）（燕）

【春秋早期】

秦公簋蓋（集成4315）（秦）

【春秋晚期】

晉公盆（集成10342）（晉）

石鼓（獵碣·作原）（通鑑19821）（秦）

司馬楙鎛乙（通鑑15767）

【春秋中期】

子犯鐘甲D（新收1011）（晉）

子犯鐘乙D（新收1023）（晉）

【春秋中期】

子犯鐘甲D（新收1011）（晉）

子犯鐘乙D（新收1023）（晉）

【春秋早期】

秦子戈（集成11352）（秦）

秦子戈（集成11353）（秦）

秦子戈（新收1350）（秦）

白 戠 帛

秦政伯喪戈（通鑑17117）（秦）

秦政伯喪戈（通鑑17118）（秦）

秦子矛（集成11547）（秦）

子犯鐘甲D（新收1011）（晉）

子犯鐘乙D（新收1023）（晉）

【春秋時期】

宋右師延敦器（新收1713）（宋）

【春秋中期】

者𧾳鐘二（集成194）（吳）

者𧾳鐘四（集成196）（吳）

者𧾳鐘五（集成197）（吳）

【春秋晚期】

石鼓（獵碣·汧沔）（通鑑19817）（秦）

石鼓（獵碣·汧沔）（通鑑19817）（秦）

【春秋晚期】

郘子裁盤（新收1372）（羅）

【春秋早期】

伯氏鼎（集成2443）

伯氏鼎（集成2444）

伯氏鼎（集成2445）

伯氏鼎（集成2446）

伯氏鼎（集成2447）

曾子伯誩鼎（集成2450）（曾）

杞伯每刃鼎盖（集成2494）

杞伯每刃鼎器（集成2494）

杞伯每刃鼎（集成2495）

芮太子白鼎（集成2496）

邾伯御戎鼎（集成2525）（邾）

曾伯從寵鼎（集成2550）（曾）

鄀伯祀鼎（集成2602）（鄀）

番昶伯者君鼎（集成2617）（番）

番昶伯者君鼎（集成2618）（番）

伯[illegible]朩林鼎（集成2621）

昶伯業鼎（集成2622）

鼄𩁹白鼎鼎（集成2640）（邾）

鼄𩁹白鼎鼎（集成2641）（邾）

杞伯每刃鼎（集成2642）（杞）

伯氏始氏鼎（集成2643）

伯歸夆鼎（集成2644）（曾）

伯歸夆鼎（集成2645）（曾）

伯辰鼎（集成2652）（徐）

鄭伯氏士叔皇父鼎（集成2667）（鄭）

衛伯須鼎（新收1198）

子耳鼎（通鑑2276）

伯穀鬲（集成 592）（曾）	魯伯愈父鬲（集成 690）（魯）	魯伯愈父鬲（集成 691）（魯）	魯伯愈父鬲（集成 692）（魯）
魯伯愈父鬲（集成 693）（魯）	魯伯愈父鬲（集成 694）（魯）	魯伯愈父鬲（集成 695）（魯）	番君配伯鬲（集成 732）（番）
番君配伯鬲（集成 733）（番）	番君配伯鬲（集成 734）（番）	𨟻子奠伯鬲（集成 742）（曾）	緐伯武君鬲（新收 1319）
芮太子白鬲（通鑑 3005）	芮太子白鬲（通鑑 3007）	伯高父甗（集成 938）	杞伯每刃簋（集成 3899.1）
杞伯每刃簋蓋（集成 3898）（杞）	杞伯每刃簋器（集成 3898）（杞）	杞伯每刃簋（集成 3897）（杞）	杞伯每刃簋蓋（集成 3900）（杞）
杞伯每刃簋蓋（集成 3899.2）	杞伯每刃簋器（集成 3902）（杞）	魯伯大父簋（集成 3988）（魯）	魯伯大父簋（集成 3989）（魯）
鄁公伯韭簋（集成 4016）（鄁）	鄁公伯韭簋蓋（集成 4017）（鄁）	鄁公伯韭簋器（集成 4017）（鄁）	魯司徒仲齊盨甲蓋（集成 4440）（魯）
魯司徒仲齊盨甲器（集成 4440）（魯）	魯司徒仲齊盨乙蓋（集成 4441）（魯）	魯司徒仲齊盨乙器（集成 4441）（魯）	㠱伯子宼父盨器（集成 4442）（紀）
㠱伯子宼父盨蓋（集成 4443）（紀）	㠱伯子宼父盨蓋（集成 4444）（紀）	㠱伯子宼父盨器（集成 4444）（紀）	㠱伯子宼父盨器（集成 4445）（紀）
魯伯悆盨蓋（集成 4458）（魯）	魯伯悆盨器（集成 4458）（魯）	伯旗魚父簠（集成 4525）	伯壽父簠（集成 4535）
芮太子白簠（集成 4537）	芮太子白簠（集成 4538）	魯伯俞父簠（集成 4566）（魯）	魯伯俞父簠（集成 4567）（魯）
魯伯俞父簠（集成 4568）（魯）	伯其父慶簠（集成 4581）	召叔山父簠（集成 4601）（鄭）	召叔山父簠（集成 4602）（鄭）

曾伯霥簠蓋（集成4632）（曾）	曾伯霥簠（集成4631）（曾）	芮伯壺蓋（集成9585）	芮伯壺器（集成9585）
芮太子白壺（集成9644）	芮太子白壺蓋（集成9645）	芮太子白壺器（集成9645）	杞伯每刃壺（集成9687）（杞）
杞伯每刃壺（集成9688）（杞）	曾伯陭壺蓋（集成9712）（曾）	曾伯陭壺器（集成9712）（曾）	幻伯隹壺（新收1200）（曾）
彭伯壺蓋（新收315）（彭）	曾伯文鐳（集成9961）（曾）	伯亞臣鐳（集成9974）（黃）	㠱伯寍父盤（集成10081）（紀）
魯伯厚父盤（集成10086）（魯）	伯駟父盤（集成10103）	魯伯愈父盤（集成10114）	祁伯墉盤（集成10130）
番君伯歒盤（集成10136）（番）	番昶伯者君盤（集成10139）（番）	番昶伯者君盤（集成10140）（番）	曾子伯窞盤（集成10156）（曾）
黃太子伯克盤（集成10162）（黃）	伯歸臺盤（通鑑14512）	郳湯伯茬匜（集成10188）	曾子白窞匜（集成10207）（曾）
長湯伯茬匜（集成10208）	魯伯大父簋（集成3974）（魯）	秦政伯喪戈（通鑑17117）（秦）	秦政伯喪戈（通鑑17118）（秦）
㠱伯寍父匜（集成10211）（紀）	魯伯敢匜（集成10222）（魯）	魯伯愈父匜（集成10244）	戠伯匜（集成10246）（戴）
番伯酓匜（集成10259）（番）	番昶伯者君匜（集成10268）（番）	番昶伯者君匜（集成10269）（番）	魯司徒仲齊匜（集成10275）（魯）
魯大司徒子仲白匜（集成10277）（魯）	戎生鐘乙（新收1614）（晉）	宮氏白子元戈（集成11118）（虢）	宮氏白子元戈（集成11119）（虢）
曾侯𨈭伯戈（集成11121）（曾）	□□伯戈（集成11201）	梁伯戈（集成11346）	囂仲之子伯剌戈（集成11400）

 皪 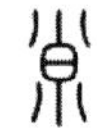

皪

有司伯喪矛（通鑑17680）

曾伯陭鉞（新收1203）（曾）

【春秋中期】

鄬伯受簠蓋（集成4599）（鄬）

鄬伯受簠器（集成4599）（鄬）

伯遊父壺（通鑑12304）

伯遊父壺（通鑑12305）

伯遊父鐳（通鑑14009）

伯遊父盤（通鑑14501）

【春秋晚期】

嘉子伯昜臚簠器（集成4605）

嘉子伯昜臚簠蓋（集成4605）

婁君盂（集成10319）

洹子孟姜壺（集成9729）（齊）

洹子孟姜壺（集成9730）（齊）

文母盉（新收1624）

鄬子白鐸（新收393）（鄬）

邵黛鐘二（集成226）（晉）

邵黛鐘四（集成228）（晉）

邵黛鐘六（集成230）（晉）

邵黛鐘七（集成231）（晉）

邵黛鐘八（集成232）（晉）

邵黛鐘九（集成233）（晉）

無伯彪戈（集成11134）（許）

吳王光鑑甲（集成10298）（吳）

吳王光鑑甲（集成10298）（吳）

【春秋時期】

伯彊簠（集成4526）

右伯君權（集成10383）（齊）

黃太子伯克盆（集成10338）（黃）

鄧伯吉射盤（集成10121）（鄧）

陳伯元匜（集成10267）（陳）

伯析戈（集成10895）

鼄叔之伯鐘（集成87）（邾）

鐘伯侵鼎（集成2668）

曹伯狄簋殘蓋（集成4019）（曹）

【春秋晚期】

宗戈（集成10811）

【春秋晚期】

石鼓（獵碣・汧沔）（通鑑19817）（秦）

【春秋早期】

曾伯霥簠蓋（集成4632）（曾）

曾伯霥簠（集成4631）（曾）

【春秋晚期】

晉公盆（集成 10342）
（晉）

人

【春秋早期】

喬夫人鼎（集成 2284）

衛夫人鬲（集成 595）（衛）

衛夫人鬲（新收 1701）（衛）

衛夫人鬲（新收 1700）（衛）

樊夫人龍嬴鬲（集成 676）（樊）

樊夫人龍嬴鬲（集成 675）（樊）

樊夫人龍嬴匜（集成 10209）（樊）

樊夫人龍嬴壺（集成 9637）（樊）

上鄀公敄人簋蓋（集成 4183）（鄀）

爲甫人盨（集成 4406）

爲甫人鼎（通鑑 2376）

㠱甫人匜（集成 10261）（紀）

邕子良人甗（集成 945）

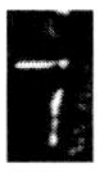
黃子鼎（集成 2567）（黃）

黃子鼎（集成 2566）（黃）

黃子鬲（集成 687）（黃）

黃子鬲（集成 624）（黃）

黃子壺（集成 9663）（黃）

黃子豆（集成 4687）（黃）

黃子壺（集成 9664）（黃）

黃子盉（集成 9445）（黃）

秦子鎛（通鑑 15770）

黃子器座（集成 10355）（黃）

【春秋中期】

𪒠鎛（集成 271）（齊）

【春秋前期】

郐諮尹征城（集成 425）（徐）

【春秋晚期】

鄭莊公之孫盧鼎（通鑑 2326）

鄭莊公之孫盧鼎（新收 1237）（鄭）

宋君夫人鼎（通鑑 2343）

㑟夫人嬛鼎（通鑑 2386）

宋公䜌簠（集成 4589）（宋）

宋公䜌簠（集成 4590）

洹子孟姜壺（集成 9730）（齊）

洹子孟姜壺（集成 9729）（齊）

洹子孟姜壺（集成 9729）（齊）

㨨篙鐘（集成 38）（楚）

吳王光劍（通鑑 18070）

王孫遺者鐘（集成 261）（楚）

𪓰鎛己（新收 494）（楚）

配兒鉤鑃乙（集成 427）（吳）

攻敔王光劍（集成 11654）（吳）

保

石鼓（獵碣・吳人）（通鑑 19825）（秦）

【春秋時期】

取它人鼎（集成 2227）（魯）

【春秋早期】

曾子軌鼎（集成 2757）（曾）

司工單鬲（集成 678）

王孫壽甗（集成 946）

秦公簋蓋（集成 4315）（秦）

青仲之孫簋（集成 4120）

青仲之孫簋（集成 4120）

曾太保慶盆（通鑑 6256）

走馬薛仲赤簠（集成 4556）（薛）

⿱艹⿱卒廾子⿰齒叔盞蓋（新收 1235）

⿱艹⿱卒廾子⿰齒叔盞蓋（新收 1235）

曾太保嚳叔亟盆（集成 10336）（曾）

魯大司徒子仲白匜（集成 10277）（魯）

戎生鐘辛（新收 1620）（晉）

楚大師登鐘甲（通鑑 15505）（楚）

楚大師登鐘辛（通鑑 15512）（楚）

芮太子白鬲（通鑑 3007）

芮太子白鬲（通鑑 3005）

宗婦鄁嬰鼎（集成 2683）（鄁）

宗婦鄁嬰鼎（集成 2684）（鄁）

宗婦鄁嬰鼎（集成 2685）（鄁）

宗婦鄁嬰鼎（集成 2686）（鄁）

宗婦鄁嬰鼎（集成 2687）（鄁）

宗婦鄁嬰鼎（集成 2688）（鄁）

宗婦鄁嬰簋蓋（集成 4076）（鄁）

宗婦鄁嬰簋（集成 4077）（鄁）

宗婦鄁嬰簋蓋（集成 4078）（鄁）

宗婦鄁嬰簋器（集成 4078）（鄁）

宗婦鄁嬰簋蓋（集成 4079）（鄁）

宗婦鄁嬰簋（集成 4080）（鄁）

宗婦鄁嬰簋（集成 4081）（鄁）

宗婦鄁嬰簋（集成 4084）（鄁）

宗婦鄁嬰簋（集成 4082）（鄁）

宗婦鄁嬰簋蓋（集成 4084）（鄁）

宗婦鄁嬰簋蓋（集成 4085）（鄁）

宗婦鄁嬰簋（集成 4086）（鄁）

宗婦鄁嬰簋（通鑑 4576）（鄁）

宗婦鄁嬰壺器（集成 9698）（鄁）

宗婦鄁嬰壺器（集成 9699）（鄁）

【春秋中期】

鄧公乘鼎蓋（集成 2573）（鄧）

鄧公乘鼎器（集成 2573）（鄧）

長子⿰馬毚臣簠蓋（集成 4625）（晉）

長子⿰馬毚臣簠器（集成 4625）（晉）

何此簠（新收402）

何此簠蓋（新收403）

何此簠器（新收403）

何此簠蓋（新收404）

者𣶃鐘二（集成194）（吳）

者𣶃鐘三（集成195）（吳）

者𣶃鐘八（集成200）（吳）

者𣶃鐘九（集成201）（吳）

者𣶃鐘十（集成202）（吳）

【春秋晚期】

王子吳鼎（集成2717）（楚）

寬兒鼎（集成2722）（蘇）

乙鼎（集成2607）

寬兒缶甲（通鑑14091）

襄腫子湯鼎（新收1310）（楚）

彭公之孫無所鼎（通鑑2189）

許子妝簠蓋（集成4616）（許）

蔿鬲（新收458）（楚）

鄬侯少子簋（集成4152）（莒）

子季嬴青簠蓋（集成4594）（楚）

楚屈子赤目簠蓋（集成4612）（楚）

楚屈子赤目簠器（新收1230）（楚）

飤簠蓋（新收475）（楚）

飤簠蓋（新收476）（楚）

飤簠器（新收476）（楚）

飤簠蓋（新收478）（楚）

飤簠器（新收478）（楚）

樂子嚷豧簠（集成4618）（宋）

王孫誥鐘一（新收418）（楚）

王孫誥鐘二（新收419）（楚）

王孫誥鐘三（新收420）（楚）

王孫誥鐘四（新收421）（楚）

王孫誥鐘七（新收424）（楚）

王孫誥鐘八（新收425）（楚）

王孫誥鐘九（新收426）（楚）

王孫誥鐘十（新收427）（楚）

王孫誥鐘十一（新收428）（楚）

王孫誥鐘十二（新收429）（楚）

王孫誥鐘十四（新收431）（楚）

王孫誥鐘十六（新收436）（楚）

王孫誥鐘十九（新收437）（楚）

王孫誥鐘二十二（新收438）（楚）

王孫誥鐘二十六（新收442）

𪒠鎛甲（新收489）（楚）

𪒠鎛乙（新收490）（楚）

孟縢姬缶（集成10005）（楚）

孟縢姬缶（新收416）（楚）

孟縢姬缶蓋（新收417）（楚）

- 孟縢姬缶器（新收 417）（楚）
- 競孫不欲壺（通鑑 12344）（楚）
- 蔡侯𩡨盤（集成 10171）（蔡）
- 蔡侯𩡨尊（集成 6010）（蔡）
- 蔡大司馬燮盤（通鑑 14498）
- 蔡侯匜（新收 472）（蔡）
- 徐王義楚觶（集成 6513）（徐）
- 蔡太史卮（集成 10356）（蔡）
- 發孫虜簠（新收 1773）
- 叔姜簠蓋（新收 1212）（楚）
- 無所簠（通鑑 5952）
- 孝子平壺（新收 1088）（莒）
- 申文王之孫州桒簠（通鑑 5960）
- 王子申盞（集成 4643）（楚）
- 晉公盆（集成 10342）（晉）
- 鄱子成周鐘乙（新收 284）
- 蕬兒缶（新收 1187）（鄀）
- 邾公孫班鎛（集成 140）（邾）
- 鼄公華鐘（集成 245）（邾）
- 鼄公華鐘（集成 245）（邾）
- 遷邟鐘三（新收 1253）（舒）
- 遷邟鐘六（新收 1256）（舒）
- 遷邟鎛甲（通鑑 15792）（舒）
- 遷邟鎛丙（通鑑 15794）（舒）
- 遷邟鎛丁（通鑑 15795）（舒）
- 沇兒鎛（集成 203）（徐）
- 其次句鑃（集成 421）（越）
- 其次句鑃（集成 422）（越）
- 姑馮昏同之子句鑃（集成 424）（越）
- 子璋鐘丙（集成 115）（許）
- 子璋鐘丁（集成 116）（許）
- 子璋鐘戊（集成 117）（許）
- 子璋鐘庚（集成 119）（許）
- ⿱竹膚叔之仲子平鐘甲（集成 172）（莒）
- ⿱竹膚叔之仲子平鐘乙（集成 173）（莒）
- ⿱竹膚叔之仲子平鐘丁（集成 175）（莒）
- ⿱竹膚叔之仲子平鐘己（集成 177）（莒）
- ⿱竹膚叔之仲子平鐘辛（集成 179）（莒）
- ⿱竹膚叔之仲子平鐘壬（集成 180）（莒）
- 次尸祭缶（新收 1249）（徐）
- 臧孫鐘乙（集成 94）（吳）
- 臧孫鐘丙（集成 95）（吳）
- 臧孫鐘丁（集成 96）（吳）
- 臧孫鐘戊（集成 97）（吳）
- 臧孫鐘甲（集成 93）（吳）
- 臧孫鐘己（集成 98）（吳）
- 臧孫鐘辛（集成 100）（吳）
- 臧孫鐘壬（集成 101）（吳）

 匜君壺（集成9680）

 齊皇壺（集成9659）（齊）

 保晉戈（新收1029）

 宗婦䣄嬰簋（通鑑4986）

 宗婦䣄嬰簋（通鑑4987）

 中子化盤（集成10137）（楚）

孓

【春秋晚期】

 篖叔之仲子平鐘丙（集成174）（莒）

 丁兒鼎蓋（新收1712）（應）

呆

【春秋時期】

 保晉戈（通鑑17240）

仁

【春秋早期】

 魯伯愈父鬲（集成691）（魯）

 魯伯愈父鬲（集成692）（魯）

 魯伯愈父鬲（集成690）（魯）

 魯伯愈父鬲（集成693）（魯）

 魯伯愈父鬲（集成694）（魯）

 魯伯愈父鬲（集成695）（魯）

 魯伯俞父簠（集成4566）（魯）

 魯伯俞父簠（集成4567）（魯）

 魯伯俞父簠（集成4568）（魯）

 魯伯愈父盤（集成10114）

 魯伯愈父匜（集成10244）

【春秋晚期】

 工吳王叡姁工吳劍（通鑑18067）

《說文》：「𡰥，古文仁。或从尸。」

【春秋中期】

 子犯鐘甲D（新收1011）（晉）

 子犯鐘乙D（新收1023）（晉）

伯

參見白字

仲

參見中字，不包括中下異構 

倗

【春秋早期】

 伯旟魚父簠（集成4525）

【春秋晚期】

 王子午鼎（集成2811）（楚）

王子午鼎（新收 449）（楚）

王子午鼎（新收 444）（楚）

王子午鼎（新收 447）（楚）

倗尊缶蓋（集成 9988）（楚）

倗缶蓋（新收 480）（楚）

倗缶器（新收 480）（楚）

倗缶（新收 479）（楚）

倗尊缶器（新收 414）（楚）

倗尊缶器（新收 415）（楚）

鄬子倗尊缶（新收 462）（楚）

鄬子倗尊缶（新收 461）（楚）

鄬子倗尊缶（通鑑 14067）（楚）

倗匜（新收 464）（楚）

鄬子倗浴缶器（新收 460）（楚）

鄬子倗浴缶蓋（新收 460）（楚）

鄬子倗浴缶器（新收 459）（楚）

王孫遺者鐘（集成 261）（楚）

倗戟（新收 469）（楚）

倗矛（新收 470）（楚）

楚叔之孫倗鼎蓋（新收 410）（楚）

楚叔之孫倗鼎器（新收 410）（楚）

楚叔之孫倗鼎蓋（集成 2357）（楚）

楚叔之孫倗鼎器（集成 2357）（楚）

嘉賓鐘（集成 51）

倗鼎（新收 454）（楚）

倗鼎（新收 455）（楚）

倗鼎（新收 452）（楚）

倗之瀘鼎蓋（新收 456）（楚）

倗之瀘鼎器（新收 456）（楚）

倗鼎蓋（新收 474）（楚）

鄬子倗簠（新收 457）（楚）

倗簠（新收 412）（楚）

倗簠（集成 4471）（楚）

倗簠蓋（新收 413）（楚）

倗簠器（新收 413）（楚）

徐王子旃鐘（集成 182）（徐）

【春秋前期】

𨛫諂尹征城（集成 425）（徐）

【春秋中期】

楚屈叔佗戈（集成 11198）（楚）

【春秋後期】

蔡子佗匜（集成 10196）（蔡）

【春秋中期】

何次簠（新收 402）

何次簠器（新收 403）

何次簠蓋（新收 403）

何次簠蓋（新收404）

何次簠器（新收404）

【春秋晚期】

何訇君党鼎（集成2477）

⿰亻阿

【春秋中期】

國差罎（集成10361）（齊）

備

【春秋晚期】

洹子孟姜壺（集成9729）（齊）

洹子孟姜壺（集成9730）（齊）

洹子孟姜壺（集成9730）（齊）

⿰⿱艹用人

【春秋晚期】

洹子孟姜壺（集成9729）（齊）

僂

【春秋早期】

子備嶂戈（集成11021）

子備璋戈（新收1540）

位

參見立字

儐

【春秋晚期】

石鼓（獵碣・馬薦）（通鑑19823）（秦）

作

參見乍字

侵 屢

【春秋時期】

鐘伯侵鼎（集成2668）

伐

【春秋晚期】

石鼓（獵碣・吳人）（通鑑19825）（秦）

傳

【春秋晚期】

洹子孟姜壺（集成9729）（齊）

洹子孟姜壺（集成9730）（齊）

俘

【春秋晚期】

蔡侯𩰫歌鐘乙（集成211）（蔡）

蔡侯𩰫歌鐘丙（集成217）（蔡）

佫　欲

【春秋中期】

子犯鐘乙B（新收1021）（晉）

【春秋晚期】

夫欧申鼎（新收1250）（舒）

【春秋晚期】

臧之無咎戈（通鑑17279）（楚）

【春秋晚期】

晉公盆（集成10342）（晉）

余贎逐兒鐘丙（集成185）（徐）

【春秋早期】

毛叔盤（集成10145）（毛）

夆叔盤（集成10163）（滕）

叔黑臣匜（集成10217）

鄭大內史叔上匜（集成10281）（鄭）

鄭大內史叔上匜（集成10281）（鄭）

楚屈叔沱戈（集成11393）（楚）

吳叔戈（新收978）

叔穀匜（集成10219）

尹小叔鼎（集成2214）（虢）

芮子仲㱿鼎（集成2517）

叔鼎（集成1926）（虢）

鑄叔簠蓋（集成4560）（鑄）

鑄叔簠器（集成4560）（鑄）

鑄子叔黑臣鼎（集成2587）（鑄）

鑄子叔黑臣盨（通鑑5666）

鑄子叔黑臣簠蓋（集成4570）（鑄）

鑄子叔黑臣簠器（集成4570）（鑄）

鑄子叔黑臣簠器（集成4571）（鑄）

鑄子叔黑臣鬲（集成735）（鑄）

寶登鼎（通鑑2277）

芮子仲㱿鼎（通鑑2363）

叔單鼎（集成2657）（黃）

戴叔朕鼎（集成2692）（戴）

鄭丼叔歡父鬲（集成580）（鄭）

鄭丼叔歡父鬲（集成581）（鄭）

戴叔慶父鬲（集成608）（戴）

京叔姬簠（集成4504）

戴叔慶父鬲（集成608）（戴）

叔牙父鬲（集成674）

鄭伯氏士叔皇父鼎（集成2667）（鄭）

鄭叔歡父鬲（集成579）（鄭）

衛夫人鬲（新收1700）（衛）

叔原父甗（集成947）（陳）

鑄叔皮父簋（集成4127）（鑄）

鑄叔皮父簋（集成4127）（鑄）

吳王御士尹氏叔緐簠（集成4527）（吳）
商丘叔簠蓋（集成4559）
商丘叔簠器（集成4559）
商丘叔簠（集成4557）（宋）

商丘叔簠（集成4558）（宋）
𡩜侯簠（集成4561）
𡩜侯簠（集成4562）
弟大叔殘器（新收997）

曾侯簠（集成4598）
曾侯簠（集成4598）
召叔山父簠（集成4601）（鄭）
召叔山父簠（集成4602）（鄭）

考叔脂父簠蓋（集成4608）（楚）
考叔脂父簠蓋（集成4609）（楚）
考叔脂父簠器（集成4609）（楚）
叔家父簠（集成4615）

叔朕簠（集成4620）（戴）
叔朕簠（集成4620）（戴）
叔朕簠（集成4621）（戴）
叔朕簠（集成4621）（戴）

子叔嬴内君盆（集成10331）
曾太保𪊨叔亟盆（集成10336）（曾）
番叔壺（新收297）（番）
干氏叔子盤（集成10131）

【春秋中期】

盜叔戈（集成11067）（曾）
盜叔壺（集成9625）（曾）
盜叔壺（集成9626）（曾）

泈叔鼎（集成2355）（曾）
𥎦鎛（集成271）（齊）
𥎦鎛（集成271）（齊）
叔師父壺（集成9706）

𥎦鎛（集成271）（齊）
楚屈叔佗戈（集成11198）（楚）
郳伯受簠器（集成4599）（郳）
郳伯受簠蓋（集成4599）（郳）

以鄧鼎蓋（新收406）（楚）
以鄧鼎器（新收406）（楚）
以鄧匜（新收405）
江叔螽鬲（集成677）（江）

上鄀公簠蓋（新收401）（楚）
上鄀公簠器（新收401）（楚）

【春秋晚期】

哀成叔豆（集成4663）（晉）

哀成叔卮（集成4650）（晉）
哀成叔鼎（集成2782）（鄭）
賈孫叔子屖盤（通鑑14516）
鄭莊公之孫盧鼎（通鑑2326）

偯

呂大叔斧（集成 11786）（晉）
邵大叔斧（集成 11786）（晉）
呂大叔斧（集成 11787）（晉）
楚叔之孫途盉（集成 9426）（楚）

楚叔之孫倗鼎蓋（新收 410）（楚）
楚叔之孫倗鼎器（新收 410）（楚）
楚叔之孫倗鼎蓋（集成 2357）（楚）
楚叔之孫倗鼎器（集成 2357）（楚）

倗之瀘鼎蓋（新收 456）（楚）
倗之瀘鼎器（新收 456）（楚）
鄬子倗簋（新收 457）（楚）
鄬子倗浴缶蓋（新收 459）（楚）

鄬子倗浴缶蓋（新收 460）（楚）
鄬子倗浴缶器（新收 460）（楚）
夆叔匜（集成 10282）（滕）
蔡叔季之孫君匜（集成 10284）（蔡）

吳王光鑑甲（集成 10298）（吳）
吳王光鑑乙（集成 10299）（吳）
吳王光鑑乙（集成 10299）（吳）
吳王光鑑甲（集成 10298）（吳）

蔡大師腆鼎（集成 2738）（蔡）
蔡侯□叔劍（集成 11601）
叔狀父簠蓋（集成 4544）
叔姜簠蓋（新收 1212）（楚）

叔姜簠器（新收 1212）（楚）
攻吳大叔盤（新收 1264）（吳）
簷叔之仲子平鐘丙（集成 174）（莒）
簷叔之仲子平鐘己（集成 177）（莒）

簷叔之仲子平鐘壬（集成 180）（莒）

【春秋時期】

益余敦（新收 1627）
陳姬小公子盨蓋（集成 4379）（陳）

師麻孝叔鼎（集成 2552）
鑄叔鼎（集成 2568）（鑄）
鼄叔之伯鐘（集成 87）（邾）
薛侯匜（集成 10263）（薛）

【春秋早期】

楚大師登鐘甲（通鑑 15505）（楚）
楚大師登鐘乙（通鑑 15506）（楚）
楚大師登鐘己（通鑑 15510）（楚）
楚大師登鐘辛（通鑑 15512）（楚）

【春秋時期】

中子化盤（集成 10137）（楚）

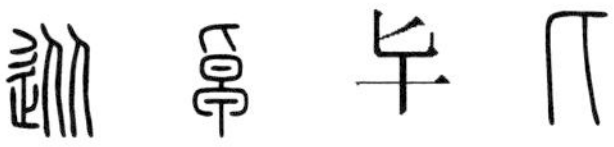

⿺辵亍

【春秋晚期】

鄦鎛乙（新收 490）（楚）

【春秋晚期】

鄦鎛甲（新收 489）（楚）

【春秋早期】

卓林父簋蓋（集成 4018）（衛）

【春秋早期】

曾伯從寵鼎（集成 2550）（曾）

虢宮父鬲（通鑑 2937）

衛夫人鬲（新收 1700）（衛）

衛夫人鬲（新收 1701）（衛）

芮公簋（集成 3707）

虢宮父匜（通鑑 14991）

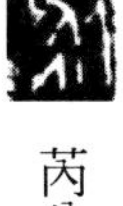
芮公鐘（集成 31）

芮公鐘鈎（集成 32）

芮公鐘鈎（集成 33）

虢宮父鬲（新收 50）

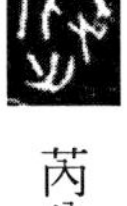
芮公壺（集成 9598）

虢宮父盤（新收 51）

芮公壺（集成 9597）

【春秋中期】

龣鎛（集成 271）（齊）

【春秋晚期】

蔡公子從戈（通鑑 16878）

臧孫鐘丁（集成 96）（吳）

臧孫鐘丙（集成 95）（吳）

臧孫鐘壬（集成 101）（吳）

洹子孟姜壺（集成 9729）（齊）

洹子孟姜壺（集成 9729）（齊）

洹子孟姜壺（集成 9730）（齊）

【春秋早期】

芮公簋（集成 3708）

季子康鎛丁（通鑑 15788）（春秋中期）

季子康鎛乙（通鑑 15786）（春秋中期）

【春秋早期】

虖北鼎（集成 2082）

【春秋晚期】

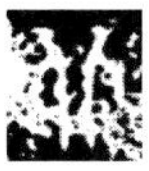
石鼓（獵碣·吳人）（通鑑 19825）（秦）

【春秋早期】

商丘叔簠（集成 4557）（宋）

商丘叔簠（集成 4558）（宋）

商丘叔簠蓋（集成 4559）（宋）

𦣠

商丘叔簠器（集成 4559）（宋）

事孫□丘戈（集成 11069）

【春秋晚期】

閶丘虞鵑戈（集成 11073）（莒）

【春秋時期】

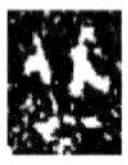
虖訇丘堂匜（集成 10194）

【春秋晚期】

曹[illegible]尋員劍（新收 1241）（吳）

【春秋早期】

司馬朢戈（集成 11131）

【春秋早期】

鄁公湯鼎（集成 2714）（鄁）

【春秋早期】

袓伯墉盤（集成 10130）

【春秋晚期】

吳王夫差鑑（集成 10296）（吳）

吳王夫差鑑（集成 10294）（吳）

吳王夫差鑑（新收 1477）（吳）

吳王夫差鑑（集成 10295）（吳）

【春秋時期】

監戈（集成 10893）

監戈（集成 10894）

【春秋早期】

夆叔盤（集成 10163）（滕）

【春秋中期】

[illegible]鎛（集成 271）（齊）

【春秋晚期】

齊侯盂（集成 10318）（齊）

徐王義楚觶（集成 6513）（徐）

公子土斧壺（集成 9709）（齊）

夆叔匜（集成 10282）（滕）

鼄公牼鐘甲（集成 149）（邾）

鼄公牼鐘丙（集成 151）（邾）

鼄公華鐘（集成 245）（邾）

【春秋時期】

宋右師延敦器（新收 1713）（宋）

【春秋早期】

上曾太子般殷鼎（集成2750）（曾）

宋公䜌簠（集成4589）（宋）（春秋晚期）

宋公䜌簠（集成4590）（宋）（春秋晚期）

【春秋中期】

子犯鐘甲D（新收1011）（晉）

子犯鐘乙D（新收1023）（晉）

【春秋晚期】

越郳盟辭鎛甲（集成155）

庚壺（集成9733）（齊）

【春秋早期】

晉姜鼎（集成2826）（晉）

【春秋早期】

楚大師登鐘乙（通鑑15506）（楚）

楚大師登鐘丁（通鑑15508）（楚）

楚大師登鐘己（通鑑15510）（楚）

楚大師登鐘辛（通鑑15512）（楚）

楚大師登鐘辛（通鑑15512）（楚）

求

【春秋中期】

公𦋿盤（新收1043）

【春秋早期】

𠊠母壺（集成9657）（魯）

𠊠母壺（集成9657）（魯）

鑄侯求鐘（集成47）（鑄）

【春秋中期】

𦅻鎛（集成271）（齊）

【春秋晚期】

郳君鐘（集成50）（郳）

石鼓（通鑑19816）（秦）

石鼓（獵碣・吳人）（通鑑19825）（秦）

《說文》：「求，古文。省衣。」

老

【春秋早期】

夆叔盤（集成10163）（滕）

【春秋晚期】

夆叔匜（集成10282）（滕）

【春秋中期】

𦅻鎛（集成271）（齊）

公𦋿盤（新收1043）

【春秋晚期】

齊太宰歸父盤（集成10151）（齊）

荊公孫敦（通鑑6070）

賈孫叔子屖盤（通鑑14516）

【春秋晚期】

滕侯耆戈（集成11077）（滕）

滕侯耆戈（集成11078）（滕）

【春秋早期】

曾伯霥簠蓋（集成4632）（曾）

曾伯霥簠（集成4631）（曾）

戎生鐘庚（新收1619）（晉）

曾子伯窞盤（集成10156）（曾）

【春秋早期】

秦公鐘乙（集成263）（秦）

秦公鐘乙（集成263）（秦）

秦公鐘戊（集成266）（秦）

秦子鎛（通鑑15770）（秦）

秦公鎛甲（集成267）（秦）

秦公鎛乙（集成268）（秦）

秦公鎛乙（集成268）（秦）

秦公鎛丙（集成269）（秦）

秦公鎛丙（集成269）（秦）

陳侯簠蓋（集成4603）（陳）

陳侯簠蓋（集成4604）（陳）

陳侯簠蓋（集成4604）（陳）

陳侯簠器（集成4604）（陳）

陳侯簠（集成4606）（陳）

陳侯簠（集成4607）（陳）

陳侯鼎（集成2650）（陳）

陳侯簠器（集成4604）（陳）

陳侯簠（集成4607）（陳）

陳公孫⿰爿吉父瓶（集成9979）（陳）

陳侯盤（集成10157）（陳）

陳侯盤（集成10157）

原氏仲簠（新收936）（陳）

陳公孫⿰爿吉父瓶（集成9979）（陳）

㠱伯子⿱宀廷父盨蓋（集成4443）（紀）

㠱伯子⿱宀廷父盨器（集成4443）（紀）

㠱伯子⿱宀廷父盨器（集成4444）（紀）

㠱伯子⿱宀廷父盨蓋（集成4444）（紀）

㠱伯子⿱宀廷父盨器（集成4445）（紀）

㠱伯子⿱宀廷父盨蓋（集成4442）（紀）

鑄子叔黑臣鼎（集成2587）（鑄）

鑄子叔黑臣鬲（集成735）（鑄）

鑄子叔黑臣盨（通鑑5666）	鑄子叔黑臣簠蓋（集成4570）（鑄）	鑄子叔黑臣簠器（集成4570）（鑄）	鼄[illegible]白鼎（集成2640）（邾）
鼄客父鬲（集成717）（邾）	鼄友父鬲（通鑑3008）	鼄友父鬲（通鑑3010）	邾友父鬲（新收1094）（邾）
曾者子𨱆鼎（集成2563）（曾）	𨛜伯鼎（集成2601）（𨛜）	𨛜伯祀鼎（集成2602）（𨛜）	鄦奓魯生鼎（集成2605）（許）
鄦奓魯生鼎（集成2605）（許）	鄧公孫無嬰鼎（新收1231）（鄧）	子耳鼎（通鑑2276）	邾來隹鬲（集成670）（邾）
申五氏孫矩甗（新收970）（申）	魯太宰原父簋（集成3987）（魯）	虢季鐘乙（新收2）（虢）	秦公簋器（集成4315）（秦）
考叔㣇父簠蓋（集成4608）（楚）	考叔㣇父簠器（集成4608）（楚）	曾伯𩁹簠（集成4631）（曾）	魯侯簠（新收1068）（魯）
蔡大善夫趣簠蓋（新收1236）（蔡）	蔡大善夫趣簠器（新收1236）（蔡）	蔡公子壺（集成9701）	曾伯陭壺蓋（集成9712）（曾）
僉父瓶器（通鑑14036）	曹公盤（集成10144）（曹）	曹公盤（集成10144）（曹）	毛叔盤（集成10145）（毛）
大師盤（新收1464）	荀侯稽匜（集成10232）	**【春秋中期】**	國差𦉜（集成10361）（齊）
者𣵠鐘一（集成193）（吳）	者𣵠鐘一（集成193）（吳）	者𣵠鐘二（集成194）（吳）	者𣵠鐘三（集成195）（吳）
者𣵠鐘三（集成195）（吳）	者𣵠鐘三（集成195）（吳）	者𣵠鐘四（集成196）（吳）	者𣵠鐘四（集成196）（吳）
者𣵠鐘四（集成196）（吳）	長子[illegible]臣簠蓋（集成4625）（晉）	公英盤（新收1043）	伯遊父盤（通鑑14501）

子犯鐘乙G（新收1018）（晉）	陳大喪史仲高鐘（集成353）	魯大司徒元盂（集成10316）（魯）	伯遊父壺（通鑑12304）
趞亥鼎（集成2588）（宋）	趞亥鼎（集成2588）（宋）	【春秋前期】	郐諮尹征城（集成425）（徐）
【春秋中後期】	東姬匜（新收398）（楚）	【春秋晚期】	郘黛鐘十一（集成235）（晉）
郘黛鐘九（集成233）（晉）	郘黛鐘四（集成228）（晉）	丁兒鼎蓋（新收1712）（應）	嘉子伯昜臚簠器（集成4605）
嘉子伯昜臚簠蓋（集成4605）	楚屈子赤目簠器（新收1230）（楚）	許公買簠蓋（通鑑5950）	蔡侯簠甲蓋（新收1896）（蔡）
與子具鼎（新收1399）	蔡侯簠甲器（新收1896）（蔡）	陳樂君歕甗（新收1073）（陳）	復公仲壺（集成9681）
公子土斧壺（集成9709）（齊）	齊太宰歸父盤（集成10151）（齊）	齊侯匜（集成10283）（齊）	侯古堆鎛甲（新收276）
敬事天王鐘甲（集成73）（楚）	敬事天王鐘己（集成78）（楚）	荊公孫敦（通鑑6070）	子璋鐘甲（集成113）（許）
子璋鐘丙（集成115）（許）	子璋鐘丙（集成115）（許）	子璋鐘戊（集成117）（許）	沇兒鎛（集成203）（徐）
子璋鐘庚（集成119）（許）	篖叔之仲子平鐘乙（集成173）（莒）	篖叔之仲子平鐘丙（集成174）（莒）	篖叔之仲子平鐘壬（集成180）（莒）
篖叔之仲子平鐘己（集成177）（莒）	喬君鉦鋮（集成423）（許）	其次句鑃（集成422）（越）	其次句鑃（集成421）（越）
秦景公石磬（通鑑19799）（秦）	鼄公華鐘（集成245）（邾）	子季嬴青簠蓋（集成4594）（楚）	宋君夫人鼎（通鑑2343）

壽

【春秋時期】

申公彭宇簠（集成 4611）（𨜵）

黃太子伯克盆（集成 10338）（黃）

曾孟嬶諫盆器（集成 10332）（曾）

鎬鼎（集成 2478）

般仲柔盤（集成 10143）

曾孟嬶諫盆蓋（集成 10332）（曾）

齊縈姬盤（集成 10147）（齊）

申公彭宇簠（集成 4610）（𨜵）

彭子仲盆蓋（集成 10340）

【春秋早期】

王孫壽甗（集成 946）

王孫壽甗（集成 946）

魯伯大父簋（集成 3989）（魯）

魯伯俞父簠（集成 4568）（魯）

魯伯俞父簠（集成 4566）（魯）

魯伯俞父簠（集成 4567）（魯）

魯大司徒子仲白匜（集成 10277）（魯）

叔朕簠（集成 4621）（戴）

郳太宰欉子掛簠（集成 4623）（郳）

𦵤子鮲盞蓋（新收 1235）

曾伯霥簠蓋（集成 4632）（曾）

郳公子害簠蓋（通鑑 5964）

郳公子害簠器（通鑑 5964）

皇與匜（通鑑 14976）

鑄公簠蓋（集成 4574）（鑄）

夆叔盤（集成 10163）（滕）

夆叔盤（集成 10163）（滕）

𨜵公平侯鼎（集成 2772）（𨜵）

𨜵公平侯鼎（集成 2771）（𨜵）

【春秋中期】

魯大司徒厚氏元簠（集成 4689）（魯）

魯大司徒厚氏元簠蓋（集成 4690）（魯）

魯大左司徒元鼎（集成 2593）（魯）

魯大司徒厚氏元簠器（集成 4690）（魯）

魯大司徒厚氏元簠蓋（集成 4691）（魯）

魯大司徒厚氏元簠器（集成 4691）（魯）

魯少司寇封孫宅盤（集成 10154）（魯）

宜桐盂（集成 10320）（徐）

庚兒鼎（集成 2715）（徐）

鄧公乘鼎蓋（集成 2573）（鄧）

鄧公乘鼎器（集成 2573）（鄧）

【春秋後期】

永祿鈹（通鑑 18058）

曹公簠（集成 4593）（曹）

𪓊鐘辛（新收 488）（楚）

- 陳公子仲慶簠（集成4597）（陳）
- 陳公子仲慶簠（集成4597）（陳）
- 上鄀公簠器（新收401）（楚）
- 上鄀府簠器（集成4613）（鄀）
- 上鄀公簠蓋（新收401）（楚）
- 長子𧸘臣簠器（集成4625）（晉）
- 何次簠（新收402）
- 何次簠蓋（新收404）
- 何次簠蓋（新收403）
- 何次簠器（新收403）
- 何次簠器（新收404）
- 叔師父壺（集成9706）
- 伯遊父𨰊（通鑑14009）
- 子諆盆器（集成10335）（黃）
- 䣄鎛（集成271）（齊）
- 伯遊父卮（通鑑19234）
- 庚兒鼎（集成2716）（徐）

【春秋晚期】

- 𪒠鐘甲（新收482）（楚）
- 𪒠鎛庚（新收495）（楚）
- 𪒠鎛甲（新收489）（楚）
- 𪒠鎛乙（新收490）（楚）
- 𪒠鎛戊（新收493）（楚）
- 王孫遺者鐘（集成261）（楚）
- 䕌兒缶（新收1187）（鄀）
- 蔡侯𤕌盤（集成10171）（蔡）
- 蔡大司馬燮盤（通鑑14498）
- 夆叔匜（集成10282）（滕）
- 蔡叔季之孫君匜（集成10284）（蔡）
- 吳王光鑑甲（集成10298）（吳）
- 徐王子旃鐘（集成182）（徐）
- 郳公䥁鐘（集成102）（郳）
- 吳王光鑑乙（集成10299）（吳）
- 敬事天王鐘丙（集成75）（楚）
- 許公買簠器（通鑑5950）
- 王子吳鼎（集成2717）（楚）
- 鄝子蒷臺鼎器（集成2498）
- 乙鼎（集成2607）
- 寬兒鼎（集成2722）（蘇）
- 蔡大師䟆鼎（集成2738）（蔡）
- 彭公之孫無所鼎（通鑑2189）
- 𦦪子鼎（通鑑2382）（齊）
- 𨛱夫人嬛鼎（通鑑2386）
- 鄝子臺簠（集成4545）
- 番君召簠（集成4582）（番）
- 番君召簠（集成4584）（番）
- 番君召簠蓋（集成4585）（番）
- 番君召簠（集成4586）（番）

壽

- 楚屈子赤目簠蓋（集成 4612）（楚）
- 曾簠（集成 4614）
- 邾太宰簠蓋（集成 4624）（邾）
- 王子申盞（集成 4643）（楚）
- 齊侯盂（集成 10318）（齊）
- 洹子孟姜壺（集成 9730）（齊）
- 蔡侯𬳁尊（集成 6010）（蔡）
- 次尸祭缶（新收 1249）（徐）

【春秋時期】

- 薛侯匜（集成 10263）（薛）
- 陳伯元匜（集成 10267）（陳）
- 𨕵余敦（新收 1627）

【春秋早期】

- 魯侯鼎（新收 1067）（魯）
- 魯仲齊甗（集成 939）（魯）
- 魯司徒仲齊盨甲蓋（集成 4440）（魯）
- 魯司徒仲齊盨乙蓋（集成 4441）（魯）
- 魯司徒仲齊盨乙器（集成 4441）（魯）
- 魯伯悆盨蓋（集成 4458）（魯）
- 魯伯悆盨器（集成 4458）（魯）
- 魯司徒仲齊匜（集成 10275）（魯）
- 鑄叔簠蓋（集成 4560）（鑄）
- 鑄叔簠蓋（集成 4560）（鑄）
- 陳侯簠蓋（集成 4603）（陳）
- 陳侯簠器（集成 4603）（陳）
- 陳侯簠器（集成 4603）（陳）
- 陳侯簠（集成 4606）（陳）
- 原氏仲簠（新收 935）（陳）
- 原氏仲簠（新收 937）（陳）
- 原氏仲簠（新收 936）（陳）
- 召叔山父簠（集成 4602）（鄭）
- 召叔山父簠（集成 4601）（鄭）
- 杞伯每刃壺（集成 9687）（杞）
- 鄦甘𦎧鼎（新收 1091）
- 鼄𪓷白鼎（集成 2641）（邾）
- 杞伯每刃鼎（集成 2642）（杞）
- 叔原父甗（集成 947）（陳）
- 卓林父簋蓋（集成 4018）（衛）
- 郜譴簋甲蓋（集成 4040）（郜）
- 郜譴簋甲器（集成 4040）（郜）
- 上鄀公敄人簋蓋（集成 4183）（鄀）
- 郜譴簋乙（通鑑 5277）
- 伯其父慶簠（集成 4581）
- 鄀公諴簠（集成 4600）
- 曾伯陭壺器（集成 9712）（曾）
- 伯亞臣鐳（集成 9974）（黄）
- 黄太子伯克盤（集成 10162）（黄）
- 陽飤生匜（集成 10227）

戎生鐘己（新收1618）（晉）

恿公戈（集成11280）

塞公孫㝅父匜（集成10276）

【春秋中期】

伯遊父壺（通鑑12305）

欒書缶器（集成10008）（晉）

子犯鐘甲G（新收1014）（晉）

季子康鎛丙（通鑑15787）

陳大喪史仲高鐘（集成354）

【春秋晚期】

復公仲簋蓋（集成4128）

曹公簠（集成4593）（曹）

樂子嚷豧簠（集成4618）（宋）

寬兒缶甲（通鑑14091）

𪒠鎛丙（新收491）（楚）

者尚余卑盤（集成10165）

【春秋時期】

大孟姜匜（集成10274）

【春秋早期】

醫子奠伯鬲（集成742）（曾）

【春秋早期】

魯仲齊鼎（集成2639）（魯）

恿公戈（集成11280）

【春秋時期】

曹伯狄簋殘蓋（集成4019）（曹）

【春秋晚期】

婁君盂（集成10319）

【春秋晚期】

王子午鼎（新收444）（楚）

王子午鼎（新收446）（楚）

王子午鼎（新收449）（楚）

王子午鼎（集成2811）（楚）

【春秋早期】

魯司徒仲齊盨甲器（集成4440）（魯）

魯司徒仲齊盨甲蓋（集成4440）（魯）

魯司徒仲齊盨乙蓋（集成4441）（魯）

- 魯司徒仲齊盨乙器（集成4441）（魯）
- 魯司徒仲齊匜（集成10275）（魯）
- 魯仲齊鼎（集成2639）（魯）
- 上曾太子般殷鼎（集成2750）（曾）
- 曾子軌鼎（集成2757）（曾）
- 鄀公平侯鼎（集成2771）（鄀）
- 鄀公平侯鼎（集成2772）（鄀）
- 上鄀公敄人簋蓋（集成4183）（鄀）
- 鑄叔皮父簋（集成4127）（鑄）
- 鄀公諴簠（集成4600）（鄀）
- 考叔𢍰父簠蓋（集成4608）（楚）
- 考叔𢍰父簠蓋（集成4609）（楚）
- 考叔𢍰父簠器（集成4609）（楚）
- 叔家父簠（集成4615）
- 曾伯霥簠蓋（集成4632）（曾）
- 曾伯霥簠（集成4631）（曾）
- 杞伯每刃壺（集成9688）（杞）
- 鄀公敄人鐘（集成59）（鄀）
- 戎生鐘乙（新收1614）（晉）
- 戎生鐘己（新收1618）（晉）
- 虢季鐘乙（新收2）（虢）
- 虢季鐘丙（新收3）（虢）
- 鄧公孫無嬰鼎（新收1231）（鄧）

【春秋中期】

- 者𣴑鐘三（集成195）（吳）
- 者𣴑鐘四（集成196）（吳）

【春秋晚期】

- 王子午鼎（新收446）（楚）
- 王子午鼎（集成2811）（楚）
- 王子午鼎（新收445）（楚）
- 王子午鼎（新收449）（楚）
- 王子午鼎（新收444）（楚）
- 其次句鑃（集成422）（越）
- 其次句鑃（集成421）（越）
- 蔡侯𩡁尊（集成6010）（蔡）
- 蔡侯𩡁盤（集成10171）（蔡）
- 鄭太子之孫與兵壺蓋（新收1980）
- 鄭太子之孫與兵壺蓋（新收1980）
- 鄭太子之孫與兵壺器（新收1980）
- 齊𩏂氏鐘（集成142）（齊）
- 晉公盆（集成10342）（晉）
- 簷叔之仲子平鐘甲（集成172）（莒）
- 簷叔之仲子平鐘丁（集成175）（莒）
- 簷叔之仲子平鐘戊（集成176）（莒）
- 簷叔之仲子平鐘己（集成177）（莒）
- 喬君鉦鋮（集成423）（許）
- 余贎逐兒鐘乙（集成184）（徐）
- 王孫遺者鐘（集成261）（楚）

鼄公華鐘（集成 245）（邾）

【春秋時期】

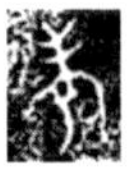
大孟姜匜（集成 10274）

【春秋早期】

邿譴簋甲蓋（集成 4040）（邿）

邿譴簋甲器（集成 4040）（邿）

邿譴簋乙（通鑑 5277）

卓林父簋蓋（集成 4018）（衛）

郜公平侯鼎（集成 2771）（郜）

郜公平侯鼎（集成 2772）（郜）

魯伯悆盨蓋（集成 4458）（魯）

魯伯悆盨蓋（集成 4458）（魯）

魯伯悆盨器（集成 4458）（魯）

魯伯悆盨器（集成 4458）（魯）

郜公諴簠（集成 4600）

召叔山父簠（集成 4601）（鄭）

召叔山父簠（集成 4602）（鄭）

曾伯陭壺蓋（集成 9712）（曾）

曾伯陭壺器（集成 9712）（曾）

戎生鐘戊（新收 1617）（晉）

虢季鐘乙（新收 2）（虢）

虢季鐘戊（新收 6）（虢）

虢季鐘戊（新收 5）（虢）

【春秋中期】

子犯鐘甲 G（新收 1014）（晉）

子犯鐘乙 G（新收 1018）（晉）

【春秋晚期】

王子午鼎（集成 2811）（楚）

王子午鼎（新收 445）（楚）

王子午鼎（新收 445）（楚）

王子午鼎（新收 444）（楚）

王子午鼎（新收 447）（楚）

王孫遺者鐘（集成 261）（楚）

鄭太子之孫與兵壺蓋（新收 1980）

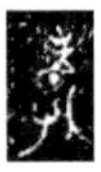
吳王光鑑甲（集成 10298）（吳）

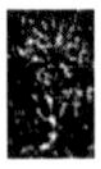
吳王光鑑乙（集成 10299）（吳）

齊鞷氏鐘（集成 142）（齊）

郘黛鐘二（集成 226）（晉）

郘黛鐘四（集成 228）（晉）

郘黛鐘七（集成 231）（晉）

郘黛鐘八（集成 232）（晉）

郘黛鐘九（集成 233）（晉）

郘黛鐘十一（集成 235）（晉）

郘黛鐘十三（集成 237）（晉）

⿱耂食

餋

⿰辛尸

【春秋早期】

曾伯霥簠蓋（集成 4632）（曾）

曾伯霥簠（集成 4631）（曾）

【春秋晚期】

番君召簠（集成 4584）（番）

番君召簠蓋（集成 4585）（番）

番君召簠（集成 4586）（番）

番君召簠（集成 4583）（番）

番君召簠（集成 4582）（番）

【春秋早期】

毛叔盤（集成 10145）（毛）

【春秋早期】

曾伯霥簠蓋（集成 4632）（曾）

曾伯霥簠（集成 4631）（曾）

【春秋晚期】

曾孫史夷簠（集成 4591）

文公之母弟鐘（新收 1479）

【春秋晚期】

越邾盟辭鎛甲（集成 155）

越邾盟辭鎛甲（集成 155）

越邾盟辭鎛乙（集成 156）（越）

【春秋早期】

鄀公平侯鼎（集成 2772）（鄀）

【春秋晚期】

王子午鼎（新收 446）（楚）

王子午鼎（集成 2811）（楚）

賈孫叔子屖盤（通鑑 14516）

王孫遺者鐘（集成 261）（楚）

王子午鼎（新收 447）（楚）

【春秋早期】

鄀公平侯鼎（集成 2771）（鄀）

曾子軌鼎（集成 2757）（曾）

【春秋早期】

魯伯悆盨器（集成 4458）（魯）

魯伯悆盨蓋（集成 4458）（魯）

【春秋中期】

章子鄭戈（集成 11295）

【春秋早期】

楚屈叔佗戈（集成 11198）（楚）

楚屈子赤目簠蓋（集成 4612）（楚）

楚屈叔沱戈（集成 11393）（楚）

塞公屈顈戈（通鑑 16920）（楚）

楚屈子赤目簠器（新收 1230）（楚）

楚屈叔沱戈（集成 11393）（楚）

楚屈喜戈（通鑑 17186）

【春秋中期】

畱篙鐘（集成 38）（楚）

【春秋晚期】

石鼓（獵碣·霝雨）（通鑑 19820）（秦）

石鼓（獵碣·霝雨）（通鑑 19820）（秦）

【春秋早期】

魯伯俞父簠（集成 4568）（魯）

魯伯大父簋（集成 3989）（魯）

魯伯厚父盤（集成 10086）（魯）

魯伯俞父簠（集成 4566）（魯）

魯伯厚父盤（通鑑 14505）

魯伯俞父簠（集成 4567）（魯）

【春秋晚期】

喬君鉦鋮（集成 423）（許）

【春秋時期】

黃韋俞父盤（集成 10146）（黃）

【春秋中期】

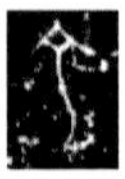
𦅫鎛（集成 271）（齊）

【春秋早期】

魯侯鼎（新收 1067）（魯）

魯伯愈父鬲（集成 690）（魯）

魯伯愈父鬲（集成 690）（魯）

魯伯愈父鬲（集成 690）（魯）

魯伯愈父鬲（集成 690）（魯）

魯伯愈父鬲（集成 690）（魯）

魯伯愈父鬲（集成 690）（魯）

魯伯者父盤（集成 10087）（魯）

魯伯愈父盤（集成 10114）（魯）

魯侯簠（新收 1068）（魯）

魯伯愈父匜（集成 10244）

鼄各父鬲（集成 717）（邾）

郳友父鬲（新收 1094）（郳）

郳友父鬲（通鑑 2993）

鼄友父鬲（通鑑 3008）

 黿友父鬲（通鑑 3010）	 秦公鎛甲（集成 267）（秦）	 秦公鎛乙（集成 268）（秦）	 秦公鎛乙（集成 268）（秦）
 秦公鎛丙（集成 269）（秦）	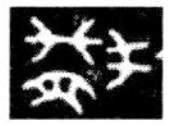 陳侯壺蓋（集成 9633）（陳）	 陳侯壺器（集成 9633）（陳）	 陳侯盤（集成 10157）（陳）
 陳侯壺蓋（集成 9634）（陳）	 陳侯壺器（集成 9634）（陳）	 鄭大内史叔上匜（集成 10281）（鄭）	 𠱾伯寍父匜（集成 10211）（紀）
 𠱾伯寍父盤（集成 10081）（紀）	 鄦奓魯生鼎（集成 2605）（許）	 秦公鎛丙（集成 269）（秦）	 鄧公孫無嬰鼎（新收 1231）（鄧）
 繁伯武君鬲（新收 1319）	 秦公簋蓋（集成 4315）（秦）	 秦公簋器（集成 4315）（秦）	 鑄公簠蓋（集成 4574）（鑄）
 妦仲簠（集成 4534）	 伯駟父盤（集成 10103）	 毛叔盤（集成 10145）（毛）	 鑄侯求鐘（集成 47）（鑄）
 蘇公匜（新收 1465）	 秦公鐘甲（集成 262）（秦）	 秦公鐘甲（集成 262）（秦）	 秦公鐘丁（集成 265）（秦）
【春秋晚期】	 楚屈子赤目簠器（新收 1230）（楚）	 楚屈子赤目簠蓋（集成 4612）（楚）	 少虡劍（集成 17697）（晉）
 少虡劍（集成 11696）（晉）	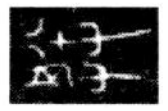 齊侯盂（集成 10318）（齊）	 文公之母弟鐘（新收 1479）	 齊侯敦（集成 4645）（齊）
 喬君鉦鋮（集成 423）（許）	 拍敦（集成 4644）	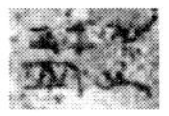 䍙子鼎（通鑑 2382）（齊）	【春秋時期】
 薛侯匜（集成 10263）（薛）			
【春秋晚期】	 石鼓（獵碣・霝雨）（通鑑 19820）（秦）		

般

【春秋早期】

毛叔盤（集成 10145）（毛）

陳侯盤（集成 10157）（陳）

夆叔盤（集成 10163）（滕）

虢宮父盤（新收 51）

封仲盤（集成 10056）

㠱伯⿱宀延父盤（集成 10081）（紀）

上曾太子般殷鼎（集成 2750）（曾）

魯伯厚父盤（集成 10086）（魯）

魯伯者父盤（集成 10087）（魯）

魯司徒仲齊盤（集成 10116）（魯）

魯伯愈父盤（集成 10114）

魯伯厚父盤（通鑑 14505）

伯駟父盤（集成 10103）

鄭伯盤（集成 10090）（鄭）

蘇冶妊盤（集成 10118）（蘇）

楚季⿱乂⿰口丰盤（集成 10125）（楚）

干氏叔子盤（集成 10131）

⿰貝皆金氏孫盤（集成 10098）

曹公盤（集成 10144）（曹）

虢季盤（新收 40）（虢）

鄩仲盤（集成 10135）

【春秋中期】

公⿱艹典盤（新收 1043）

魯少司寇封孫宅盤（集成 10154）（魯）

【春秋晚期】

齊侯盤（集成 10159）（齊）

者尚余卑盤（集成 10165）

公子土斧壺（集成 9709）（齊）

夆叔匜（集成 10282）（滕）

齊縈姬盤（集成 10147）（齊）

【春秋時期】

取膚上子商盤（集成 10126）（魯）

齊侯盤（集成 10123）（齊）

鄧伯吉射盤（集成 10121）（鄧）

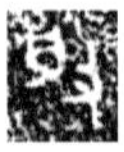
大孟姜匜（集成 10274）

匽公匜（集成 10229）（燕）

般仲柔盤（集成 10143）

⿰火⿱亼丨右盤（集成 10150）

⿱般毛

【春秋早期】

綏君單盤（集成 10132）

【春秋早期】

秦公鐘乙（集成 263）（秦）

秦公鎛甲（集成 267）（秦）

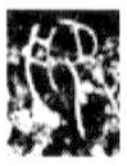
秦公鎛乙（集成 268）（秦）

朕

秦公鎛丙（集成 269）（秦）

秦公鐘（集成 265）（秦）

【春秋晚期】

秦景公石磬（通鑑 19782）（秦）

【春秋早期】

叔朕簠（集成 4620）（戴）

戴叔朕鼎（集成 2692）（戴）

叔朕簠（集成 4621）（戴）

叔朕簠（集成 4621）（戴）

叔朕簠（集成 4620）（戴）

【春秋中期】

魯少司寇封孫宅盤（集成 10154）（魯）

方

【春秋早期】

秦公鐘甲（集成 262）（秦）

秦公鐘乙（集成 263）（秦）

秦公鐘丙（集成 264）（秦）

秦公鎛甲（集成 267）（秦）

秦公鎛甲（集成 267）（秦）

秦公鎛乙（集成 268）（秦）

秦公鎛乙（集成 268）（秦）

秦公鎛丙（集成 269）（秦）

秦公鎛丙（集成 269）（秦）

秦政伯喪戈（通鑑 17117）（秦）

秦公簋器（集成 4315）（秦）

戎生鐘乙（新收 1614）（晉）

邛季之孫戈（集成 11252）（江）

梁伯戈（集成 11346）

曾伯霥簠蓋（集成 4632）（曾）

曾伯霥簠（集成 4631）（曾）

【春秋晚期】

夫跌申鼎（新收 1250）（舒）

庚壺（集成 9733）（齊）

可方壺（通鑑 12331）（曾）

徐王子旊鐘（集成 182）（徐）

秦景公石磬（通鑑 19787）（秦）

石鼓（獵碣・霝雨）（通鑑 19820）（秦）

秦景公石磬（通鑑 19778）（秦）

秦景公石磬（通鑑 19780）（秦）

兀

【春秋晚期】

攻敔王夫差劍（新收 1734）（吳）

攻敔王夫差劍（集成 11639）（吳）

玄鏐戈（通鑑 16885）

兒

【春秋早期】

兒慶鼎（新收 1095）（小邾）

【春秋中期】

庚兒鼎（集成 2716）（徐）

庚兒鼎（集成 2715）（徐）

【春秋晚期】

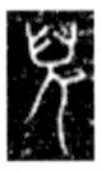
寬兒鼎（集成 2722）（蘇）

丁兒鼎蓋（新收 1712）（應）

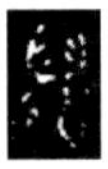
慍兒盞器（新收 1374）

蕬兒缶（新收 1187）（鄀）

寬兒缶甲（通鑑 14091）

寬兒缶乙（通鑑 14092）

唐子仲瀕兒盤（新收 1210）（唐）

唐子仲瀕兒匜（新收 1209）（唐）

沇兒鎛（集成 203）（徐）

余贎逐兒鐘甲（集成 183）（徐）

黝鎛甲（新收 489）（楚）

黝鎛乙（新收 490）（楚）

黝鎛丙（新收 491）（楚）

黝鎛庚（新收 495）（楚）

黝鎛戊（新收 493）（楚）

配兒鉤鑃甲（集成 426）（吳）

配兒鉤鑃乙（集成 427）（吳）

黝鐘癸（新收 498）（楚）

黝鐘戊（新收 485）（楚）

【春秋早期】

秦公鐘甲（集成 262）（秦）

秦公鐘丁（集成 265）（秦）

秦公鎛乙（集成 268）（秦）

秦公鎛丙（集成 269）（秦）

【春秋中期】

鄐子誄臣戈（集成 11253）

【春秋晚期】

遷邟鐘三（新收 1253）（舒）

遷邟鐘六（新收 1256）（舒）

遷邟鎛丙（通鑑 15794）（舒）

遷邟鎛丁（通鑑 15795）（舒）

攻敔王光劍（集成 11666）（吳）

秦景公石磬（通鑑 19778）（秦）

秦景公石磬（通鑑 19801）（秦）

石鼓（獵碣・鑾車）（通鑑 19819）（秦）

【春秋早期】

曾子仲宣鼎（集成 2737）（曾）

【春秋中期】

𪎩鎛（集成 271）（齊）

【春秋晚期】

罩子鼎（通鑑 2382）（齊）

文公之母弟鐘（新收 1479）

余贎逐兒鐘乙（集成 184）（徐）

余購逐兒鐘丁（集成186）（徐）

跬

【春秋早期】

叔家父簠（集成4615）

鄀召簠蓋（新收1042）

鄀召簠器（新收1042）

楚大師登鐘丁（通鑑15508）（楚）

【春秋晚期】

敬事天王鐘乙（集成74）（楚）

敬事天王鐘戊（集成77）（楚）

敬事天王鐘己（集成78）（楚）

敬事天王鐘壬（集成81）（楚）

王孫遺者鐘（集成261）（楚）

沇兒鎛（集成203）（徐）

⿰圭兄

【春秋早期】

楚大師登鐘乙（通鑑15506）（楚）

【春秋中期】

季子康鎛丁（通鑑15788）

【春秋晚期】

嘉賓鐘（集成51）

王孫誥鐘一（新收418）（楚）

王孫誥鐘二（新收419）（楚）

王孫誥鐘三（新收420）（楚）

王孫誥鐘四（新收421）（楚）

王孫誥鐘五（新收422）（楚）

王孫誥鐘八（新收425）（楚）

王孫誥鐘十（新收427）（楚）

王孫誥鐘十一（新收428）（楚）

王孫誥鐘十二（新收429）（楚）

王孫誥鐘十四（新收431）（楚）

王孫誥鐘十六（新收436）（楚）

王孫誥鐘十九（新收437）（楚）

王孫誥鐘二十二（新收438）（楚）

王孫誥鐘二十五（新收441）（楚）

𪒠鎛甲（新收489）（楚）

𪒠鎛乙（新收490）（楚）

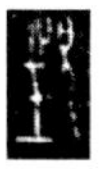
𪒠鎛丙（新收491）（楚）

𪒠鎛己（新收494）（楚）

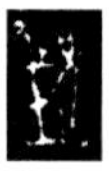
𪒠鐘甲（新收482）（楚）

侯古堆鎛戊（新收279）

跬

【春秋晚期】

子璋鐘甲（集成113）（許）

子璋鐘丙（集成115）（許）

子璋鐘丙（集成115）（許）

先

子璋鐘庚（集成 119）（許）

徐王子旃鐘（集成 182）（徐）

侯古堆鎛己（新收 280）

姑馮昏同之子句鑃（集成 424）（越）

【春秋早期】

叔家父簠（集成 4615）

秦公鐘甲（集成 262）（秦）

秦公鐘丙（集成 264）（秦）

秦公鎛甲（集成 267）（秦）

秦公鎛乙（集成 268）（秦）

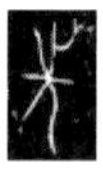
秦公鎛丙（集成 269）（秦）

【春秋晚期】

遷邟鐘三（新收 1253）（舒）

郘黛鐘一（集成 225）（晉）

郘黛鐘二（集成 226）（晉）

郘黛鐘五（集成 229）（晉）

郘黛鐘六（集成 230）（晉）

郘黛鐘七（集成 231）（晉）

郘黛鐘八（集成 232）（晉）

郘黛鐘九（集成 233）（晉）

郘黛鐘十一（集成 235）（晉）

遷邟鎛丙（通鑑 15794）

遷邟鎛丁（通鑑 15795）

配兒鉤鑃乙（集成 427）（吳）

侁

【春秋晚期】

余贎逐兒鐘甲（集成 183）（徐）

余贎逐兒鐘乙（集成 184）（徐）

兟

【春秋晚期】

比城戟（新收 971）（晉）

親

【春秋晚期】

晉公盆（集成 10342）（晉）

顯

【春秋早期】

戎生鐘丙（新收 1615）（晉）

鼓

【春秋晚期】

旨賞鐘（集成 19）（吳）

歌

訶

【春秋晚期】

鄬鎛丙（新收 491）（楚）

鄬鎛丁（新收 492）（楚）

鄬鎛己（新收 494）（楚）

訶

 歌 欲

黝鎛辛（新收496）（楚）

黝鐘甲（新收482）（楚）

黝鐘丁（新收483）（楚）

黝鐘庚（新收487）（楚）

《說文》:「謌，歌或从言。」

【春秋中期】

鄬子受鐘乙（新收505）（楚）

鄬子受鐘戊（新收508）（楚）

鄬子受鐘辛（新收511）（楚）

鄬子受鎛乙（新收514）（楚）

鄬子受鎛戊（新收517）（楚）

鄬子受鎛己（新收518）（楚）

鄬子受鎛辛（新收520）（楚）

【春秋晚期】

余購逐兒鐘甲（集成183）（徐）

【春秋中期】

何次簠（新收402）

何次簠蓋（新收403）

何次簠器（新收403）

何次簠蓋（新收404）

何次簠器（新收404）

王子嬰次爐（集成10386）（楚）

【春秋前期】

郤諧尹征城（集成425）（徐）

【春秋晚期】

其次句鑃（集成421）（越）

其次句鑃（集成422）（越）

王子嬰次鐘（集成52）（楚）

足利次留元子鐘（通鑑15361）（徐）

次尸祭缶（新收1249）（徐）

【春秋晚期】

競孫不欲壺（通鑑12344）（楚）

【春秋早期】

叔朕簠（集成4620）（戴）

叔朕簠（集成4621）（戴）

叔朕簠（集成4622）（戴）

【春秋早期】

曾伯文鐳（集成9961）（曾）

【春秋中期】

魯大司徒元盂（集成10316）（魯）

盜

⿱竹盜

【春秋晚期】

 余贎逐兒鐘甲（集成183）（徐）

 余贎逐兒鐘乙（集成184）（徐）

 沇兒鎛（集成203）（徐）

【春秋早期】

 秦公鐘甲（集成262）（秦）

 秦公鐘丁（集成265）（秦）

 秦公鎛甲（集成267）（秦）

 秦公鎛乙（集成268）（秦）

 秦公鎛丙（集成269）（秦）

【春秋晚期】

 石鼓（獵碣·汧沔）（通鑑19817）（秦）

頭

【春秋晚期】

蔡侯[illegible]殘鼎蓋（集成 2222）（蔡）

蔡侯[illegible]殘鼎蓋（集成 2223）（蔡）

頌

【春秋晚期】

蔡侯[illegible]尊（集成 6010）（蔡）

蔡侯[illegible]盤（集成 10171）（蔡）

杕氏壺（集成 9715）（燕）

頃

【春秋晚期】

簷叔之仲子平鐘乙（集成 173）（莒）

簷叔之仲子平鐘己（集成 177）（莒）

簷叔之仲子平鐘丁（集成 175）（莒）

題

【春秋晚期】

遷邟鐘三（新收 1253）（舒）

遷邟鐘六（新收 1256）（舒）

遷邟鎛甲（通鑑 15792）（舒）

遷邟鎛丙（通鑑 15794）（舒）

遷邟鎛丁（通鑑 15795）（舒）

頸

頸

【春秋早期】

伯亞臣鐳（集成 9974）（黃）

伯遊父壺（通鑑 12305）

伯遊父壺（通鑑 12304）

【春秋中期】

伯遊父鐳（通鑑 14009）

伯遊父盤（通鑑 14501）

項

【春秋晚期】

鄭太子之孫與兵壺蓋（新收 1980）

鄭太子之孫與兵壺器（新收 1980）

碩

【春秋早期】

國子碩父鬲（新收 48）

國子碩父鬲（新收 49）

虢碩父簠蓋（新收 52）

虢碩父簠器（新收 52）

大師盤（新收 1464）

【春秋中期】

子犯鐘甲 F（新收 1013）（晉）

子犯鐘乙 F（新收 1017）（晉）

【春秋晚期】

石鼓（獵碣・鑾車）（通鑑 19819）（秦）

頒

【春秋晚期】

蔡公子頒戈（通鑑16877）

⿰氵頁 ⿱⿰氵頁皿

【春秋早期】

魯伯愈父盤（集成10114）

魯伯愈父匜（集成10244）

【春秋晚期】

齊太宰歸父盤（集成10151）（齊）

蔡叔季之孫君匜（集成10284）（蔡）

⿱⿰𦥑頁皿

【春秋早期】

大師盤（新收1464）

【春秋中期】

伯遊父盤（通鑑14501）

頜 領

【春秋晚期】

楚王領鐘（集成53）（楚）

頡

【春秋晚期】

郘黛鐘二（集成226）（晉）

郘黛鐘三（集成227）（晉）

郘黛鐘四（集成228）（晉）

郘黛鐘六（集成230）（晉）

郘黛鐘七（集成231）（晉）

郘黛鐘八（集成232）（晉）

郘黛鐘九（集成233）（晉）

⿰⿱宀氵頁

【春秋晚期】

晉公盆（集成10342）（晉）

頪

【春秋晚期】

叔尸鐘六（集成277）（齊）

顯

【春秋早期】

秦公簋蓋（集成4315）（秦）

⿰句頁

【春秋晚期】

次尸祭缶（新收1249）（徐）

顆

【春秋中期】

塞公屈顆戈（通鑑16920）（楚）

首

【春秋中期】

公典盤（新收1043）

【春秋晚期】

鄭太子之孫與兵壺蓋（新收1980）

縣

檜

【春秋晚期】

邵黛鐘一（集成225）（晉）

邵黛鐘四（集成228）（晉）

邵黛鐘六（集成230）（晉）

邵黛鐘七（集成231）（晉）

邵黛鐘十（集成234）（晉）

邵黛鐘十一（集成235）（晉）

邵黛鐘十三（集成237）（晉）

須

【春秋早期】

衛伯須鼎（新收1198）

彫

【春秋中期】

者減鐘三（集成195）（吳）

文

【春秋早期】

秦公簋器（集成4315）（秦）

曾伯霥簠蓋（集成4632）（曾）

衛夫人鬲（新收1700）（衛）

曾伯霥簠（集成4631）（曾）

曾伯文鐳（集成9961）（曾）

秦公鐘甲（集成262）（秦）

秦公鐘丙（集成264）（秦）

秦公鎛甲（集成267）（秦）

秦公鎛乙（集成268）（秦）

秦公鎛丙（集成269）（秦）

【春秋晚期】

王子午鼎（集成2811）（楚）

王子午鼎（新收449）（楚）

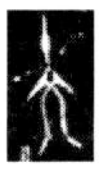
王子午鼎（新收445）（楚）

王子午鼎（新收444）（楚）

王子午鼎（新收447）（楚）

王孫遺者鐘（集成261）（楚）

申文王之孫州𦎫簠（通鑑5960）

蔡侯䵼尊（集成6010）（蔡）

鄭太子之孫與兵壺蓋（新收1980）

徐王義楚觶（集成6513）（徐）

文母盉（新收1624）

文公之母弟鐘（新收1479）

齊鞷氏鐘（集成142）（齊）

【春秋時期】

眉壽無疆匜（集成10264）

學

【春秋時期】

師麻孝叔鼎（集成2552）

彰

【春秋晚期】

郙子彰缶（集成9995）

后

【春秋晚期】

吳王光鑑甲（集成10298）（吳）

司

【春秋早期】

司馬朢戈（集成11131）

【春秋晚期】

滕司徒戈（集成11205）

以

【春秋晚期】

何台君党鼎（集成2477）

哀成叔鼎（集成2782）（鄭）

台方豆（集成4662）（宋）

齊鞏氏鐘（集成142）（齊）

𥲗叔之仲子平鐘甲（集成172）（莒）

𥲗叔之仲子平鐘丁（集成175）（莒）

𥲗叔之仲子平鐘己（集成177）（莒）

𥲗叔之仲子平鐘壬（集成180）（莒）

王孫遺者鐘（集成261）（楚）

【春秋時期】

虘台丘堂匜（集成10194）

鍴

【春秋晚期】

徐王義楚觶（集成6513）（徐）

秦景公石磬（通鑑19801）（秦）

令

【春秋早期】

戎生鐘丙（新收1615）（晉）

秦公鐘乙（集成263）（秦）

秦公鎛甲（集成267）（秦）

秦公鎛丙（集成269）（秦）

【春秋中期】

子犯鐘甲B（新收1009）（晉）

子犯鐘乙B（新收1021）（晉）

【春秋晚期】

蔡侯𤼈歌鐘甲（集成210）（蔡）

蔡侯𤼈歌鐘乙（集成211）（蔡）

蔡侯𤼈歌鐘丙（集成217）（蔡）

蔡侯𤼈歌鐘辛（集成216）（蔡）

蔡侯𤼈鎛丙（集成221）（蔡）

蔡侯𤼈鎛丁（集成222）（蔡）

【春秋晚期】

配兒鉤鑃乙（集成427）（吳）

【春秋早期】

秦公簋器（集成4315）（秦）

戎生鐘乙（新收1614）（晉）

戎生鐘戊（新收1617）（晉）

秦公鐘甲（集成262）（秦）

秦公鐘甲（集成262）（秦）

秦公鐘丙（集成264）（秦）

秦公鐘丙（集成264）（秦）

秦公鎛甲（集成267）（秦）

秦公鎛甲（集成267）（秦）

秦公鎛乙（集成268）（秦）

秦公鎛乙（集成268）（秦）

秦公鎛丙（集成269）（秦）

【春秋中期】

郘器蓋（通鑑19289）

【春秋晚期】

卲王之諻鼎（集成2288）（楚）

卲王之諻簋（集成3634）

【春秋時期】

卲方豆（集成4661）（楚）

䀇余敦（新收1627）

卲方豆（集成4660）

【春秋中期】

吳鎛（集成271）（齊）

【春秋時期】

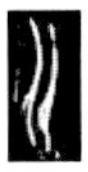
巴金劍（集成11580）

【春秋早期】

曾伯霥簠蓋（集成4632）（曾）

曾伯霥簠（集成4631）（曾）

梁伯戈（集成11346）

【春秋晚期】

黝鎛甲（新收489）（楚）

黝鎛乙（新收490）（楚）

黝鎛丙（新收491）（楚）

黝鎛己（新收494）（楚）

黝鎛辛（新收496）（楚）

黝鐘己（新收484）（楚）

黝鐘甲（新收482）（楚）

  辟      

參見饗字

【春秋早期】

秦子戈（集成 11352）（秦）
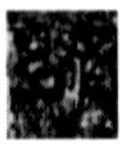
秦子戈（新收 1350）（秦）
【春秋晚期】

洹子孟姜壺（集成 9729）（齊）

吳王光鐘殘片之二十七（集成 224.15）（吳）

玄鏐赤鏞戈（新收 1289）（吳）

【春秋晚期】

吳王光鐘殘片十二（集成 224.13-36）（吳）

【春秋早期】

秦公鐘乙（集成 263）（秦）

秦公鎛甲（集成 267）（秦）

秦公鎛乙（集成 268）（秦）

【春秋晚期】

王孫遺者鐘（集成 261）（楚）

《說文》：「，古文。」

【春秋晚期】

陳冢戈（集成 10964）（齊）

【春秋早期】

[illegible]子𩫖盞蓋（新收 1235）

[illegible]子𩫖盞蓋（新收 1235）
【春秋晚期】

義子曰鼎（通鑑 2179）

楚子超鼎（集成 2231）（楚）

乙鼎（集成 2607）

寬兒鼎（集成 2722）（蘇）

【春秋時期】

仲義君鼎（集成 2279）

【春秋早期】

楚季苟盤（集成 10125）（楚）
《說文》：「𦍩，古文。羊不省。」

敬

鬼

畏

[illegible]

【春秋早期】	秦公鐘甲（集成 262）（秦）	秦公鐘丁（集成 265）（秦）	秦公鎛甲（集成 267）（秦）
秦公鎛乙（集成 268）（秦）	秦公鎛丙（集成 269）（秦）	秦公簋器（集成 4315）（秦）	【春秋晚期】
王孫誥鐘一（新收 418）（楚）	王孫誥鐘二（新收 419）（楚）	王孫誥鐘三（新收 420）（楚）	王孫誥鐘四（新收 421）（楚）
王孫誥鐘五（新收 422）（楚）	王孫誥鐘十二（新收 429）（楚）	王孫誥鐘十五（新收 434）（楚）	王孫誥鐘十七（新收 435）（楚）
王子午鼎（集成 2811）（楚）	王子午鼎（新收 449）（楚）	王子午鼎（新收 446）（楚）	王子午鼎（新收 444）（楚）
王子午鼎（新收 447）（楚）	蔡侯[illegible]盤（集成 10171）（蔡）	蔡侯[illegible]盤（集成 10171）（蔡）	邾公[illegible]鐘（集成 102）（邾）
吳王光鑑甲（集成 10298）（吳）	吳王光鐘殘片之七（集成 224.23）（吳）	鄭太子之孫與兵壺蓋（新收 1980）	余贎逐兒鐘丙（集成 185）（徐）
敬事天王鐘丙（集成 75）（楚）	敬事天王鐘戊（集成 77）（楚）	敬事天王鐘辛（集成 80）（楚）	石鼓（獵碣·吳人）（通鑑 19825）（秦）
【春秋中期】	𦅫鎛（集成 271）（齊）		
【春秋早期】	梁伯戈（集成 11346）	【春秋晚期】	沇兒鎛（集成 203）（徐）
王子午鼎（新收 444）（楚）	王子午鼎（集成 2811）（楚）	王子午鼎（集成 2811）（楚）	王子午鼎（新收 447）（楚）
王子午鼎（新收 446）（楚）	王子午鼎（新收 445）（楚）	王子午鼎（新收 445）（楚）	王子午鼎（新收 446）（楚）

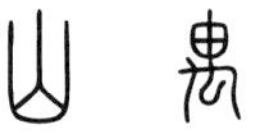

王孫遺者鐘（集成 261）（楚）
王孫誥鐘一（新收 418）（楚） 
王孫誥鐘一（新收 418）（楚） 
王孫誥鐘二（新收 419）（楚） 

王孫誥鐘二（新收 419）（楚）
王孫誥鐘三（新收 420）（楚） 
王孫誥鐘三（新收 420）（楚） 
王孫誥鐘四（新收 421）（楚） 

王孫誥鐘五（新收 422）（楚）
王孫誥鐘五（新收 422）（楚） 
王孫誥鐘六（新收 423）（楚） 
王孫誥鐘六（新收 423）（楚） 

王孫誥鐘八（新收 425）（楚）
王孫誥鐘八（新收 425）（楚） 
王孫誥鐘九（新收 426）（楚） 
王孫誥鐘十（新收 427）（楚） 

王孫誥鐘十（新收 427）（楚）
王孫誥鐘十一（新收 428）（楚） 
王孫誥鐘十一（新收 428）（楚） 
王孫誥鐘十二（新收 429）（楚） 

王孫誥鐘十二（新收 429）（楚）
王孫誥鐘十三（新收 430）（楚） 
王孫誥鐘十三（新收 430）（楚） 
王孫誥鐘十五（新收 434）（楚） 

王孫誥鐘十五（新收 434）（楚）
王孫誥鐘十七（新收 435）（楚） 
王孫誥鐘二十一（新收 439）（楚） 
王孫誥鐘二十四（新收 440）（楚） 

王孫誥鐘二十四（新收 440）（楚）

媿

【春秋晚期】

王孫誥鐘二十（新收 433）（楚）

鬼

【春秋晚期】

趙孟庎壺（集成 9678）（晉）
趙孟庎壺（集成 9679）（晉） 

山

【春秋早期】

鼻山奢淲簠蓋（集成 4539） 
鼻山奢淲簠器（集成 4539） 
鼻山旅虎簠（集成 4540）

鼂山旅虎簠蓋（集成 4541） 
鼂山旅虎簠器（集成 4541）
召叔山父簠（集成 4601）（鄭） 
召叔山父簠（集成 4602）（鄭）

庫 廚 庖 府 ⿰山朱 密 岡

脰 ⿸广臣 庡 ⿱宀衣

仲山父戈（新收 1558）

【春秋晚期】

陳子山戈（集成 11084）（齊）

【春秋晚期】

郘黛鐘二（集成 226）（晉）

郘黛鐘四（集成 228）（晉）

郘黛鐘六（集成 230）（晉）

郘黛鐘七（集成 231）（晉）

郘黛鐘十一（集成 235）（晉）

郘黛鐘九（集成 233）（晉）

郘黛鐘十（集成 234）（晉）

【春秋早期】

高密戈（集成 10972）（齊）

高密戈（集成 11023）（齊）

【春秋晚期】

慶孫之子⿰山朱簠蓋（集成 4502）

慶孫之子⿰山朱簠器（集成 4502）

【春秋晚或戰國早期】

篣府宅戈（通鑑 17300）

【春秋早期】

費奴父鼎（集成 2589）（費）

【春秋中期】

上鄀府簠蓋（集成 4613）（鄀）

上鄀府簠器（集成 4613）（鄀）

【春秋晚期】

宋左太師睪鼎（通鑑 2364）

【春秋晚期】

吳王孫無土鼎蓋（集成 2359）（吳）

吳王孫無土鼎器（集成 2359）（吳）

曾孫定鼎器（新收 1213）（曾）

曾大師奠鼎（新收 501）（曾）

曾孫定鼎蓋（新收 1213）（曾）

【春秋早期】

欒左庫戈（集成 10959）

【春秋晚期】

鄺左庫戈（集成 11022）

廏 庨 廣 庆 庎 ⿸广奔

廄 ⿰阝孚

豫州戈（集成11074）

上洛左庫戈（新收1183）

【春秋時期】

平陽左庫戈（集成11017）（齊）

豫少鉤庫戈（集成11068）

十八年鄉左庫戈（集成11264）（晉）

【春秋晚期】

卲王之諻簋（集成3634）

卲王之諻簋（集成3635）

【春秋早期】

王鬲（集成611）

【春秋早期】

戎生鐘甲（新收1613）（晉）

【春秋晚期】

晉公盆（集成10342）（晉）

【春秋早期】

魯大司徒子仲白匜（集成10277）（魯）

楚大師登鐘甲（通鑑15505）（楚）

楚大師登鐘乙（通鑑15506）（楚）

楚大師登鐘丁（通鑑15508）（楚）

【春秋晚期】

徐王子旃鐘（集成182）（徐）

蔡侯𤕌歌鐘乙（集成211）（蔡）

蔡侯𤕌歌鐘丙（集成217）（蔡）

蔡侯𤕌歌鐘丁（集成218）（蔡）

黿公華鐘（集成245）（邾）

沇兒鎛（集成203）（徐）

蔡侯𤕌鎛丁（集成222）（蔡）

石鼓（獵碣·汧沔）（通鑑19817）（秦）

石鼓（獵碣·田車）（通鑑19818）（秦）

石鼓（獵碣·田車）（通鑑19818）（秦）

石鼓（獵碣·鑾車）（通鑑19819）（秦）

石鼓（獵碣·而師）（通鑑19822）（秦）

【春秋晚期】

趙孟庎壺（集成9678）（晉）

趙孟庎壺（集成9679）（晉）

【春秋早期】

陳子匜（集成10279）（陳）

廓　庢　廏　厲　石　磺　磬　[illegible]

厲　卝　[illegible]　殸

【春秋早期】

伯歸臺鼎（集成 2644）（曾）

伯歸臺鼎（集成 2645）（曾）

【春秋晚期】

亳庢戈（集成 11085）

郳左庢戈（集成 10969）（郳）

曹右庢戈（集成 11070）（曹）

【春秋晚期】

吳王光鐘殘片之二十二（集成 224.2）（吳）

【春秋中後期】

東姬匜（新收 398）（楚）

【春秋早期】

魯大司徒子仲白匜（集成 10277）（魯）

【春秋早期】

鄭子石鼎（集成 2421）（鄭）

【春秋晚期】

楚旅鼎（新收 1197）（楚）

【春秋時期】

鐘伯侵鼎（集成 2668）

【春秋晚期】

次尸祭缶（新收 1249）（徐）

【春秋晚期】

𪑍鐘甲（新收 482）（楚）

𪑍鐘庚（新收 487）（楚）

𪑍鎛甲（新收 489）（楚）

𪑍鎛乙（新收 490）（楚）

𪑍鎛丙（新收 491）（楚）

𪑍鎛己（新收 494）（楚）

𪑍鎛辛（新收 496）（楚）

【春秋晚期】

秦景公石磬（通鑑 19801）（秦）

【春秋晚期】

攻吳大叔盤（新收 1264）（吳）

工盧大叔戈（通鑑 17258）

礘

镸

【春秋晚期】

𪒠鎛甲（新收489）（楚）

𪒠鎛乙（新收490）（楚）

𪒠鎛丙（新收491）（楚）

𪒠鎛丁（新收492）（楚）

𪒠鎛己（新收494）（楚）

𪒠鎛辛（新收496）（楚）

𪒠鐘甲（新收482）（楚）

𪒠鐘庚（新收487）（楚）

【春秋早期】

郘湯伯茬匜（集成10188）

【春秋晚期】

𪒠鐘甲（新收482）（楚）

𪒠鐘丁（新收483）（楚）

𪒠鐘庚（新收487）（楚）

𪒠鎛甲（新收489）（楚）

𪒠鎛乙（新收490）（楚）

𪒠鎛己（新收494）（楚）

𪒠鎛辛（新收496）（楚）

郘夫人嫘鼎（通鑑2386）

【春秋中期】

長子䵼臣簠蓋（集成4625）（晉）

長子䵼臣簠器（集成4625）（晉）

【春秋中期】

𬸚鎛（集成271）（齊）

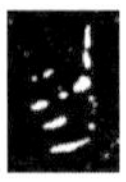
公英盤（新收1043）

【春秋晚期】

哀成叔鼎（集成2782）（鄭）

輿子鼎（通鑑2382）（齊）

郘夫人嫘鼎（通鑑2386）

吳王光鑑甲（集成10298）（吳）

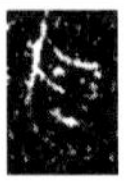
吳王光鐘殘片之四十（集成224.8）（吳）

吳王光鐘殘片之四十三（集成224.19-39）（吳）

足利次留元子鐘（通鑑15361）（徐）

石鼓（獵碣·吳人）（通鑑19825）（秦）

石鼓（獵碣·吳人）（通鑑19825）（秦）

【春秋晚期】

嘉子伯昜臚簠蓋（集成4605）

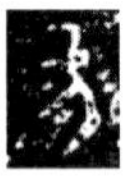
□昜戈（集成10903）

宋公差戈（集成11289）（宋）

沇兒鎛（集成 203）（徐）

【春秋時期】

宋右師延敦蓋（新收 1713）（宋）

【春秋晚期】

⿱罒章子鼎（通鑑 2382）（齊）

吳王光鐘殘片之十九（集成 224.5）（吳）

吳王光鐘殘片之四十（集成 224.8）（吳）

石鼓（獵碣・田車）（通鑑 19818）（秦）

石鼓（獵碣・而師）（通鑑 19822）（秦）

石鼓（獵碣・吳人）（通鑑 19825）（秦）

【春秋晚期】

石鼓（獵碣・田車）（通鑑 19818）（秦）

【春秋晚期】

欒子嚷豧簠（集成 4618）（宋）

【春秋晚期】

石鼓（通鑑 19816）（秦）

【春秋早期】

晉姜鼎（集成 2826）（晉）

【春秋晚期】

洹子孟姜壺（集成 9729）（齊）

洹子孟姜壺（集成 9730）（齊）

【春秋時期】

蘇貉豆（集成 4659）

【春秋早期】

邿譴簋甲蓋（集成 4040）（邿）

邿譴簋甲器（集成 4040）（邿）

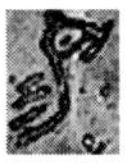
邿譴簋乙（通鑑 5277）

伯其父慶簠（集成 4581）

鄀公諴簠（集成 4600）

陽飤生匜（集成 10227）

【春秋中期】

𪒠鎛（集成 271）（齊）

子犯鐘甲 D（新收 1011）（晉）

子犯鐘乙 D（新收 1023）（晉）

【春秋晚期】

鎷

 復公仲壺（集成 9681）	 蔡侯䌛鎛丙（集成 221）（蔡）		
【春秋晚期】	 豫州戈（集成 11074）	【春秋時期】	 豫少鉤庫戈（集成 11068）
【春秋晚期】	 蔡侯䌛歌鐘甲（集成 210）（蔡）	 蔡侯䌛歌鐘甲（集成 210）（蔡）	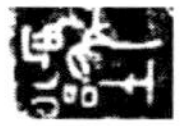 蔡侯䌛歌鐘乙（集成 211）（蔡）
 蔡侯䌛歌鐘丙（集成 217）（蔡）	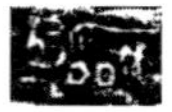 蔡侯䌛歌鐘丁（集成 218）（蔡）	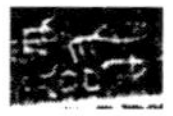 蔡侯䌛歌鐘辛（集成 216）（蔡）	 蔡侯䌛鎛乙（集成 220）（蔡）
 蔡侯䌛鎛丁（集成 222）（蔡）			

馬

【春秋早期】

吳買鼎（集成 2452）

大司馬孛朮簠蓋（集成 4505）

大司馬孛朮簠器（集成 4505）

走馬薛仲赤簠（集成 4556）（薛）

右走馬嘉壺（集成 9588）

伯亞臣鐳（集成 9974）（黃）

司馬望戈（集成 11131）

【春秋中期】

伯遊父壺（通鑑 12304）

伯遊父壺（通鑑 12305）

伯遊父鐳（通鑑 14009）

伯遊父盤（通鑑 14501）

【春秋晚期】

庚壺（集成 9733）（齊）

蔡大司馬燮盤（通鑑 14498）

平陽高馬里戈（集成 11156）（齊）

郲大司馬戈（集成 11206）（郲）

石鼓（通鑑 19816）（秦）

石鼓（通鑑 19816）（秦）

石鼓（獵碣・鑾車）（通鑑 19819）（秦）

石鼓（獵碣・鑾車）（通鑑 19819）（秦）

石鼓（獵碣・吾水）（通鑑 19324）（秦）

石鼓（獵碣・馬薦）（通鑑 19823）（秦）

【春秋晚期】

石鼓（獵碣・鑾車）（通鑑 19819）（秦）

駘

【春秋晚期】

石鼓（獵碣・吾水）（通鑑 19824）（秦）

【春秋晚期】

石鼓（獵碣・田車）（通鑑 19818）（秦）

石鼓（獵碣・吾水）（通鑑 19824）（秦）

【春秋早期】

魯宰駟父鬲（集成 707）（魯）

伯駟父盤（集成 10103）

【春秋晚期】

庚壺（集成 9733）（齊）

 䮄 騝 䮺 䮡 

[illegible] 盧 薦

【春秋晚期】

晉公盆（集成 10342）（晉）

姑馮昏同之子句鑃（集成 424）（越）

【春秋晚期】

石鼓（獵碣·鑾車）（通鑑 19819）（秦）

石鼓（獵碣·霝雨）（通鑑 19820）（秦）

【春秋晚期】

石鼓（獵碣·田車）（通鑑 19818）（秦）

【春秋晚期】

石鼓（獵碣·馬薦）（通鑑 19823）（秦）

【春秋晚期】

石鼓（通鑑 19816）（秦）

【春秋早期】

鄁公湯鼎（集成 2714）（鄁）

鄭師邍父鬲（集成 731）（鄭）

【春秋晚期】

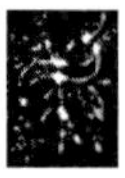
吳王光鑑乙（集成 10299）（吳）

【春秋早期】

叔朕簠（集成 4620）（戴）

叔朕簠（集成 4621）（戴）

華母壺（集成 9638）

【春秋晚期】

石鼓（獵碣·馬薦）（通鑑 19823）（秦）

薦鬲（新收 458）（楚）

吳王光鑑甲（集成 10298）（吳）

【春秋晚期】

卲王之諻簋（集成 3634）

卲王之諻簋（集成 3635）

【春秋早期】

戎生鐘丙（新收 1615）（晉）

【春秋晚期】

司馬楙鎛乙（通鑑 15767）

【春秋晚期】

石鼓（通鑑19816）（秦）

石鼓（獵碣·田車）（通鑑19818）（秦）

石鼓（獵碣·鑾車）（通鑑19819）（秦）

石鼓（獵碣·吳人）（通鑑19825）（秦）

⿱鹿夊

【春秋早期】

伯其父⿱鹿夊簠（集成4581）

【春秋晚期】

石鼓（獵碣·田車）（通鑑19818）（秦）

【春秋早期】

取膚上子商匜（集成10253）（魯）

【春秋中期】

季子康鎛丁（通鑑15788）

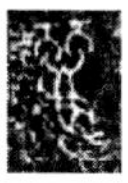
季子康鎛戊（通鑑15789）

童麗公柏戟（通鑑17314）

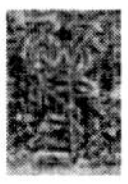
童麗君柏鐘（通鑑15186）

童麗君柏鐘（通鑑15186）

【春秋時期】

童麗君柏簠（通鑑5966）

取膚上子商盤（集成10126）（魯）

【春秋晚期】

石鼓（通鑑19816）（秦）

石鼓（通鑑19816）（秦）

石鼓（獵碣·田車）（通鑑19818）（秦）

⿱麗曾

【春秋早期】

曾太保⿱麗曾叔亟盆（集成10336）（曾）

⿱⺈⿱日夊

【春秋晚期】

石鼓（獵碣·汧沔）（通鑑19817）（秦）

⿱⺈⿱日⿱一氺

【春秋早期】

⿱⺈⿱日⿱一氺山奢淲簠蓋（集成4539）

⿱⺈⿱日⿱一氺山奢淲簠蓋器（集成4539）

⿱⺈⿱日⿱一氺山旅虎簠（集成4540）

⿱⺈⿱日山山旅虎簠蓋（集成4541）

⿱⺈⿱日山山旅虎簠器（集成4541）

逸

【春秋早期】

秦子戈（集成 11353）（秦）

秦子矛（集成 11547）（秦）

秦子戈（集成 11352）（秦）

[illegible]

【春秋早期】

秦政伯喪戈（通鑑 17117）（秦）

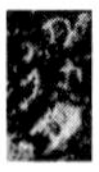
秦政伯喪戈（通鑑 17117）（秦）

秦子戈（新收 1350）（秦）

犮

【春秋晚期】

配兒鉤鑃乙（集成 427）（吳）

狃

【春秋晚期】

復公仲簋蓋（集成 4128）

獵

【春秋晚期】

杕氏壺（集成 9715）（燕）

附：

獻

【春秋早期】

魯仲齊甗（集成 939）（魯）

【春秋晚期】

陳樂君[illegible]甗（新收 1073）（陳）

獻

【春秋早期】

叔原父甗（集成 947）（陳）

曾子仲謱甗（集成 943）（曾）

尌仲甗（集成 933）

伯高父甗（集成 938）

【春秋晚期】

庚壺（集成 9733）（齊）

唳

【春秋晚期】

申五氏孫矩甗（新收 970）（申）

狄

【春秋早期】

曾伯霥簠蓋（集成 4632）（曾）

曾伯霥簠（集成 4631）（曾）

【春秋時期】

曹伯狄簋殘蓋（集成 4019）（曹）

猶

猷

【春秋早期】

戎生鐘甲（新收 1613）（晉）

【春秋晚期】

石鼓（獵碣·作原）（通鑑 19821）（秦）

獻

【春秋晚期】

王孫遺者鐘（集成 261）（楚）

【春秋早期】

鑄子𤢊匜（集成 10210）（鑄）

【春秋晚期】

哀成叔鼎（集成 2782）（鄭）

 難

【春秋中期】

者𣽃鐘五（集成 197）（吳）

者𣽃鐘十（集成 202）（吳）

【春秋中期】

者𣽃鐘三（集成 195）（吳）

者𣽃鐘四（集成 196）（吳）

【春秋晚期】

王孫誥鐘一（新收 418）（楚）

王孫誥鐘三（新收 420）（楚）

王孫誥鐘四（集成 421）（楚）

王孫誥鐘五（新收 422）（楚）

王孫誥鐘六（新收 423）（楚）

王孫誥鐘八（新收 425）（楚）

王孫誥鐘九（新收 426）（楚）

王孫誥鐘十（新收 427）（楚）

王孫誥鐘十三（新收 430）（楚）

王孫誥鐘十五（新收 434）（楚）

王孫誥鐘十七（新收 435）（楚）

王孫誥鐘二十（新收 433）（楚）

王孫誥鐘二十四（新收 440）（楚）

【春秋時期】

王羨之戈（集成 11015）

 [illegible]

【春秋晚期】

石鼓（通鑑 19816）（秦）

 焚

【春秋晚期】

吳王光鐘殘片之八（集成 224.44）（吳）

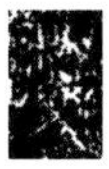
吳王光鐘殘片之三十六（集成 224.6）（吳）

吳王光鐘殘片之三十七（集成 224.4-43）（吳）

【春秋晚期】

晉公盆（集成 10342）（晉）

煙（𡨦、𡩜）

【春秋晚期】

宋君夫人鼎（通鑑 2343）

《說文》：「𡨦，古文。」

【春秋晚期】

哀成叔鼎（集成 2782）（鄭）

《說文》：「𡩜，籀文。」

煌（⿱光皇、皝）

【春秋晚期】

⿰黑敢鎛甲（新收 489）（楚）

⿰黑敢鎛乙（新收 490）（楚）

【春秋晚期】

秦景公石磬（通鑑 19778）（秦）

秦景公石磬（通鑑 19801）（秦）

【春秋晚期】

王孫遺者鐘（集成 261）（楚）

光

【春秋早期】

戎生鐘丙（新收 1615）（晉）

【春秋中期】

卑梁君光鼎（集成 2283）

【春秋晚期】

吳王光鑑乙（集成 10299）（吳）

吳王光鐘（集成 223）（蔡）

吳王光鑑甲（集成 10298）（吳）

攻敔王光戈（集成 11151）（吳）

大王光⿺辶亘戈（集成 11255）（吳）

大王光⿺辶亘戈（集成 11257）（吳）

攻敔王光劍（集成 11654）（吳）

攻敔王光劍（集成 11666）（吳）

攻吾王光韓劍（新收 1807）（吳）

吳王光劍（通鑑 18070）

攻吾王光劍（新收 1478）（吳）

⿱耳火

【春秋晚期】

徐王元子柒爐（集成 10390）（徐）

焆

【春秋早期】

焆臣戈（集成 11334）

炒

【春秋中期】

王子嬰次爐（集成 10386）（楚）

滕

【春秋早期】

郳伯御戎鼎（集成 2525）（郳）

蔡侯鼎（通鑑 2372）

【春秋晚期】

滕侯吴敦（集成 4635）（滕）

滕侯吴戈（集成 11018）（滕）

滕侯耆戈（集成 11077）（滕）

滕侯耆戈（集成 11078）（滕）

滕侯吴戈（集成 11079）（滕）

滕侯吴戈（集成 11123）（滕）

滕司徒戈（集成 11205）（滕）

【春秋中晚期】

滕太宰得匜（新收 1733）（滕）

【春秋時期】

滕之不㤉劍（集成 11608）（滕）

燮

【春秋早期】

曾伯霥簠蓋（集成 4632）（曾）

曾伯霥簠（集成 4631）（曾）

【春秋中期】

子犯鐘甲 C（新收 1010）（晉）

子犯鐘乙 C（新收 1022）（晉）

【春秋晚期】

晉公盆（集成 10342）（晉）

蔡大司馬燮盤（通鑑 14498）

黑

【春秋早期】

叔黑臣匜（集成 10217）

鑄子叔黑臣鼎（集成 2587）（鑄）

鑄子叔黑臣鬲（集成 735）（鑄）

鑄子叔黑臣盨（集成 4423）（鑄）

鑄子叔黑臣盨（通鑑 5666）

鑄子叔黑臣簠蓋（集成 4570）（鑄）

鑄子叔黑臣簠器（集成 4570）（鑄）

鑄子叔黑臣簠器（集成 4571）（鑄）

黬

黬

【春秋晚期】

黬鎛庚（新收 495）（楚）

黬鎛辛（新收 496）（楚）

【春秋晚期】

黬鎛甲（新收 489）（楚）

黬鎛乙（新收 490）（楚）

黬鎛丙（新收 491）（楚）

黝鎛丙（新收491）（楚）

黝鎛戊（新收493）（楚）

黝鎛戊（新收493）（楚）

黝鎛己（新收494）（楚）

黝鐘甲（新收482）（楚）

黝鐘丙（新收486）（楚）

黝鐘己（新收484）（楚）

黝鐘辛（新收488）（楚）

【春秋晚期】

蔡侯𤕌盤（集成10171）（蔡）

蔡侯𤕌尊（集成6010）（蔡）

蔡侯𤕌歌鐘甲（集成210）（蔡）

蔡侯𤕌歌鐘乙（集成211）（蔡）

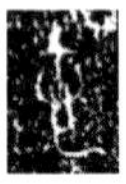
蔡侯𤕌歌鐘丙（集成217）（蔡）

蔡侯𤕌歌鐘丁（集成218）（蔡）

蔡侯𤕌鎛丁（集成222）（蔡）

【春秋早期】

⿴囗昆君婦媿霝盉（集成9434）

【春秋早期】

走馬薛仲赤簠（集成4556）（薛）

【春秋晚期】

楚屈子赤目簠蓋（集成4612）（楚）

楚屈子赤目簠器（新收1230）（楚）

鼄公華鐘（集成245）（邾）

玄鏐赤鏞戈（新收1289）（吳）

【春秋早期】

芮太子鼎（集成2448）

芮太子鼎（集成2449）

芮太子白鼎（集成2496）

伯辰鼎（集成2652）（徐）

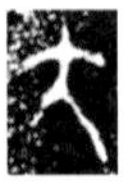
芮太子白鬲（通鑑3005）

芮太子白鬲（通鑑3007）

芮太子鬲（通鑑2991）

芮太子白簠（集成4538）

芮太子白壺（集成9644）

芮太子白壺蓋（集成9645）

芮太子白壺器（集成9645）

芮太子白簠（集成4537）

曾大師賓樂與鼎（通鑑2279）

上曾太子般殷鼎（集成2750）（曾）

曾太保慶盆（通鑑6256）

曾太保⿱麗言叔亟盆（集成10336）（曾）

曾伯陭壺蓋（集成9712）（曾）

魯伯大父簋（集成3974）（魯）

魯太宰原父簋（集成3987）（魯）

魯伯大父簋（集成3988）（魯）	魯伯大父簋（集成3989）（魯）	魯大司徒子仲白匜（集成10277）（魯）	邾太宰欉子𣄰簠（集成4623）（邾）
蔡大善夫⿺走巤簠蓋（新收1236）（蔡）	蔡大善夫⿺走巤簠器（新收1236）（蔡）	大司馬孛朮簠蓋（集成4505）	大司馬孛朮簠器（集成4505）
召叔山父簠（集成4601）（鄭）	召叔山父簠（集成4602）（鄭）	虢太子元徒戈（集成11116）（虢）	虢太子元徒戈（集成11117）（虢）
宗婦鄁嬰鼎（集成2684）（鄁）	宗婦鄁嬰鼎（集成2687）（鄁）	宗婦鄁嬰簋蓋（集成4076）（鄁）	宗婦鄁嬰簋（集成4077）（鄁）
宗婦鄁嬰簋蓋（集成4078）（鄁）	宗婦鄁嬰簋器（集成4078）（鄁）	宗婦鄁嬰簋蓋（集成4079）（鄁）	宗婦鄁嬰簋（集成4080）（鄁）
宗婦鄁嬰簋（集成4081）（鄁）	宗婦鄁嬰簋（集成4084）（鄁）	宗婦鄁嬰簋蓋（集成4084）（鄁）	宗婦鄁嬰簋（通鑑4576）（鄁）
宗婦鄁嬰壺器（集成9698）（鄁）	大師盤（新收1464）	鄭大內史叔上匜（集成10281）（鄭）	楚大師登鐘丙（通鑑15507）（楚）
楚大師登鐘己（通鑑15510）（楚）	楚大師登鐘甲（通鑑15505）（楚）	楚大師登鐘辛（通鑑15512）（楚）	⿰火㝵臣戈（集成11334）
戎生鐘丙（新收1615）（晉）	秦公鐘乙（集成263）（秦）	秦公鐘乙（集成263）（秦）	秦公鐘乙（集成263）（秦）
秦公鐘戊（集成266）（秦）	秦公鐘戊（集成266）（秦）	秦公鎛甲（集成267）（秦）	秦公鎛甲（集成267）（秦）
秦公鎛甲（集成267）（秦）	秦公鎛乙（集成268）（秦）	秦公鎛乙（集成268）（秦）	秦公鎛乙（集成268）（秦）
秦公鎛丙（集成269）（秦）	秦公鎛丙（集成269）（秦）	秦公鎛丙（集成269）（秦）	大⿱罒吕戈（集成10892）

太子車斧（新收44）	弟大叔殘器（新收997）	【春秋中期】	𦅫鎛（集成271）（齊）
𦅫鎛（集成271）（齊）	魯大左司徒元鼎（集成2592）（魯）	魯大左司徒元鼎（集成2593）（魯）	魯大司徒厚氏元簠（集成4689）（魯）
魯大司徒厚氏元簠蓋（集成4690）（魯）	魯大司徒厚氏元簠器（集成4690）（魯）	魯大司徒厚氏元簠蓋（集成4691）（魯）	魯大司徒厚氏元簠器（集成4691）（魯）
魯大司徒元盂（集成10316）（魯）	子犯鐘甲C（新收1010）（晉）	陳大喪史仲高鐘（集成350）（陳）	陳大喪史仲高鐘（集成354）（陳）
陳大喪史仲高鐘（集成355）（陳）	【春秋晚期】	蔡大師腆鼎（集成2738）（蔡）	曾大師奠鼎（新收501）（曾）
簷太史申鼎（集成2732）（莒）	⿰亻阝夫人嫚鼎（通鑑2386）	競之定鬲甲（通鑑2997）	競之定鬲乙（通鑑2998）
競之定鬲丙（通鑑2999）	競之定簋甲（通鑑5226）	郳太宰簠蓋（集成4624）（郳）	鄬子大簠蓋（新收541）（楚）
荊公孫敦（集成4642）	荊公孫敦（通鑑6070）	競之定豆甲（通鑑6146）	競之定豆乙（通鑑6147）
晉公盆（集成10342）（晉）	蔡侯䜌尊（集成6010）（蔡）	洹子孟姜壺（集成9730）（齊）	洹子孟姜壺（集成9729）（齊）
洹子孟姜壺（集成9729）（齊）	洹子孟姜壺（集成9729）（齊）	洹子孟姜壺（集成9729）（齊）	洹子孟姜壺（集成9729）（齊）
洹子孟姜壺（集成9730）（齊）	齊太宰歸父盤（集成10151）（齊）	呂大叔斧（集成11787）（晉）	郘大叔斧（集成11788）（晉）
郘黛鐘一（集成225）（晉）	郘黛鐘四（集成228）（晉）	郘黛鐘六（集成230）（晉）	郘黛鐘六（集成230）（晉）

奎

郘黛鐘七（集成231）（晉）	郘黛鐘七（集成231）（晉）	郘黛鐘九（集成233）（晉）	郘黛鐘九（集成233）（晉）
郘黛鐘十一（集成235）（晉）	鼄公華鐘（集成245）（邾）	邾大司馬戈（集成11206）（邾）	鼄公牼鐘丁（集成152）（邾）
蔡大司馬燮盤（通鑑14498）	蔡侯龖缶（集成10004）（蔡）	蔡侯龖盤（集成10171）（蔡）	蔡侯龖盤（集成10171）（蔡）
蔡太史卮（集成10356）（蔡）	蔡太史卮（集成10356）（蔡）	大王光逗戈（集成11257）（吳）	工𢿛太子姑發𦤎反劍（集成11718）（吳）
嘉賓鐘（集成51）	攻吳大叔盤（新收1264）（吳）	工盧大矢鈹（新收1625）（吳）	越邾盟辭鎛甲（集成155）（越）
越邾盟辭鎛乙（集成156）（越）	越邾盟辭鎛乙（集成156）（越）	大王光逗戈（集成11255）（吳）	大王光逗戈（集成11256）（吳）
敬事天王鐘戊（集成77）（楚）	敬事天王鐘庚（集成79）（楚）	敬事天王鐘乙（集成74）（楚）	大戈（新收1561）
奇字鐘（通鑑15177）	鄭太子之孫與兵壺蓋（新收1980）	簷叔之仲子平鐘庚（集成178）（莒）	簷叔之仲子平鐘甲（集成172）（莒）
簷叔之仲子平鐘丙（集成174）（莒）	簷叔之仲子平鐘丁（集成175）（莒）	簷叔之仲子平鐘己（集成177）（莒）	石鼓（獵碣・吳人）（通鑑19825）（秦）
石鼓（通鑑19816）（秦）	石鼓（獵碣・吳人）（通鑑19825）（秦）	滕太宰得匜（新收1733）（滕）	【春秋時期】
大孟姜匜（集成10274）	大孟姜匜（集成10274）	鐘伯侵鼎（集成2668）	黃太子伯克盆（集成10338）（黃）
【春秋晚期】	郳夫人嫚鼎（通鑑2386）	【春秋時期】	侃孫奎母盤（集成10153）

臺

【春秋晚期】

杕氏壺（集成 9715）（燕）

【春秋早中期】

薛比戈（新收 1128）（薛）

【春秋早期】

伯歸臺鼎（集成 2644）（曾）

伯歸臺鼎（集成 2645）（曾）

【春秋晚期】

鄒子蒷臺鼎蓋（集成 2498）

鄒子蒷臺鼎器（集成 2498）

鄒子臺簠（集成 4545）

羅兒匜（新收 1266）

【春秋晚期】

哀成叔鼎（集成 2782）（鄭）

【春秋早期】

吳買鼎（集成 2452）

吳王御士尹氏叔緐簠（集成 4527）（吳）

吳叔戈（新收 978）

【春秋晚期】

配兒鉤鑃乙（集成 427）（吳）

吳王夫差盉（新收 1475）（吳）

工吳王叡訽工吳劍（通鑑 18067）

吳王孫無土鼎蓋（集成 2359）（吳）

吳王孫無土鼎器（集成 2359）（吳）

吳王光鐘殘片之十三（集成 224.40）（吳）

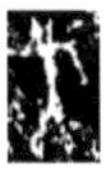
吳王光鐘殘片之三十（集成 224.7-40）（吳）

吳王夫差鑑（集成 10294）（吳）

吳王夫差鑑（新收 1477）（吳）

吳王夫差鑑（集成 10295）（吳）

吳王夫差矛（集成 11534）（吳）

吳王夫差鑑（集成 10296）（吳）

吳王光鑑甲（集成 10298）（吳）

吳王光鑑乙（集成 10299）（吳）

羅兒匜（新收 1266）

工吳王叡訽工吳劍（通鑑 18067）

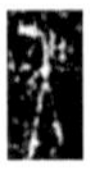
蔡侯龖尊（集成 6010）（蔡）

蔡侯龖盤（集成 10171）（蔡）

石鼓（獵碣·吳人）（通鑑 19825）（秦）

吳季子之子逞劍（集成 11640）（吳）

【春秋時期】

十八年鄉左庫戈（集成 11264）（晉）

【春秋早期】

喬夫人鼎（集成 2284）

秦政伯喪戈（通鑑 17117）（秦）

【春秋晚期】

邵黛鐘一（集成 225）（晉）

邵黛鐘一（集成 225）（晉）

邵黛鐘二（集成 226）（晉）

邵黛鐘四（集成 228）（晉）

邵黛鐘四（集成 228）（晉）

邵黛鐘五（集成 229）（晉）

邵黛鐘六（集成 230）（晉）

邵黛鐘六（集成 230）（晉）

邵黛鐘七（集成 231）（晉）

邵黛鐘七（集成 231）（晉）

邵黛鐘九（集成 233）（晉）

邵黛鐘十一（集成 235）（晉）

邵黛鐘十一（集成 235）（晉）

喬君鉦鋮（集成 423）（許）

⿱走⿰走走

【春秋晚期】

石鼓（獵碣・霝雨）（通鑑 19820）（秦）

【春秋晚期】

石鼓（獵碣・田車）（通鑑 19818）（秦）

【春秋早期】

悤公戈（集成 11280）

【春秋時期】

交君子叕鼎（集成 2572）

【春秋早期】

芮公壺（集成 9596）

芮公壺（集成 9597）

右走馬嘉壺（集成 9588）

芮公壺（集成 9598）

曾仲斿父方壺蓋（集成 9628）（曾）

曾仲斿父方壺蓋（集成 9629）（曾）

曾仲斿父方壺器（集成 9629）（曾）

己侯壺（集成 9632）（紀）

陳侯壺蓋（集成 9633）（陳）

陳侯壺器（集成 9634）（陳）

陳侯壺蓋（集成 9634）（陳）

陳侯壺器（集成 9633）（陳）

樊夫人龍嬴壺（集成 9637）（樊）

魯侯壺（通鑑 12323）

江君婦和壺（集成 9639）（江）

䪢

芮太子白壺（集成 9644）

芮太子白壺蓋（集成 9645）

芮太子白壺器（集成 9645）

侯母壺（集成 9657）（魯）

侯母壺（集成 9657）（魯）

杞伯每刃壺（集成 9687）（杞）

杞伯每刃壺（集成 9688）（杞）

蔡公子壺（集成 9701）

曾伯陭壺蓋（集成 9712）（曾）

曾伯陭壺器（集成 9712）（曾）

虢季方壺（新收 38）（虢）

虢季方壺（新收 39）（虢）

番叔壺（新收 297）（番）

薛侯壺（新收 1131）（薛）

秦公壺甲（新收 1347）（秦）

秦公壺乙（新收 1348）（秦）

彭伯壺蓋（新收 315）（彭）

彭伯壺器（新收 315）（彭）

秦公壺（通鑑 12320）（秦）

仲姜壺（通鑑 12333）

虢姜壺（通鑑 12338）

【春秋中期】

盜叔壺（集成 9625）（曾）

盜叔壺（集成 9626）（曾）

伯遊父壺（通鑑 12304）

伯遊父壺（通鑑 12305）

【春秋晚期】

之壺（集成 9494）（曾）

蔡侯䜌方壺（集成 9573）（蔡）

蔡侯䜌方壺（集成 9574）（蔡）

公子土斧壺（集成 9709）（齊）

洹子孟姜壺（集成 9729）（齊）

洹子孟姜壺（集成 9730）（齊）

君子壺（新收 992）（晉）

曾仲姬壺（通鑑 12329）（曾）

可方壺（通鑑 12331）（曾）

【春秋時期】

公鑄壺（集成 9513）（莒）

齊皇壺（集成 9659）（齊）

㐺君壺（集成 9680）

【春秋早期】

圓君婦媿靁壺（通鑑 12349）

⿰壴殳

【春秋晚期】

復公仲壺（集成 9681）

【春秋早期】

戎生鐘丙（新收 1615）（晉）

【春秋中期】

者𣺌鐘三（集成 195）（吳）

者𣺌鐘二（集成 194）（吳）

者𣺌鐘八（集成 200）（吳）

【春秋晚期】

宋左太師睪鼎（通鑑 2364）

羅兒匜（新收 1266）

夫跌申鼎（新收 1250）（舒）

【春秋早期】

□□伯戈（集成 11201）

【春秋晚期】

石鼓（獵碣·田車）（通鑑 19818）（秦）

【春秋晚期】

石鼓（獵碣·作原）（通鑑 19821）（秦）

【春秋早期】

𩵦山奢淲簠蓋（集成 4539）

𩵦山奢淲簠器（集成 4539）

奓

【春秋早期】

鄦奓魯生鼎（集成 2605）（許）

《說文》：「奓，籀文。」

【春秋晚期】

申文王之孫州奉簠（通鑑 5960）

工尹坡盞（通鑑 6060）

侯古堆鎛甲（通鑑 15805）

【春秋晚期】

蔡太史卮（集成 10356）（蔡）

秦景公石磬（通鑑 19778）（秦）

乎

【春秋晚期】

𪒠鎛乙（新收 490）（楚）

𪒠鎛甲（新收 489）（楚）

𪒠鎛甲（新收 489）（楚）

𪒠鎛乙（新收 490）（楚）

𪒠鎛丙（新收 491）（楚）

𪒠鎛辛（新收 496）（楚）

𪒠鎛辛（新收 496）（楚）

黝鎛己（新收494）（楚）

黝鐘甲（新收482）（楚）

黝鐘丁（新收483）（楚）

黝鐘甲（新收482）（楚）

黝鎛丁（新收492）（楚）

黝鎛己（新收494）（楚）

《說文》「奏」字古文作「𢍘」。

【春秋早期】

伯氏始氏鼎（集成2643）

【春秋早期】

綏君單匜（集成10235）（黃）

【春秋早期】

喬夫人鼎（集成2284）

樊夫人龍嬴鼎（新收296）

衛夫人鬲（集成595）（衛）

樊夫人龍嬴鬲（集成675）（樊）

樊夫人龍嬴鬲（集成676）（樊）

衛夫人鬲（新收1700）（衛）

衛夫人鬲（新收1701）（衛）

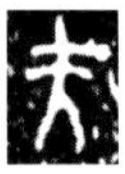
蔡大善夫趣簠蓋（新收1236）（蔡）

蔡大善夫趣簠器（新收1236）（蔡）

樊夫人龍嬴壺（集成9637）（樊）

樊夫人龍嬴盤（集成10082）（樊）

樊夫人龍嬴匜（集成10209）（樊）

【春秋晚期】

蔡侯𬃸鎛丙（集成221）（蔡）

蔡侯𬃸鎛丁（集成222）（蔡）

蔡侯𬃸歌鐘甲（集成210）（蔡）

蔡侯𬃸歌鐘乙（集成211）（蔡）

攻敔王夫差劍（集成11638）（吳）

攻敔王夫差劍（新收1116）（吳）

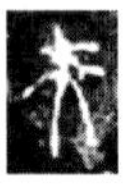
吳王夫差矛（集成11534）（吳）

攻敔王夫差劍（集成11636）（吳）

攻敔王夫差劍（集成11637）（吳）

攻敔王夫差劍（新收317）（吳）

攻敔王夫差劍（新收1523）（吳）

攻敔王夫差劍（新收1734）（吳）

攻敔王夫差劍（通鑑18071）（吳）

吳王夫差鑑（新收1477）（吳）

吳王夫差鑑（集成10294）（吳）

吳王夫差盉（新收1475）（吳）

吳王夫差鑑（新收1476）（吳）

吳王夫差鑑（集成10295）（吳）

吳王夫差鑑（集成10296）（吳）

邵之瘠夫戈（通鑑17214）（楚）

宋公䜌簠（集成4590）

曾姬盤（通鑑14515）

鄭莊公之孫盧鼎（通鑑2326）

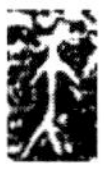
鄭莊公之孫盧鼎（新收1237）（鄭）

夫跌申鼎（新收1250）（舒）

宋公䜌簠（集成4589）（宋）

嘉賓鐘（集成51）

子璋鐘庚（集成119）（許）

鼄公牼鐘甲（集成149）（邾）

鼄公牼鐘丙（集成151）（邾）

鼄公牼鐘丁（集成152）（邾）

宋君夫人鼎（通鑑2343）

郳夫人嫚鼎（通鑑2386）

鼄公華鐘（集成245）（邾）

玄夫戈（集成11091）（蔡）

玄鏐夫鋁戈（集成11138）（蔡）

玄翏夫田戈（集成11163）（蔡）

㝬

【春秋早期】

㝬侯之孫𨻰鼎（集成2287）（胡）

【春秋晚期】

遷邟鐘六（新收1256）（舒）

遷邟鐘三（新收1253）（舒）

遷邟鎛丁（通鑑15795）（舒）

遷邟鎛丙（通鑑15794）（舒）

遷邟鎛甲（通鑑15792）（舒）

王孫誥鐘一（新收418）（楚）

王孫誥鐘三（新收420）（楚）

王孫誥鐘四（集成421）（楚）

王孫誥鐘五（新收422）（楚）

王孫誥鐘六（新收423）（楚）

王孫誥鐘八（新收425）（楚）

王孫誥鐘十（新收427）（楚）

王孫誥鐘十二（新收429）（楚）

王孫誥鐘十三（新收430）（楚）

王孫誥鐘十五（新收434）（楚）

王孫誥鐘十八（新收432）（楚）

王孫誥鐘二十（新收433）（楚）

王孫誥鐘二十四（新收440）（楚）

⿰夫害

【春秋晚期】

王子午鼎（集成2811）（楚）

王子午鼎（新收449）（楚）

王子午鼎（新收446）（楚）

【春秋早期】

王子午鼎（新收 444）（楚）

王子午鼎（新收 447）（楚）

王孫遺者鐘（集成 261）（楚）

秦公鐘乙（集成 263）（秦）

秦子鎛（通鑑 15770）（秦）

秦公鎛甲（集成 267）（秦）

秦公鎛乙（集成 268）（秦）

秦公鎛丙（集成 269）（秦）

【春秋中期】

叔師父壺（集成 9706）

子犯鐘甲 D（新收 1011）（晉）

子犯鐘乙 D（新收 1023）（晉）

國差甔（集成 10361）（齊）

【春秋晚期】

公子土斧壺（集成 9709）（齊）

是立事歲戈（集成 11259）（齊）

奇字鐘（通鑑 15177）

【春秋晚期】

秦景公石磬（通鑑 19778）（秦）

秦景公石磬（通鑑 19780）（秦）

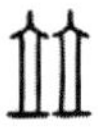

【春秋晚期】

郯竝果戈（新收 1485）

【春秋早期】

甫䀠鐳（集成 9972）

𣬉

【春秋早期】

陳公孫𢉩父瓶（集成 9979）（陳）

【春秋晚期】

[illegible]子鼎（通鑑 2382）（齊）

情

【春秋早期】

上曾太子般殷鼎（集成 2750）（曾）

【春秋早期】

上曾太子般殷鼎（集成 2750）（曾）

戎生鐘甲（新收 1613）（晉）

秦公鐘甲（集成 262）（秦）

  慎

  昚

憲

秦公鐘丁（集成 265）（秦）

秦公鎛乙（集成 268）（秦）

秦公鎛丙（集成 269）（秦）
【春秋中期】

鄬伯受簠蓋（集成 4599）（鄬）

鄬伯受簠器（集成 4599）（鄬）

𩍐鎛（集成 271）（齊）
【春秋晚期】

越邾盟辭鎛甲（集成 155）

蔡侯𩐡歌鐘甲（集成 210）（蔡）

蔡侯𩐡歌鐘乙（集成 211）（蔡）

王孫遺者鐘（集成 261）（楚）

遷邟鐘三（新收 1253）（舒）

遷邟鎛甲（通鑑 15792）（舒）

遷邟鎛丙（通鑑 15794）（舒）

遷邟鎛丁（通鑑 15795）（舒）

【春秋晚期】

永祿鈹（通鑑 18058）

【春秋早期】

楚大師登鐘丁（通鑑 15508）（楚）

楚大師登鐘己（通鑑 15510）（楚）

楚大師登鐘辛（通鑑 15512）（楚）

【春秋晚期】

鼄公華鐘（集成 245）（邾）

《說文》：「昚，古文。」

【春秋晚期】

吳王光鐘（集成 223）（蔡）

吳王光鐘殘片之二十二（集成 224.2）（吳）

【春秋早期】

秦公鐘甲（集成 262）（秦）

秦公鐘丙（集成 264）（秦）

秦公鎛甲（集成 267）（秦）

秦公鎛乙（集成 268）（秦）

秦公鎛丙（集成 269）（秦）

【春秋早期】

戎生鐘甲（新收 1613）（晉）

 怡 慶

想  恖

【春秋晚期】
叔尸鐘（集成272）（齊）

【春秋中期】
周王孫季紀戈（集成11309）（周）

【春秋晚期】
徐王義楚觶（集成6513）（徐）

【春秋早期】
戴叔慶父鬲（集成608）（戴）
秦公簋器（集成4315）（秦）
兒慶鼎（新收1095）（小邾）
曩伯子庭父盨蓋（集成4442）（紀）
曩伯子庭父盨蓋（集成4443）（紀）
曩伯子庭父盨器（集成4443）（紀）
曩伯子庭父盨器（集成4444）（紀）
曩伯子庭父盨蓋（集成4445）（紀）
曩伯子庭父盨器（集成4445）（紀）
曾太保慶盆（通鑑6256）

【春秋中期】
陳公子仲慶簠（集成4597）（陳）

【春秋晚期】
慶孫之子峠簠蓋（集成4502）
慶孫之子峠簠器（集成4502）
蔡侯𤔔歌鐘乙（集成211）（蔡）
蔡侯𤔔歌鐘丁（集成218）（蔡）
蔡侯𤔔鎛丁（集成222）（蔡）

【春秋晚期】
醓衼想簠蓋（新收534）（楚）
醓衼想簠器（新收534）（楚）

【春秋晚期】
王孫遺者鐘（集成261）（楚）
王子午鼎（集成2811）（楚）
王子午鼎（新收447）（楚）
王子午鼎（新收444）（楚）
王子午鼎（新收446）（楚）
王子午鼎（新收445）（楚）
王孫誥鐘一（新收418）（楚）
王孫誥鐘二（新收419）（楚）
王孫誥鐘三（新收420）（楚）
王孫誥鐘四（新收421）（楚）
王孫誥鐘五（新收422）（楚）
王孫誥鐘六（新收423）（楚）
王孫誥鐘八（新收425）（楚）
王孫誥鐘十（新收427）（楚）
王孫誥鐘十二（新收429）（楚）

愈

王孫誥鐘十三（新收430）（楚）

王孫誥鐘十五（新收434）（楚）

王孫誥鐘十八（新收432）（楚）

王孫誥鐘二十（新收433）（楚）

王孫誥鐘二十四（新收440）（楚）

沇兒鎛（集成203）（徐）

沇兒鎛（集成203）（徐）

鼄公華鐘（集成245）（邾）

【春秋晚期】

王孫遺者鐘（集成261）（楚）

【春秋早期】

魯伯悆盨器（集成4458）（魯）

魯伯悆盨蓋（集成4458）（魯）

魯伯悆盨蓋（集成4458）（魯）

魯伯悆盨器（集成4458）（魯）

魯伯悆盨蓋（集成4458）（魯）

魯伯悆盨器（集成4458）（魯）

曹公盤（集成10144）（曹）

【春秋晚期】

曹公簠（集成4593）（曹）

【春秋早期】

魯伯愈父鬲（集成690）（魯）

魯伯愈父鬲（集成690）（魯）

魯伯愈父鬲（集成690）（魯）

魯伯愈父鬲（集成690）（魯）

魯伯愈父鬲（集成690）（魯）

魯伯愈父鬲（集成690）（魯）

魯伯愈父盤（集成10114）

魯伯愈父匜（集成10244）

【春秋晚期】

蔡侯䌸歌鐘甲（集成210）（蔡）

蔡侯䌸歌鐘丁（集成218）（蔡）

蔡侯䌸鎛乙（集成220）（蔡）

蔡侯䌸鎛丙（集成221）（蔡）

蔡侯䌸鎛丁（集成222）（蔡）

吳王光鑑甲（集成10298）（吳）

吳王光鐘殘片之四十（集成224.8）（吳）

吳王光鐘殘片四十三（集成224.19-39）（吳）

吳王光鐘殘片之四十四（集成224.39）（吳）

足利次留元子鐘（通鑑15361）（徐）

悜

【春秋晚期】

郘夫人嫦鼎（通鑑2386）

偲

【春秋晚期】

蔡侯𪕄歌鐘乙（集成211）（蔡）

蔡侯𪕄歌鐘丙（集成217）（蔡）

蔡侯𪕄歌鐘甲（集成210）（蔡）

蔡侯𪕄鎛丙（集成221）（蔡）

蔡侯𪕄鎛丁（集成222）（蔡）

【春秋晚期】

鼄公華鐘（集成245）（邾）

鼄公牼鐘甲（集成149）（邾）

鼄公牼鐘乙（集成150）（邾）

鼄公牼鐘丙（集成151）（邾）

齊太宰歸父盤（集成10151）（齊）

㛂

【春秋晚期】

王孫誥鐘一（新收418）（楚）

王孫誥鐘二（新收419）（楚）

王孫誥鐘三（新收420）（楚）

王孫誥鐘四（新收421）（楚）

王孫誥鐘五（新收422）（楚）

王孫誥鐘六（新收423）（楚）

王孫誥鐘十（新收427）（楚）

王孫誥鐘十一（新收428）（楚）

王孫誥鐘十五（新收434）（楚）

王孫誥鐘十三（新收430）（楚）

王孫誥鐘二十四（新收440）（楚）

王孫誥鐘二十一（新收439）（楚）

王孫誥鐘十二（新收429）（楚）

恩

【春秋晚期】

慍兒盞器（新收1374）

【春秋晚期】

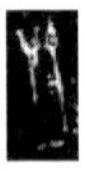
蔡侯𪕄尊（集成6010）（蔡）

蔡侯𪕄盤（集成10171）（蔡）

惖

【春秋晚期】

趙孟庎壺（集成9678）（晉）

趙孟庎壺（集成9678）（晉）

憐 ⿱粦心

【春秋晚期】

石鼓（獵碣・吳人）（通鑑 19825）（秦）

㤄 ⿱牙心

【春秋時期】

滕之不㤄劍（集成 11608）（滕）

㥨

【春秋時期】

子㥨子戈（集成 10958）（齊）

慹

【春秋晚期】

黝鎛甲（新收 489）（楚）

黝鎛乙（新收 490）（楚）

黝鎛丙（新收 491）（楚）

⿰亻⿱太心

【春秋晚期】

楚王酓⿰亻⿱太心盤（通鑑 14510）

楚王酓⿰亻⿱太心匜（通鑑 14986）

⿱辟心

【春秋中期】

曾大工尹季⿰礻⿱厶心戈（集成 11365）（曾）

⿱霝心

【春秋早期】

秦公鐘乙（集成 263）（秦）

秦公鐘戊（集成 266）（秦）

秦公鎛甲（集成 267）（秦）

秦公鎛乙（集成 268）（秦）

秦公鎛丙（集成 269）（秦）

⿰⿱酋心犬

【春秋晚期】

王孫誥鐘一（新收 418）（楚）

王孫誥鐘二（新收 419）（楚）

王孫誥鐘三（新收 420）（楚）

王孫誥鐘四（新收 421）（楚）

王孫誥鐘五（新收 422）（楚）

王孫誥鐘六（新收 423）（楚）

王孫誥鐘七（新收 424）（楚）

王孫誥鐘十（新收 427）（楚）

王孫誥鐘十一（新收 428）（楚）

王孫誥鐘十二（新收 429）（楚）

王孫誥鐘十四（新收 431）（楚）

王孫誥鐘二十一（新收 439）（楚）

王孫誥鐘二十五（新收 441）（楚）

【春秋晚期】

石鼓（獵碣·霝雨）（通鑑 19820）（秦）

石鼓（獵碣·吾水）（通鑑 19824）（秦）

洌

【春秋晚期】

庚壺（集成 9733）（齊）

【春秋晚期】

敬事天王鐘庚（集成 79）（楚）

敬事天王鐘戊（集成 77）（楚）

敬事天王鐘乙（集成 74）（楚）

工𠭯太子姑發䛠反劍（集成 11718）（吳）

⿰工水

【春秋早期】

江小仲母生鼎（集成 2391）（江）

【春秋早期】

曹公子沱戈（集成 11120）（曹）

楚屈叔沱戈（集成 11393）（楚）

【春秋晚期】

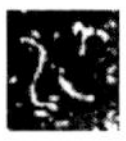
楚旆鼎（新收 1197）（楚）

趙孟庎壺（集成 9678）（晉）

趙孟庎壺（集成 9679）（晉）

鐘伯侵鼎（集成 2668）（春秋時期）

【春秋晚期】

敬事天王鐘乙（集成 74）（楚）

敬事天王鐘壬（集成 81）（楚）

敬事天王鐘庚（集成 79）（楚）

【春秋晚期】

石鼓（獵碣·汧沔）（通鑑 19817）（秦）

石鼓（獵碣·霝雨）（通鑑 19820）（秦）

【春秋晚期】

上洛左庫戈（新收 1183）

競之定豆甲（通鑑 6146）

競之定鬲甲（通鑑 2997）

競之定鬲乙（通鑑 2998）

競之定鬲乙（通鑑 2998）

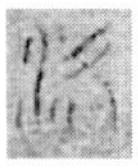
競之定簋甲（通鑑 5226）

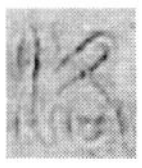
競之定簋乙（通鑑 5227）

【春秋晚期】

沇兒鎛（集成203）（徐）

【春秋晚期】

石鼓（獵碣·霝雨）（通鑑19820）（秦）

【春秋晚期】

吳王光鐘殘片之十九（集成224.5）（吳）

吳王光鐘殘片之四十（集成224.8）（吳）

淮

【春秋早期】

曾伯霥簠蓋（集成4632）（曾）

曾伯霥簠（集成4631）（曾）

【春秋晚期】

聖靡公㚇鼓座（集成429）

【春秋早期】

器渒侯戈（集成11065）

【春秋晚期】

簷叔之仲子平鐘丙（集成174）（莒）

簷叔之仲子平鐘丁（集成175）（莒）

簷叔之仲子平鐘己（集成177）（莒）

簷叔之仲子平鐘庚（集成178）（莒）

簷叔之仲子平鐘辛（集成179）（莒）

【春秋晚期】

洹子孟姜壺（集成9729）（齊）

洹子孟姜壺（集成9730）（齊）

洹子孟姜壺（集成9730）（齊）

洹子孟姜壺（集成9729）（齊）

【春秋晚期】

徐王朩又觶（集成6506）（徐）

【春秋晚期】

石鼓（獵碣·霝雨）（通鑑19820）（秦）

【春秋中期】

泈叔鼎（集成 2355）（曾）

盜

【春秋中期】

盜叔壺（集成 9625）（曾）

盜叔壺（集成 9626）（曾）

【春秋晚期】

石鼓（獵碣・而師）（通鑑 19822）（秦）

【春秋中期】

余子汆鼎（集成 2390）（徐）

【春秋晚期】

喬君鉦鋮（集成 423）（許）

【春秋晚期】

石鼓（獵碣・霝雨）（通鑑 19820）（秦）

【春秋早期】

原氏仲簠（新收 395）（陳）

原氏仲簠（新收 396）（陳）

原氏仲簠（新收 397）（陳）

伯駟父盤（集成 10103）

【春秋時期】

公父宅匜（集成 10278）

【春秋早期】

上曾太子般殷鼎（集成 2750）（曾）

【春秋中期】

者𣿅鐘四（集成 196）（吳）

者𣿅鐘八（集成 198）（吳）

者𣿅鐘九（集成 201）（吳）

【春秋晚期】

石鼓（獵碣・汧沔）（通鑑 19817）（秦）

潒

【春秋晚到戰國早期】

越王勾踐劍（集成11621）

【春秋晚期】

石鼓（獵碣·汧沔）（通鑑19817）（秦）

【春秋時期】

卜淦戈（新收816）（秦）

【春秋晚期】

石鼓（獵碣·鑾車）（通鑑19819）（秦）

【春秋中期】

國差𦉜（集成10361）（齊）

【春秋晚期】

秦景公石磬（通鑑19794）（秦）

秦景公石磬（通鑑19793）（秦）

【春秋晚期】

石鼓（獵碣·霝雨）（通鑑19820）（秦）

【春秋早期】

曾伯霥簠蓋（集成4632）（曾）

曾伯霥簠（集成4631）（曾）

鄁公湯鼎（集成2714）（鄁）

郹湯伯茬匜（集成10188）

長湯伯茬匜（集成10208）

戎生鐘丁（新收1616）（晉）

【春秋晚期】

襄腫子湯鼎（新收1310）（楚）

倗夫人嫘鼎（通鑑2386）

黝鎛丙（新收491）（楚）

黝鎛己（新收494）（楚）

黝鎛辛（新收496）（楚）

黝鐘甲（新收482）（楚）

黝鐘丙（新收486）（楚）

黝鐘己（新收484）（楚）

【春秋晚期】

秦景公石磬（通鑑19778）（秦）

⿱𦥑頁

【春秋早期】

叔液鼎（集成2669）

【春秋早期】

鄀公平侯鼎（集成2772）（鄀）

鄀公平侯鼎（集成2771）（鄀）

子耳鼎（通鑑2276）

王孫壽甗（集成946）

叔原父甗（集成947）（陳）

申五氏孫矩甗（新收970）（申）

秦公簋器（集成4315）（秦）

魯太宰原父簋（集成3987）（魯）

卓林父簋蓋（集成4018）（衛）

召叔山父簠（集成4601）（鄭）

召叔山父簠（集成4602）（鄭）

上鄀公敄人簋蓋（集成4183）（鄀）

鑄公簠蓋（集成4574）（鑄）

鄀公諴簠（集成4600）

叔家父簠（集成4615）

叔朕簠（集成4620）（戴）

叔朕簠（集成4620）（戴）

曾伯霥簠蓋（集成4632）（曾）

曾伯霥簠（集成4631）（曾）

陳侯簠蓋（集成4603）（陳）

陳侯簠器（集成4603）（陳）

陳侯簠蓋（集成4604）（陳）

陳侯簠（集成4607）（陳）

陳侯簠器（集成4604）（陳）

陳侯簠（集成4606）（陳）

郳太宰欉子掛簠（集成4623）（郳）

魯侯簠（新收1068）（魯）

考叔㾅父簠蓋（集成4608）（楚）

考叔㾅父簠蓋（集成4609）（楚）

考叔㾅父簠器（集成4609）（楚）

塞公孫㾅父匜（集成10276）

蔡大善夫趣簠蓋（新收1236）（蔡）

蔡大善夫趣簠器（新收1236）（蔡）

原氏仲簠（新收935）（陳）

原氏仲簠（新收936）（陳）

原氏仲簠（新收937）（陳）

蕣子⿰齒又盞蓋（新收1235）

曾伯陭壺蓋（集成9712）（曾）

曾伯陭壺器（集成9712）（曾）

陳公孫㾅父瓶（集成9979）（陳）

僉父瓶蓋（通鑑14036）

僉父瓶器（通鑑14036）

曹公盤（集成10144）（曹）

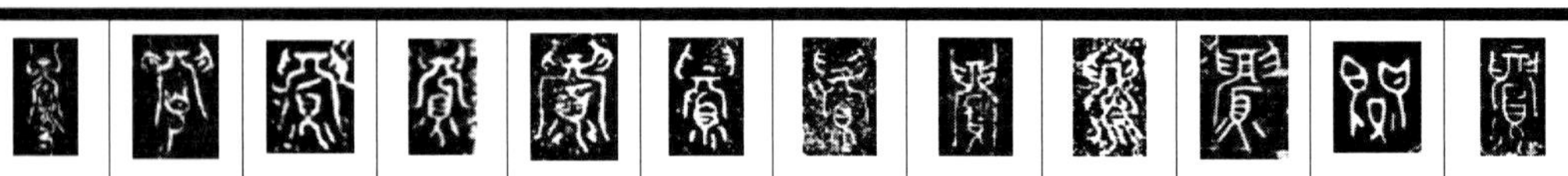

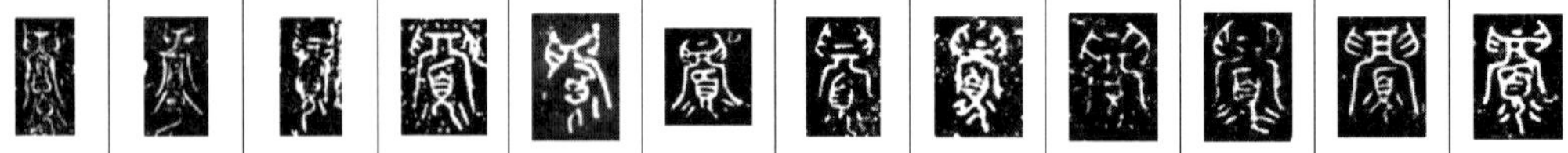

陳侯盤（集成 10157）（陳）
黃太子伯克盤（集成 10162）（黃）
大師盤（新收 1464）
魯大司徒子仲白匜（集成 10277）（魯）

戎生鐘己（新收 1618）（晉）
秦子鎛（通鑑 15770）（秦）
秦公鐘乙（集成 263）（秦）
秦公鎛甲（集成 267）（秦）

秦公鎛乙（集成 268）（秦）
秦公鎛丙（集成 269）（秦）

【春秋中期】

魯大司徒厚氏元簠器（集成 4691）（魯）

鄧公乘鼎蓋（集成 2573）（鄧）
鄧公乘鼎器（集成 2573）（鄧）
魯大左司徒元鼎（集成 2592）（魯）
魯大左司徒元鼎（集成 2593）（魯）

陳公子仲慶簠（集成 4597）（陳）
上鄀府簠蓋（集成 4613）（鄀）
上鄀府簠器（集成 4613）（鄀）
上鄀公簠器（新收 401）（楚）

何次簠（新收 402）
何次簠蓋（新收 403）
何次簠器（新收 403）
何次簠蓋（新收 404）

何次簠器（新收 404）
魯大司徒厚氏元簠（集成 4689）（魯）
魯大司徒厚氏元簠蓋（集成 4690）（魯）
魯大司徒厚氏元簠器（集成 4690）（魯）

魯大司徒厚氏元簠蓋（集成 4691）（魯）
叔師父壺（集成 9706）
伯遊父壺（通鑑 12304）
伯遊父壺（通鑑 12305）

伯遊父鑐（通鑑 14009）
欒書缶器（集成 10008）（晉）
伯遊父盤（通鑑 14501）
子犯鐘甲 G（新收 1014）（晉）

子犯鐘乙 G（新收 1018）（晉）
陳大喪史仲高鐘（集成 353）（陳）
陳大喪史仲高鐘（集成 354）（陳）
陳大喪史仲高鐘（集成 355）（陳）

季子康鎛丁（通鑑 15788）
伯遊父巵（通鑑 19234）

【春秋晚期】

王子午鼎（新收 447）（楚）

王子午鼎（集成 2811）（楚）
王子午鼎（新收 445）（楚）
王子午鼎（新收 446）（楚）
王子午鼎（新收 444）（楚）

王孫遺者鐘（集成261）（楚）
𨟭鎛甲（新收489）（楚）
𨟭鎛乙（新收490）（楚）
𨟭鎛丙（新收491）（楚）

𨟭鎛庚（新收495）（楚）
𨟭鐘甲（新收482）（楚）
楚屈子赤目簠蓋（集成4612）（楚）
楚屈子赤目簠器（新收1230）（楚）

子季嬴青簠蓋（集成4594）（楚）
陳樂君歅甗（新收1073）（陳）
曹公簠（集成4593）（曹）
秦景公石磬（通鑑19799）（秦）

曾簠（集成4614）
許公買簠器（集成4617）（許）
許公買簠蓋（通鑑5950）
許公買簠器（通鑑5950）

樂子嚷豧簠（集成4618）（宋）
叔姜簠蓋（新收1212）（楚）
王子吳鼎（集成2717）（楚）
蔡大師䑣鼎（集成2738）（蔡）

蔡侯龖尊（集成6010）（蔡）
蔡侯簠甲蓋（新收1896）（蔡）
蔡侯簠甲器（新收1896）（蔡）
蔡侯盤（新收471）（蔡）

齊侯匜（集成10283）（齊）
蔡侯匜（新收472）（蔡）
婁君盂（集成10319）
彭公之孫無所鼎（通鑑2189）

洹子孟姜壺（集成9729）（齊）
王子申盞（集成4643）（楚）
蘨兒缶（新收1187）（鄀）
宋君夫人鼎（通鑑2343）

寬兒缶甲（通鑑14091）
乙鼎（集成2607）
次尸祭缶（新收1249）（徐）
義子曰鼎（通鑑2179）

蔡大司馬燮盤（通鑑14498）
吳王光鑑甲（集成10298）（吳）
吳王光鑑乙（集成10299）（吳）
敬事天王鐘甲（集成73）（楚）

敬事天王鐘己（集成78）（楚）
敬事天王鐘辛（集成80）（楚）
郳公鈓鐘（集成102）（郳）
徐王子旃鐘（集成182）（徐）

子璋鐘甲（集成113）（許）
子璋鐘乙（集成114）（許）
子璋鐘丙（集成115）（許）
子璋鐘丙（集成115）（許）

⿱丆貝

- 子璋鐘戊（集成 117）（許）
- 子璋鐘庚（集成 119）（許）
- 邵黛鐘二（集成 226）（晉）
- 邵黛鐘四（集成 228）（晉）
- 邵黛鐘九（集成 233）（晉）
- 邵黛鐘十一（集成 235）（晉）
- 邵黛鐘十三（集成 237）（晉）

【春秋時期】

- 申公彭宇簠（集成 4611）（鄀）
- 曾孟嬭諫盆蓋（集成 10332）（曾）
- 曾孟嬭諫盆器（集成 10332）（曾）
- 黃太子伯克盆（集成 10338）（黃）
- 彭子仲盆蓋（集成 10340）
- 鎬鼎（集成 2478）
- 般仲柔盤（集成 10143）
- 大孟姜匜（集成 10274）

【春秋早期】

- 鼄友父鬲（通鑑 3008）
- 鼄友父鬲（通鑑 3010）
- 郳友父鬲（新收 1094）（郳）
- 郳友父鬲（通鑑 2993）
- 鼄各父鬲（集成 717）（郳）
- 郳來隹鬲（集成 670）（郳）
- 鼄𩁹白鼎（集成 2641）（郳）
- 鼄𩁹白鼎（集成 2640）（郳）
- 郳公子害簠器（通鑑 5964）
- 郳公子害簠蓋（通鑑 5964）
- 魯司徒仲齊匜（集成 10275）（魯）
- 魯侯鼎（新收 1067）（魯）
- 魯仲齊鼎（集成 2639）（魯）
- 魯伯悆盨蓋（集成 4458）（魯）
- 魯伯悆盨器（集成 4458）（魯）
- 魯伯俞父簠（集成 4568）（魯）
- 魯伯俞父簠（集成 4567）（魯）
- 魯伯俞父簠（集成 4566）（魯）
- 魯仲齊甗（集成 939）（魯）
- 魯伯大父簋（集成 3974）（魯）
- 魯伯大父簋（集成 3989）（魯）
- 魯司徒仲齊盨甲蓋（集成 4440）（魯）
- 魯司徒仲齊盨乙蓋（集成 4441）（魯）
- 魯司徒仲齊盨乙器（集成 4441）（魯）
- 㠱伯子宼父盨蓋（集成 4442）（紀）
- 㠱伯子宼父盨蓋（集成 4443）（紀）
- 㠱伯子宼父盨器（集成 4443）（紀）
- 㠱伯子宼父盨器（集成 4444）（紀）
- 㠱伯子宼父盨蓋（集成 4445）（紀）
- 㠱伯子宼父盨器（集成 4445）（紀）
- 杞伯每刃鼎（集成 2642）（杞）

䝿

杞伯每刃壺（集成 9687）（杞）

鑄子叔黑臣簠蓋（集成 4570）（鑄）

鑄子叔黑臣盨（通鑑 5666）（鑄）

鑄叔簠蓋（集成 4560）（鑄）

鑄叔簠器（集成 4560）（鑄）

鑄子叔黑臣鼎（集成 2587）（鑄）

郜伯鼎（集成 2601）（郜）

郜伯祀鼎（集成 2602）（郜）

鑄子叔黑臣簠器（集成 4571）（鑄）

皇與匜（通鑑 14976）

宋䝿父鬲（集成 601）（宋）

鄦奓魯生鼎（集成 2605）（許）

鄧甘𦎫鼎（新收 1091）

醫子奠伯鬲（集成 742）（曾）

【春秋中期】

魯少司寇封孫宅盤（集成 10154）（魯）

長子𩴾臣簠蓋（集成 4625）（晉）

長子𩴾臣簠器（集成 4625）（晉）

者𣸈鐘四（集成 196）（吳）

【春秋中後期】

東姬匜（新收 398）（楚）

【春秋晚期】

番君召簠（集成 4582）（番）

番君召簠（集成 4583）（番）

番君召簠（集成 4586）（番）

番君召簠（集成 4584）（番）

番君召簠蓋（集成 4585）（番）

寬兒鼎（集成 2722）（蘇）

洹子孟姜壺（集成 9730）（齊）

者尚余卑盤（集成 10165）

蔡叔季之孫君匜（集成 10284）（蔡）

喬君鉦鋮（集成 423）（許）

簷叔之仲子平鐘乙（集成 173）（莒）

簷叔之仲子平鐘己（集成 177）（莒）

簷叔之仲子平鐘庚（集成 178）（莒）

簷叔之仲子平鐘壬（集成 180）（莒）

【春秋早期】

夆叔盤（集成 10163）（滕）

【春秋中期】

公英盤（新收 1043）

國差罎（集成 10361）（齊）

【春秋晚期】

齊侯盂（集成 10318）（齊）

齊侯敦（集成 4645）（齊）

齊太宰歸父盤（集成 10151）（齊）

公子土斧壺（集成 9709）（齊）

郳太宰簠蓋（集成 4624）（郳）

㝉余敦（新收 1627）（春秋時期）

釁

【春秋早期】

毛叔盤（集成 10145）（毛）

釁

【春秋後期】

齊縈姬盤（集成 10147）（齊）

釁

【春秋中期】

庚兒鼎（集成 2715）（徐）

庚兒鼎（集成 2716）（徐）

[illegible]

【春秋中期】

者瀸鐘三（集成 195）（吳）

者瀸鐘二（集成 194）（吳）

薛侯匜（集成 10263）（薛）（春秋時期）

[illegible]

【春秋早期】

伯其父慶簠（集成 4581）

杞伯每刃壺（集成 9688）（杞）

陽飤生匜（集成 10227）

湏

【春秋晚期】

郳公孫班鎛（集成 140）（郳）

《說文》：「湏，古文沫。从頁。」

[illegible]

【春秋晚期】

鼄公華鐘（集成 245）（邾）

浴

【春秋晚期】

孟縢姬缶（新收 416）（楚）

孟縢姬缶（集成 10005）（楚）

孟縢姬缶器（新收 417）（楚）

鄬子倗浴缶蓋（新收 459）（楚）

鄬子倗浴缶器（新收 459）（楚）

鄬子倗浴缶蓋（新收 460）（楚）

鄬子倗浴缶器（新收 460）（楚）

沒

【春秋早期】

己侯壺（集成 9632）（紀）

減

【春秋中期】

者瀸鐘八（集成 200）（吳）

者瀸鐘十（集成 202）（吳）

瀸

【春秋中期】

者瀸鐘二（集成 194）（吳）

者瀸鐘三（集成 195）（吳）

者瀸鐘四（集成 196）（吳）

滅

【春秋中期】

子犯鐘甲C(新收1010)(晉)

子犯鐘乙C(新收1022)(晉)

浧

⿱鬲鬲

【春秋早期】

曾者子𩰫鼎(集成2563)(曾)

【春秋中期】

鄬子受鼎(新收527)(楚)

鄬子受鼎(新收527)(楚)

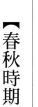

上鄀府簠蓋(集成4613)(鄀)

上鄀府簠器(集成4613)(鄀)

【春秋晚期】

鄬子受鬲(新收529)(楚)

蔡侯𩰫簋蓋(集成3592)(蔡)

蔡侯𩰫簋器(集成3595)(蔡)

蔡侯𩰫簋(集成3599)(蔡)

蔡侯𩰫簋蓋(集成3597)(蔡)

蔡侯𩰫簋器(集成3598)(蔡)

【春秋時期】

申公彭宇簠(集成4611)(鄀)

瘵鼎(集成2569)

申公彭宇簠(集成4610)(鄀)

⿺辶⿱鬲鬲

【春秋晚期】

王子午鼎器(通鑑1894)(楚)

王子午鼎蓋(通鑑1896)(楚)

王子午鼎器(通鑑1895)(楚)

王子午鼎器(通鑑1896)(楚)

王子午鼎器(通鑑1892)(楚)

王子午鼎器(通鑑1897)(楚)

彔

【春秋晚期】

王孫遺者鐘(集成261)(楚)

⿰氵呆

【春秋早期】

伯□□林鼎(集成2621)

洀

【春秋時期】

右洀州還矛(集成11503)

澫

【春秋晚期】

石鼓(獵碣·汧沔)(通鑑19817)(秦)

沰

【春秋晚期】

鄧尹疾鼎蓋（集成 2234）（鄧）

【春秋晚期】

石鼓（獵碣·霝雨）（通鑑 19820）（秦）

石鼓（獵碣·霝雨）（通鑑 19820）（秦）

【春秋晚期】

石鼓（獵碣·霝雨）（通鑑 19820）（秦）

【春秋晚期】

唐子仲瀕兒瓶（新收 1211）（唐）

唐子仲瀕兒盤（新收 1210）（唐）

【春秋晚期】

唐子仲瀕兒匜（新收 1209）（唐）

【春秋早期】

戎生鐘甲（新收 1613）（晉）

【春秋早期】

邕子良人甗（集成 945）

【春秋時期】

侃孫奎母盤（集成 10153）

【春秋晚期】

申文王之孫州桼簠（通鑑 5960）

豫州戈（集成 11074）

右洀州還矛（集成 11503）（春秋時期）

【春秋早期】

芮公鼎（集成 2387）（芮）

芮公鼎（集成 2389）（芮）

芮太子鼎（集成 2448）

芮公鼎（集成 2475）（芮）

芮太子白鼎（集成 2496）

芮子仲殿鼎（通鑑 2363）

芮太子白鬲（通鑑 3007）

芮太子鬲（通鑑 2991）

芮公鬲（通鑑 2992）

芮太子白鬲（通鑑 3005）

芮公簋（集成 3707）

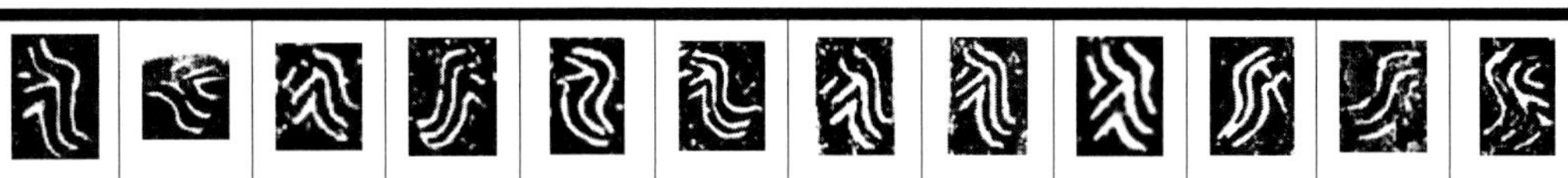

芮公簋（集成 3708）	
芮公壺（集成 9597）	
芮太子白壺（集成 9644）	
虢季鼎（新收 11）（虢）	
虢季鬲（新收 25）（虢）	
虢季鬲（新收 22）（虢）	
虢季簋蓋（新收 16）（虢）	
虢季簋器（新收 19）（虢）	
虢季盨器（新收 33）（虢）	
虢季方壺（新收 38）（虢）	
[illegible]魯宰兩鼎（集成 2591）（魯）	
魯仲齊甗（集成 939）（魯）	

芮太子白簠（集成 4537）	
芮公壺（集成 9598）	
芮公鐘（集成 31）	
虢季鼎（新收 13）（虢）	
虢季鬲（新收 26）（虢）	
虢宮父鬲（新收 50）	
虢季簋器（新收 17）（虢）	
虢季簋器（新收 20）（虢）	
虢季盨蓋（新收 31）（虢）	
魯伯愈父鬲（集成 690）（魯）	
魯伯愈父鬲（集成 693）（魯）	
魯伯大父簋（集成 3974）（魯）	

芮太子白簠（集成 4538）	
芮太子白壺器（集成 9645）	
虢季鼎（新收 9）（虢）	
虢季氏子組鬲（集成 662）（虢）	
虢季鬲（新收 24）（虢）	
虢宮父鬲（通鑑 2937）	
虢季簋蓋（新收 18）（虢）	
邿譴簋乙（通鑑 5277）	
虢季盨蓋（新收 34）（虢）	
魯伯愈父鬲（集成 691）（魯）	
魯伯愈父鬲（集成 694）（魯）	
魯太宰原父簋（集成 3987）（魯）	

芮公壺（集成 9596）	
芮太子白壺蓋（集成 9645）	
虢季鼎（新收 10）（虢）	
虢季氏子組鬲（通鑑 2918）	
虢季鬲（新收 22）（虢）	
虢季簋器（新收 16）（虢）	
虢季簋器（新收 18）（虢）	
虢季盨器（新收 32）（虢）	
虢季盨器（新收 34）（虢）	
魯伯愈父鬲（集成 692）（魯）	
魯伯愈父鬲（集成 695）（魯）	
魯伯大父簋（集成 3989）（魯）	

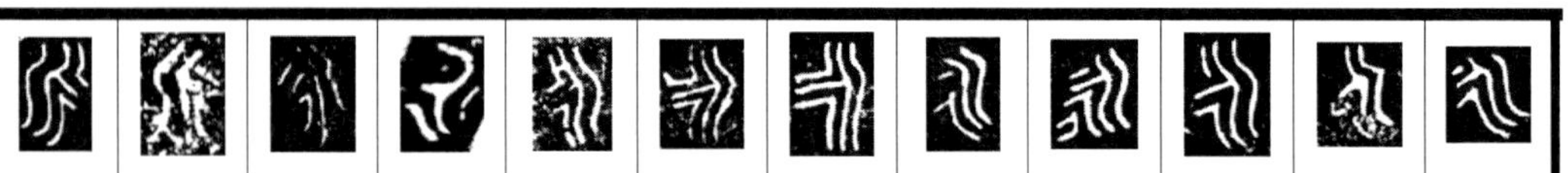

- 魯司徒仲齊盨甲蓋（集成 4440）（魯）
- 魯司徒仲齊盨甲器（集成 4440）（魯）
- 魯士浮父簠（集成 4518）（魯）
- 魯伯俞父簠（集成 4566）（魯）
- 取膚上子商匜（集成 10253）（魯）
- 陳公孫䛠父瓶（集成 9979）（陳）
- 陳侯簠器（集成 4604）（陳）
- 陳侯簠蓋（集成 4604）（陳）
- 陳侯鬲（集成 706）（陳）
- 杞伯每刃鼎蓋（集成 2494）
- 杞伯每刃盆（集成 10334）（杞）
- 自鼎（集成 2430）

- 魯司徒仲齊盨乙蓋（集成 4441）（魯）
- 魯伯悆盨器（集成 4458）（魯）
- 魯士浮父簠（集成 4519）（魯）
- 魯伯俞父簠（集成 4567）（魯）
- 魯司徒仲齊匜（集成 10275）（魯）
- 陳侯壺蓋（集成 9634）（陳）
- 陳侯簠（集成 4607）（陳）
- 陳侯簠蓋（集成 4603）（陳）
- 陳侯鼎（集成 2650）（陳）
- 杞伯每刃鼎器（集成 2494）
- 杞伯每刃壺（集成 9688）（杞）
- 曾子伯誩鼎（集成 2450）（曾）

- 魯司徒仲齊盨乙器（集成 4441）（魯）
- 魯士浮父簠蓋（集成 4517）（魯）
- 魯士浮父簠（集成 4520）（魯）
- 魯伯俞父簠（集成 4568）（魯）
- 魯大司徒子仲白匜（集成 10277）（魯）
- 陳侯壺器（集成 9634）（陳）
- 陳侯壺器（集成 9633）（陳）
- 陳侯簠器（集成 4603）（陳）
- 齊趫父鬲（集成 685）（齊）
- 杞伯每刃簋（集成 3901）（杞）
- 鄭子石鼎（集成 2421）（鄭）
- 鄴司寇獸鼎（集成 2474）

- 魯伯悆盨蓋（集成 4458）
- 魯士浮父簠器（集成 4517）（魯）
- 魯司徒仲齊盤（集成 10116）（魯）
- 魯伯愈父盤（集成 10114）
- 陳侯盤（集成 10157）（陳）
- 陳侯簠（集成 4606）（陳）
- 陳侯壺蓋（集成 9633）（陳）
- 陳侯鬲（集成 705）（陳）
- 齊趫父鬲（集成 686）（齊）
- 杞伯每刃簋（集成 3899.1）
- 郳討鼎（集成 2426）（郳）
- 專車季鼎（集成 2476）

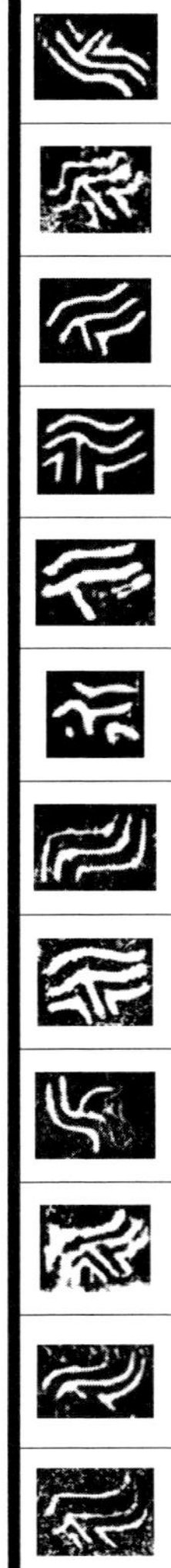		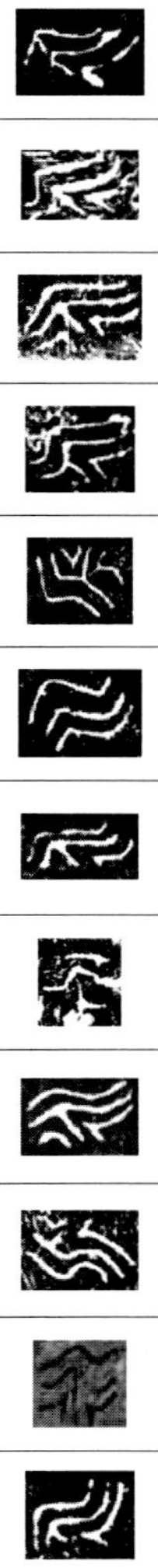				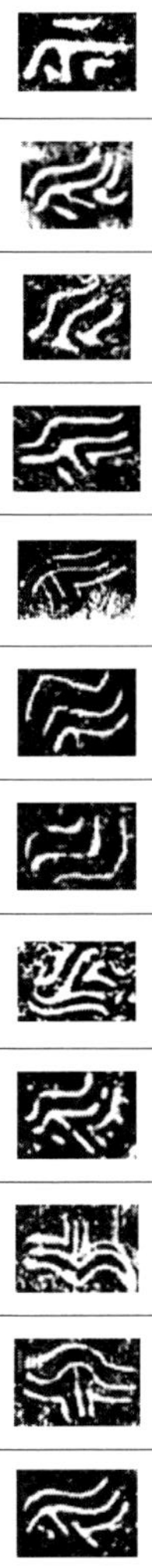	
	鄭饔原父鼎（集成2493）（鄭）		黄君孟鼎（集成2497）（黄）		芮子仲殿鼎（集成2517）		鄭戲句父鼎（集成2520）（鄭）
	武生毀鼎（集成2522）		武生毀鼎（集成2523）		甯斉生鼎（集成2524）		邾伯御戎鼎（集成2525）（邾）
	蘇冶妊鼎（集成2526）（蘇）		曾者子𩰫鼎（集成2563）（曾）		曾仲子敔鼎（集成2564）（曾）		黄季鼎（集成2565）（黄）
	黄子鼎（集成2566）（黄）		鑄子叔黑叵鼎（集成2587）（鑄）		鼄𩰫白鼎（集成2640）（邾）		鼄𩰫白鼎（集成2641）（邾）
	伯氏始氏鼎（集成2643）		伯歸臺鼎（集成2644）（曾）		伯歸臺鼎（集成2644）（曾）		伯辰鼎（集成2652）（徐）
	邿伯祀鼎（集成2602）（邿）		緊子丙車鼎蓋（集成2603）（黄）		緊子丙車鼎器（集成2603）（黄）		緊子丙車鼎蓋（集成2604）（黄）
	緊子丙車鼎器（集成2604）（黄）		鄦奓魯生鼎（集成2605）（許）		番昶伯者君鼎（集成2617）（番）		番昶伯者君鼎（集成2618）（番）
	曾子仲謱鼎（集成2620）（曾）		伯𠨘卂林鼎（集成2621）		昶伯業鼎（集成2622）		戒偖生鼎（集成2632）
	叔單鼎（集成2657）（黄）		曾亘嫚鼎（新收1202）（曾）		曾亘嫚鼎（新收1201）（曾）		鄁甘𦎫鼎（新收1091）
	戴叔朕鼎（集成2692）（戴）		鄁公湯鼎（集成2714）（鄁）		鄀公平侯鼎（集成2771）（鄀）		鄀公平侯鼎（集成2772）（鄀）
	兒慶鼎（新收1095）（小邾）		鄧公孫無嬰鼎（新收1231）（鄧）		鄧公孫無嬰鼎（新收1231）（鄧）		子耳鼎（通鑑2276）
	魯侯鼎（新收1067）（魯）		胄簠（集成4532）		妦仲簠（集成4534）		鄀公諴簠（集成4600）

寶登鼎（通鑑 2277）

叔牙父鬲（集成 674）

鼄叴父鬲（集成 717）（邾）

番君酟伯鬲（集成 734）（番）

曾伯鬲（新收 1217）

鼄友父鬲（通鑑 3008）

邕子良人甗（集成 945）

蘇公子癸父甲簋（集成 4015）（蘇）

邿譴簋甲器（集成 4040）（邿）

邿譴簋甲器（集成 4040）（邿）

京叔姬簠（集成 4504）

彙山奢淲簠蓋（集成 4539）

蔡侯鼎（通鑑 2372）

黃子鬲（集成 687）（黃）

鄭師𨗼父鬲（集成 731）（鄭）

鑄子叔黑𦣞鬲（集成 735）（鑄）

國子碩父鬲（新收 48）

鼄友父鬲（通鑑 3010）

王孫壽甗（集成 946）

鄁公伯韭簋（集成 4016）（鄁）

卓林父簋蓋（集成 4018）（衛）

邿譴簋乙（通鑑 5277）

彙山奢淲簠器（集成 4539）

龜山旅虎簠器（集成 4541）

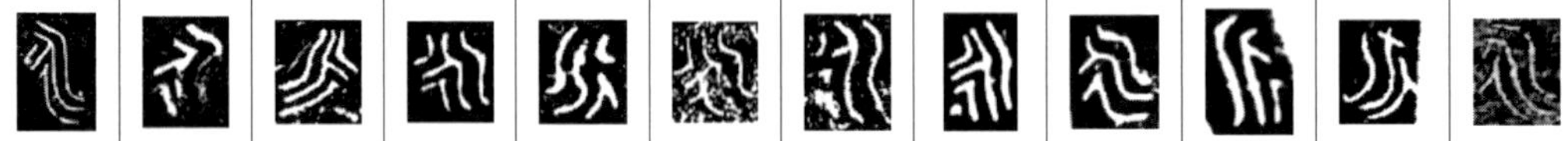

虢姜鼎（通鑑 2384）

昶仲無龍鬲（集成 713）

番君酟伯鬲（集成 732）（番）

醫子奠伯鬲（集成 742）（曾）

國子碩父鬲（新收 49）

封仲甗（集成 933）

申五氏孫矩甗（新收 970）（申）

鄁公伯韭簋蓋（集成 4017）（鄁）

邿譴簋甲蓋（集成 4040）（邿）

上鄀公教人簋蓋（集成 4183）（鄀）

彙山旅虎簠（集成 4540）

薛子仲安簠器（集成 4546）（薛）

虎臣子組鬲（集成 661）（虢）

昶仲無龍鬲（集成 714）

番君酟伯鬲（集成 733）（番）

邾友父鬲（新收 1094）（邾）

繁伯武君鬲（新收 1319）

曾子仲謱甗（集成 943）（曾）

蘇公子癸父甲簋（集成 4014）（蘇）

鄁公伯韭簋器（集成 4017）（鄁）

邿譴簋甲蓋（集成 4040）（邿）

鑄子叔黑𦣞盨（通鑑 5666）

龜山旅虎簠蓋（集成 4541）

薛子仲安簠（集成 4547）（薛）

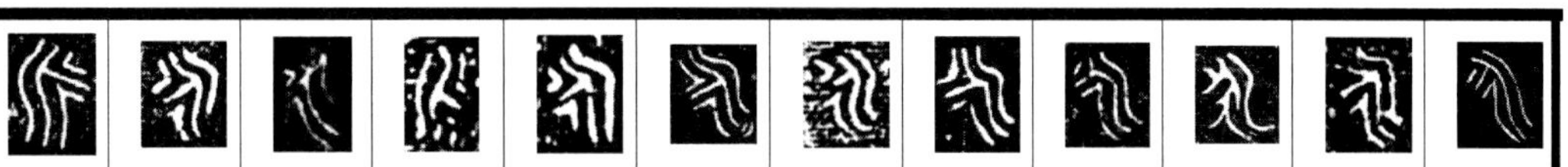

走馬薛仲赤簠（集成4556）（薛）

商丘叔簠器（集成4559）（宋）

寷侯簠（集成4562）

鑄子叔黑叵簠器（集成4572）

召叔山父簠（集成4601）（鄭）

叔朕簠（集成4621）（戴）

曾孟嬴剈簠（新收1199）（曾）

蔡大善夫𧾧簠蓋（新收1236）（蔡）

原氏仲簠（新收937）（陳）

黃君孟豆（集成4686）（黃）

子叔嬴内君盆（集成10331）

黃子壺（集成9663）（黃）

商丘叔簠（集成4557）（宋）

鑄叔簠蓋（集成4560）（鑄）

鄀公簠蓋（集成4569）（鄀）

鑄公簠蓋（集成4574）（鑄）

考叔脂父簠蓋（集成4608）（楚）

郳太宰欉子𣪘簠（集成4623）（郳）

虢碩父簠蓋（新收52）

蔡大善夫𧾧簠器（新收1236）（蔡）

郳公子害簠蓋（通鑑5964）

黃子豆（集成4687）（黃）

曾太保𪊲叔亟盆（集成10336）（曾）

黃子壺（集成9664）（黃）

商丘叔簠（集成4558）（宋）

鑄叔簠器（集成4560）（鑄）

鑄子叔黑叵簠蓋（集成4570）（鑄）

伯其父慶簠（集成4581）

考叔脂父簠蓋（集成4609）（楚）

曾伯霥簠蓋（集成4632）（曾）

虢碩父簠器（新收52）

原氏仲簠（新收935）（陳）

郳公子害簠器（通鑑5964）

鄎子行盆蓋（集成10330）（鄎）

己侯壺（集成9632）（紀）

番叔壺（新收297）（番）

商丘叔簠蓋（集成4559）（宋）

寷侯簠（集成4561）

鑄子叔黑叵簠器（集成4570）（鑄）

曾侯簠（集成4598）

叔朕簠（集成4620）（戴）

曾伯霥簠（集成4631）（曾）

魯侯簠（新收1068）（魯）

原氏仲簠（新收936）（陳）

𦎫子𩞁盞蓋（新收1235）

鄎子行盆器（集成10330）（鄎）

江君婦和壺（集成9639）（江）

彭伯壺蓋（新收315）（彭）

彭伯壺器（新收 315）（彭）	彭伯壺蓋（新收 316）（彭）	彭伯壺蓋（新收 316）（彭）	黃君孟鐳（集成 9963）（黃）
黃子鐳（集成 9966）（黃）	甫畕鐳（集成 9972）	甫伯官曾鐳（集成 9971）	伯亞臣鐳（集成 9974）（黃）
僉父瓶蓋（通鑑 14036）	僉父瓶器（通鑑 14036）	番昶伯盤（集成 10094）	賠金氏孫盤（集成 10098）
伯駟父盤（集成 10103）	黃君孟盤（集成 10104）（黃）	鄝季寬車盤（集成 10109）（黃）	蘇冶妊盤（集成 10118）（蘇）
黃子盤（集成 10122）（黃）	楚季㖊盤（集成 10125）（楚）	蔡公子壺（集成 9701）	昶伯墉盤（集成 10130）
鄩仲盤（集成 10135）（尋）	番君伯歡盤（集成 10136）（番）	番昶伯者君盤（集成 10139）（番）	番昶伯者君盤（集成 10140）（番）
曹公盤（集成 10144）（曹）	毛叔盤（集成 10145）（毛）	楚嬴盤（集成 10148）（楚）	曾子伯窞盤（集成 10156）（曾）
黃太子伯克盤（集成 10162）（黃）	夆叔盤（集成 10163）（滕）	夆叔盤（集成 10163）（滕）	大師盤（新收 1464）
虢季盤（新收 40）	虢宮父盤（新收 51）	黃子盉（集成 9445）（黃）	長湯伯茬匜（集成 10208）
鑄子撫匜（集成 10210）（鑄）	叔黑臣匜（集成 10217）	齊侯子行匜（集成 10233）（齊）	鄝季寬車匜（集成 10234）（黃）
干氏叔子盤（集成 10131）	綏君單盤（集成 10132）（黃）	番伯酓匜（集成 10259）（番）	㠱甫人匜（集成 10261）（紀）
魯伯愈父匜（集成 10244）	弋伯匜（集成 10246）（戴）	昶仲無龍匜（集成 10249）	尋仲匜（集成 10266）（尋）

番昶伯者君匜（集成10268）（番）
番昶伯者君匜（集成10269）（番）
楚嬴匜（集成10273）（楚）
塞公孫㝃父匜（集成10276）

鄭大内史叔上匜（集成10281）（鄭）
皇與匜（通鑑14976）
曾侯了鐘丁（通鑑15145）
蘇公匜（新收1465）

楚大師登鐘丁（通鑑15508）（楚）
曾侯子鐘壬（通鑑15150）
鑄侯求鐘（集成47）（鑄）
戎生鐘辛（新收1620）（晉）

宗婦鄁嫛壺器（集成9699）（鄁）
宗婦鄁嫛簋（集成4077）（鄁）
宗婦鄁嫛簋蓋（集成4078）（鄁）
宗婦鄁嫛簋器（集成4078）（鄁）

宗婦鄁嫛簋蓋（集成4079）（鄁）
宗婦鄁嫛簋（集成4080）（鄁）
宗婦鄁嫛簋（集成4081）（鄁）
宗婦鄁嫛簋（集成4084）（鄁）

宗婦鄁嫛簋（集成4082）（鄁）
宗婦鄁嫛簋蓋（集成4084）（鄁）
宗婦鄁嫛簋（集成4086）（鄁）
宗婦鄁嫛簋（通鑑4576）（鄁）

鑄叔皮父簋（集成4127）（鑄）
宗婦鄁嫛簋蓋（集成4076）（鄁）
宗婦鄁嫛鼎（集成2684）（鄁）
宗婦鄁嫛鼎（集成2685）（鄁）

宗婦鄁嫛鼎（集成2687）（鄁）
宗婦鄁嫛壺蓋（集成9699）（鄁）

【春秋中期】

宜桐盂（集成10320）（徐）

仲改衛簠（新收399）
盜叔壺（集成9625）（曾）
盜叔壺（集成9626）（曾）
趫亥鼎（集成2588）（宋）

盅鼎（集成2356）（曾）
以鄧匜（新收405）
以鄧鼎蓋（新收406）（楚）
以鄧鼎器（新收406）（楚）

江叔螽鬲（集成677）（江）
曾子屖簠蓋（集成4528）
曾子屖簠器（集成4528）
鄝伯受簠蓋（集成4599）（鄝）

鄝伯受簠器（集成4599）（鄝）
上鄀府簠蓋（集成4613）（鄀）
上鄀府簠器（集成4613）（鄀）
長子𩞄臣簠蓋（集成4625）（晉）

長子𩵦臣簠器（集成 4625）（晉）

上鄀公簠蓋（新收 401）（楚）

上鄀公簠器（新收 401）（楚）

何此簠（新收 402）

何此簠蓋（新收 403）

何此簠器（新收 403）

何此簠蓋（新收 404）

公英盤（新收 1043）

叔師父壺（集成 9706）

伯遊父壺（通鑑 12304）

伯遊父壺（通鑑 12305）

伯遊父鐳（通鑑 14009）

伯遊父盤（通鑑 14501）

伯遊父卮（通鑑 19234）

子犯鐘乙 H（新收 1019）（晉）

季子康鎛丙（通鑑 15787）

季子康鎛丁（通鑑 15788）

鄬子受鎛甲（新收 513）（楚）

鄬子受鐘乙（新收 505）（楚）

鄬子受鐘戊（新收 508）（楚）

國差罎（集成 10361）（齊）

𩍿鎛（集成 271）（齊）

者𣻮鐘一（集成 193）（吳）

者𣻮鐘二（集成 194）（吳）

者𣻮鐘三（集成 195）（吳）

者𣻮鐘四（集成 196）（吳）

者𣻮鐘八（集成 200）（吳）

者𣻮鐘九（集成 201）（吳）

者𣻮鐘十（集成 202）（吳）

陳公子仲慶簠（集成 4597）（陳）

陳大喪史仲高鐘（集成 354）（陳）

陳大喪史仲高鐘（集成 355）（陳）

陳大喪史仲高鐘（集成 350）（陳）

陳大喪史仲高鐘（集成 353）（陳）

魯大司徒元盂（集成 10316）（魯）

魯大司徒厚氏元簠器（集成 4690）（魯）

魯大司徒厚氏元簠蓋（集成 4691）（魯）

魯大司徒厚氏元簠器（集成 4691）（魯）

魯大司徒厚氏元簠（集成 4689）（魯）

魯大司徒厚氏元簠蓋（集成 4690）（魯）

魯少司寇封孫宅盤（集成 10154）（魯）

【春秋中後期】

東姬匜（新收 398）（楚）

【春秋晚期】

鼄公華鐘（集成 245）（邾）

次尸祭缶（新收 1249）（徐）

喬君鉦鋮（集成 423）（許）

石鼓（獵碣・吾水）（通鑑 19824）（秦）

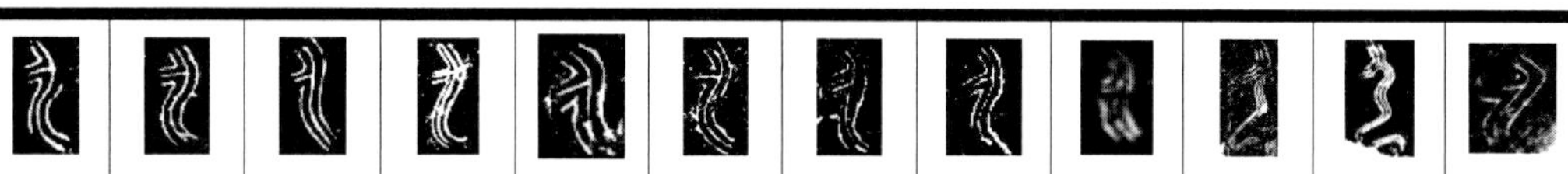

隱公胄敦（集成 4641）（郜）

王子午鼎（集成 2811）（楚）

王子午鼎（新收 444）（楚）

孟縢姬缶（新收 416）（楚）

王孫誥鐘一（新收 418）（楚）

王孫誥鐘三（新收 420）（楚）

王孫誥鐘五（新收 422）（楚）

王孫誥鐘八（新收 425）（楚）

王孫誥鐘十（新收 427）（楚）

王孫誥鐘十二（新收 429）（楚）

王孫誥鐘十六（新收 436）（楚）

王孫誥鐘二十五（新收 441）（楚）

王子申盞（集成 4643）（楚）

王子午鼎（新收 449）（楚）

王子午鼎（新收 447）（楚）

孟縢姬缶（集成 10005）（楚）

王孫誥鐘一（新收 418）（楚）

王孫誥鐘四（新收 421）（楚）

王孫誥鐘六（新收 423）（楚）

王孫誥鐘九（新收 426）（楚）

王孫誥鐘十一（新收 428）（楚）

王孫誥鐘十三（新收 430）（楚）

王孫誥鐘十九（新收 437）（楚）

王孫誥鐘二十六（新收 442）（楚）

齊侯盂（集成 10318）（齊）

王子午鼎（新收 445）（楚）

孟縢姬缶蓋（新收 417）（楚）

𪔛鎛乙（新收 490）（楚）

王孫誥鐘二（新收 419）（楚）

王孫誥鐘四（新收 421）（楚）

王孫誥鐘七（新收 424）（楚）

王孫誥鐘九（新收 426）（楚）

王孫誥鐘十一（新收 428）（楚）

王孫誥鐘十四（新收 431）（楚）

王孫誥鐘二十一（新收 439）（楚）

競孫不欲壺（通鑑 12344）（楚）

拍敦（集成 4644）

王子午鼎（新收 446）（楚）

孟縢姬缶器（新收 417）（楚）

𪔛鎛甲（新收 489）（楚）

王孫誥鐘二（新收 419）（楚）

王孫誥鐘五（新收 422）（楚）

王孫誥鐘八（新收 425）（楚）

王孫誥鐘十（新收 427）（楚）

王孫誥鐘十二（新收 429）（楚）

王孫誥鐘十六（新收 436）（楚）

王孫誥鐘二十二（新收 438）（楚）

王子吳鼎（集成 2717）（楚）

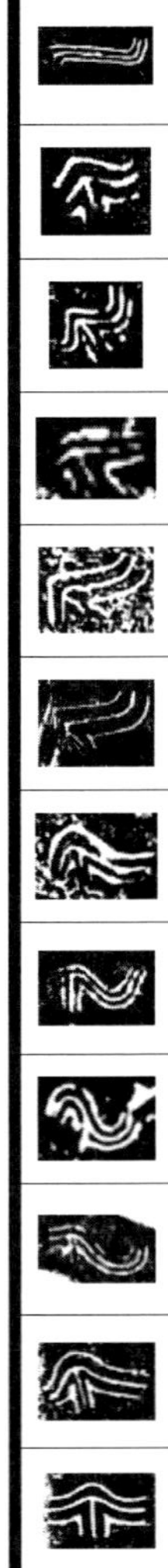
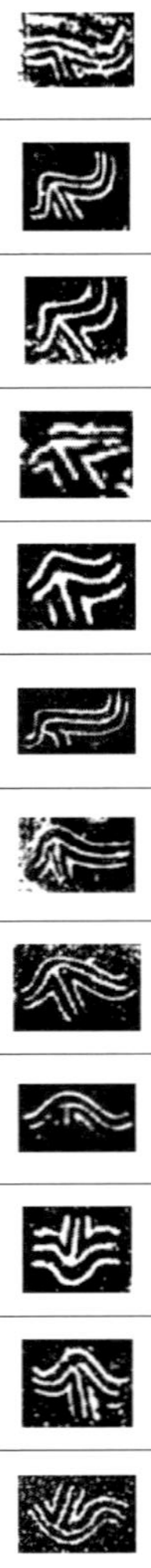

蔡侯𩛥盤（集成 10171）（蔡）	蔡侯簠甲蓋（新收 1896）（蔡）	蔡侯簠甲器（新收 1896）（蔡）	蔡侯簠乙（新收 1897）（蔡）
蔡太史卮（集成 10356）（蔡）	番君召簠（集成 4582）（番）	番君召簠（集成 4583）（番）	番君召簠（集成 4584）（番）
番君召簠蓋（集成 4585）（番）	番君召簠（集成 4586）（番）	姑馮昏同之子句鑃（集成 424）（越）	沇兒鎛（集成 203）（徐）
郘黛鐘一（集成 225）（晉）	郘黛鐘二（集成 226）（晉）	郘黛鐘四（集成 228）（晉）	郘黛鐘六（集成 230）（晉）
𪓐子鼎（通鑑 2382）（齊）	齊侯敦（集成 4638）（齊）	齊侯敦蓋（集成 4639）（齊）	齊侯敦器（集成 4639）（齊）
齊侯敦（集成 4645）（齊）	齊侯盂（集成 10318）（齊）	者尚余卑盤（集成 10165）	文母盉（新收 1624）（吳）
鄬子蒷臺鼎蓋（集成 2498）	鄬子蒷臺鼎器（集成 2498）	乙鼎（集成 2607）	哀成叔鼎（集成 2782）（鄭）
王子嬰次鐘（集成 52）（楚）	寬兒鼎（集成 2722）（蘇）	蔡大師䐶鼎（集成 2738）（蔡）	丁兒鼎蓋（新收 1712）（應）
襄腫子湯鼎（新收 1310）（楚）	義子曰鼎（通鑑 2179）	彭公之孫無所鼎（通鑑 2189）	尊父鼎（通鑑 2296）
薦鬲（新收 458）（楚）	陳樂君𢼸甗（新收 1073）（陳）	復公仲簋蓋（集成 4128）	鄘侯少子簋（集成 4152）（莒）
鄬子臺簠（集成 4545）	叔朕父簠蓋（集成 4544）	嘉子伯昜臚簠蓋（集成 4605）	嘉子伯昜臚簠器（集成 4605）
曹公簠（集成 4593）（曹）	楚屈子赤目簠蓋（集成 4612）（楚）	楚屈子赤目簠器（新收 1230）（楚）	曾簠（集成 4614）

許公買簠器（集成4617）（許）
許公買簠器（集成4617）（許）
樂子嚷豧簠（集成4618）（宋）
申文王之孫州奉簠（通鑑5960）

飤簠器（新收475）（楚）
飤簠蓋（新收476）（楚）
飤簠器（新收476）（楚）
飤簠蓋（新收478）（楚）

飤簠器（新收478）（楚）
發孫虜簠（新收1773）
叔姜簠蓋（新收1212）（楚）
許公買簠蓋（通鑑5950）

許公買簠蓋（通鑑5950）
許公買簠器（通鑑5950）
許公買簠器（通鑑5950）
邾太宰簠蓋（集成4624）（邾）

晉公盆（集成10342）（晉）
徐王義楚觶（集成6513）（徐）
孝子平壺（新收1088）（莒）
鄭太子之孫與兵壺蓋（新收1980）

唐子仲瀕兒盤（新收1210）（唐）
蔡大司馬燮盤（通鑑14498）
夆叔匜（集成10282）（滕）
夆叔匜（集成10282）（滕）

敬事天王鐘辛（集成80）（楚）
敬事天王鐘甲（集成73）（楚）
敬事天王鐘丁（集成76）（楚）
敬事天王鐘己（集成78）（楚）

臧孫鐘壬（集成101）（吳）
臧孫鐘甲（集成93）（吳）
臧孫鐘乙（集成94）（吳）
臧孫鐘丙（集成95）（吳）

臧孫鐘丁（集成96）（吳）
臧孫鐘庚（集成99）（吳）
臧孫鐘辛（集成100）（吳）
子璋鐘庚（集成119）（許）

子璋鐘乙（集成114）（許）
子璋鐘丙（集成115）（許）
子璋鐘丁（集成116）（許）
子璋鐘戊（集成117）（許）

篖叔之仲子平鐘辛（集成179）（莒）
篖叔之仲子平鐘壬（集成180）（莒）
篖叔之仲子平鐘乙（集成173）（莒）
篖叔之仲子平鐘丁（集成175）（莒）

篖叔之仲子平鐘己（集成177）（莒）
其次句鑃（集成421）（越）
其次句鑃（集成422）（越）

【春秋時期】

 師麻孝叔鼎（集成2552）	 ⿸疒佘鼎（集成2569）	 ⿱⺕廾片衵豩鼎（集成2570）	 ⿱⺕廾片衵豩鼎（集成2571）
 交君子叕鼎（集成2572）	鐘伯侵鼎（集成2668）	 曹伯狄簋殘蓋（集成4019）（曹）	 伯彊簠（集成4526）
 申公彭宇簠（集成4610）（鄀）	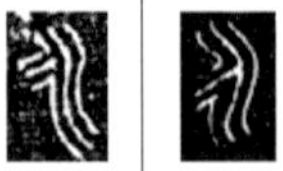 申公彭宇簠（集成4611）（鄀）	 盆余敦（新收1627）	 黃太子伯克盆（集成10338）（黃）
 彭子仲盆蓋（集成10340）	齊皇壺（集成9659）（齊）	 鄧伯吉射盤（集成10121）（鄧）	 取膚上子商盤（集成10126）（魯）
 般仲柔盤（集成10143）	 黃韋俞父盤（集成10146）（黃）	 炌右盤（集成10150）	 匽公匜（集成10229）（燕）
 番仲⿱丱文匜（集成10258）（番）	薛侯匜（集成10263）（薛）	 陳伯元匜（集成10267）（陳）	 公父宅匜（集成10278）
 鼄叔之伯鐘（集成87）（郳）	 史孔卮（集成10352）	【春秋後期】	 齊縈姬盤（集成10147）（齊）
【春秋早期】	伯氏鼎（集成2443）	 伯氏鼎（集成2446）	 伯氏鼎（集成2447）
 杞伯每刃鼎（集成2495）	 魯仲齊鼎（集成2639）（魯）	 杞伯每刃簋蓋（集成3898）（杞）	 杞伯每刃簋器（集成3898）（杞）
 杞伯每刃簋蓋（集成3899.2）	杞伯每刃簋器（集成3902）（杞）	 杞伯每刃壺（集成9687）（杞）	 圓君婦媿霝壺（通鑑12349）
 杞伯每刃鼎（集成2642）（杞）	 魯伯敢匜（集成10222）（魯）	 杞伯每刃簋（集成3897）（杞）	
【春秋早期】	 旹仲之孫簋（集成4120）	【春秋中期】	 鄧公乘鼎器（集成2573）（鄧）

冶 刅　雨　靁 [illegible]　霝

 鄧公乘鼎蓋（集成2573）（鄧）

【春秋晚期】

 夫欧申鼎（新收1250）（舒）

 郘夫人嫿鼎（通鑑2386）

 子季嬴青簠蓋（集成4594）（楚）

 許子妝簠蓋（集成4616）（許）

 無所簠（通鑑5952）

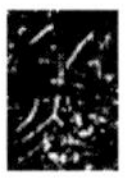 公子土斧壺（集成9709）（齊）

 遷邟鐘三（新收1253）（舒）

 遷邟鐘六（新收1256）（舒）

 遷邟鎛甲（通鑑15792）（舒）

 遷邟鎛丙（通鑑15794）（舒）

 遷邟鎛丁（通鑑15795）（舒）

 秦景公石磬（通鑑19779）（秦）

【春秋時期】

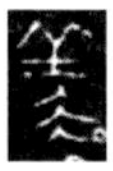 𠫑君壺（集成9680）

【春秋早期】

 蘇冶妊鼎（集成2526）（蘇）

 蘇冶妊盤（集成10118）（蘇）

【春秋晚期】

 上洛左庫戈（新收1183）

【春秋晚期】

 石鼓（獵碣・霝雨）（通鑑19820）（秦）

【春秋晚期】

 洹子孟姜壺（集成9729）（齊）

 洹子孟姜壺（集成9730）（齊）

【春秋早期】

 黃子鼎（集成2566）（黃）

 黃子鼎（集成2566）（黃）

 圓君鼎（集成2502）

 黃子鼎（集成2567）（黃）

 黃子鬲（集成687）（黃）

 黃子鬲（集成687）（黃）

 黃子鬲（集成687）（黃）

 曾侯簠（集成4598）

 黃子豆（集成4687）（黃）

 黃子豆（集成4687）（黃）

 黃子壺（集成9663）（黃）

 黃子壺（集成9663）（黃）

 黃子壺（集成9664）（黃）

 黃子壺（集成9664）（黃）

 黃子鑐（集成9966）（黃）

霝　雩　霥　　　需

黃子鐳（新收 94）

黃子盤（集成 10122）（黃）

黃子盤（集成 10122）（黃）

黃子盉（集成 9445）（黃）

黃子盉（集成 9445）（黃）

黃子匜（集成 10254）（黃）

黃子匜（集成 10254）（黃）

圓君婦媿霝壺（通鑑 12349）

僉父瓶蓋（通鑑 14036）

僉父瓶器（通鑑 14036）

曾子伯窞盤（集成 10156）（曾）

戎生鐘乙（新收 1614）（晉）

【春秋晚期】

𪒠鎛甲（新收 489）（楚）

𪒠鎛乙（新收 490）（楚）

𪒠鎛丙（新收 491）（楚）

𪒠鎛丁（新收 492）（楚）

𪒠鎛己（新收 494）（楚）

𪒠鐘甲（新收 482）（楚）

𪒠鎛辛（新收 496）（楚）

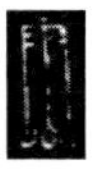
蔡侯𱮍尊（集成 6010）（蔡）

齊太宰歸父盤（集成 10151）（齊）

嘉賓鐘（集成 51）

邾公釛鐘（集成 102）（邾）

石鼓（獵碣・霝雨）（通鑑 19820）（秦）

蔡侯𱮍盤（集成 10171）（蔡）

【春秋晚期】

秦公鎛（集成 270）（秦）

【春秋晚期】

聖靡公𡚬鼓座（集成 429）

【春秋早期】

曾伯霥簠蓋（集成 4632）（曾）

曾伯霥簠（集成 4631）（曾）

曾伯霥簠蓋（集成 4632）（曾）

曾伯霥簠（集成 4631）（曾）

【春秋早期】

雩戈（新收 993）

霚

【春秋晚期】

石鼓（獵碣・吾水）（通鑑19824）（秦）

霥

【春秋晚期】

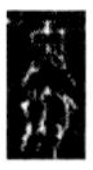
王孫霥簠器（集成4501）

【春秋中期】

者𣶃鐘六（集成198）（吳）

龗

秦景公石磬（通鑑19801）（秦）

【春秋晚期】

秦景公石磬（通鑑19778）（秦）

秦景公石磬（通鑑19780）（秦）

雲
云

【春秋晚期】

工𫊸太子姑發𦖩反劍（集成11718）（吳）

工盧王姑發𦖩反之弟劍（新收988）（吳）

《說文》：「，古文。省雨。，亦古文雲。」

魚

【春秋早期】

蘇冶妊鼎（集成2526）（蘇）

蘇冶妊盤（集成10118）（蘇）

【春秋晚期】

索魚王戈（新收1300）

石鼓（獵碣・汧沔）（通鑑19817）（秦）

鯀

【春秋早期】

秦子戈（集成11352）（秦）

秦子戈（新收1350）（秦）

鯉

【春秋晚期】

石鼓（獵碣・汧沔）（通鑑19817）（秦）

石鼓（獵碣・汧沔）（通鑑19817）（秦）

魴
鰟

【春秋晚期】

石鼓（獵碣・汧沔）（通鑑19817）（秦）

鱮

【春秋晚期】

石鼓（獵碣·汧沔）（通鑑19817）（秦）

鰋

【春秋晚期】

石鼓（獵碣·汧沔）（通鑑19817）（秦）

鮮

【春秋晚期】

石鼓（獵碣·汧沔）（通鑑19817）（秦）

杕氏壺（集成9715）（燕）

鮊 ⿰魚帛

【春秋晚期】

石鼓（獵碣·汧沔）（通鑑19817）（秦）

鮩 ⿰魚⿱丙丙

【春秋晚期】

石鼓（獵碣·汧沔）（通鑑19817）（秦）

⿱虍魚

【春秋中期】

𦅫鎛（集成271）（齊）

𦅫鎛（集成271）（齊）

欒書缶器（集成10008）（晉）

【春秋晚期】

攻吳大叔盤（新收1264）（吳）

工⿱虍魚王之孫鎣（新收1283）（吳）

工⿱虍魚大叔戈（通鑑17258）

工⿱虍魚矛（新收1263）（吳）

攻⿱虍魚王戲𢦏此邻劍（新收1188）（吳）

工⿱虍魚王姑發𦣞反之弟劍（新收988）（吳）

曹鮢尋員劍（新收1241）（吳）

工⿱虍魚大矢鈹（新收1625）（吳）

工⿱虍魚大矢鈹（新收1625）（吳）

攻敔王虘𢦏此邻劍（通鑑18066）

杕氏壺（集成9715）（燕）

夫⿰足欠申鼎（新收1250）（舒）

鄝莊公之孫⿱虍魚鼎（通鑑2326）

杕氏壺（集成9715）（燕）

⿰⿱虍魚攴

【春秋中期】

者濫鐘一（集成193）（吳）

者濫鐘二（集成194）（吳）

者濫鐘三（集成195）（吳）

者濫鐘七（集成199）（吳）

【春秋晚期】

工⿰⿱虍魚攴太子姑發𦣞反劍（集成11718）（吳）

沇兒鎛（集成203）（徐）

鰟

工⿰鬳攵季生匜（集成10212）

【春秋中期或晚期】

鄧鰟鼎蓋（集成2085）

鄧鰟鼎器（集成2085）

𩺰

⿱⿰漁舟又

【春秋晚期】

楚王孫漁矛（通鑑17689）

⿱漁又

【春秋晚期】

石鼓（獵碣・汧沔）（通鑑19817）（秦）

龍

【春秋早期】

樊夫人龍嬴鬲（集成675）（樊）

樊夫人龍嬴鬲（集成676）（樊）

祀仲無龍鬲（集成713）

祀仲無龍鬲（集成714）

樊夫人龍嬴壺（集成9637）（樊）

樊夫人龍嬴盤（集成10082）（樊）

樊夫人龍嬴匜（集成10209）（樊）

祀仲無龍匜（集成10249）

【春秋晚期】

邵黛鐘一（集成226）（晉）

邵黛鐘四（集成228）（晉）

邵黛鐘六（集成230）（晉）

邵黛鐘十一（集成235）（晉）

邵黛鐘十三（集成237）（晉）

【春秋時期】

祀仲無龍匕（集成970）

龏

【春秋早期】

秦公鐘甲（集成262）（秦）

秦公鐘丁（集成265）（秦）

秦公鎛甲（集成267）（秦）

秦公鎛乙（集成268）（秦）

秦公鎛丙（集成269）（秦）

非

【春秋早期】

曾亘嫚鼎（新收1201）（曾）

曾亘嫚鼎（新收1202）（曾）

曾伯陭鉞（新收1203）（曾）

【春秋晚期】

蔡侯䜌鎛丙（集成221）（蔡）

蔡侯䜌鎛丁（集成222）（蔡）

虘非矛（集成11496）

【春秋晚期】

蔡侯䜌歌鐘甲（集成210）（蔡）

蔡侯䜌歌鐘乙（集成211）（蔡）

蔡侯䜌歌鐘丁（集成218）（蔡）

旨賞鐘（集成19）（吳）